Rachel Carson

Michael Ende

E. F. Schumacher

Wendell Berry

Mahmoud Darwish

John Berger

Arundhati Roy

Henry David Thoreau

+

느낌의 0도

다른 날을 여는 아홉 개의 상상력

박혜영 지음

2018년 6월 7일 초판 1쇄 발행

펴낸이. 한철희

펴낸곳. 돌베개

등록. 1979년 8월 25일 제406-2003-000018호

주소. (10881) 경기도 파주시 회동길 77-20 (문발동)

전화. 031-955-5020

팩스. 031-955-5050

홈페이지. www.dolbegae.co.kr

전자우편. book@dolbegae.co.kr

블로그. imdol79.blog.me

트위터. @dolbegae79

페이스북. /dolbegae

주간. 김수한

편집. 김혜영·김진구

표지 디자인. 정은경

본문 디자인. 김동신·이연경

마케팅. 심찬식·고운성·조원형

제작·관리. 윤국중·이수민

인쇄·제본. 한영문화사

ISBN. 978-89-7199-851-9 (03800)

책값은 뒤표지에 있습니다.

이 도서의 국립중앙도서관 출판예정도서목록(CIP)은 서지정보유통지원시스템 홈페이지(seoji.nl.go.kr)와 국가자료공동목록시스템(www.nl.go.kr/kolisnet)에서 이용하실 수 있습니다. (CIP제어번호: CIP2018015211)

이 책은 인하대학교 연구비(과제번호 58267-01) 지원을 받았습니다.

느낌의 0도

다른 날들을 요는 우를 개의 상상력

박혜영 지음

돌베개

느낌이 깨어나면 보이는 것들

오래전에 생태 강좌를 들으러 영국에 다녀온 적이 있다. 그때 수업을 진행하는 선생님을 따라 숲으로 산책을 가게 되었다. 조금 너른 수풀이 나오자 선생님은 모두에게 신발을 벗으라고 했다. 내 맨발에도 풀의 낯설고 부드러운 느낌이 전해졌다. 가끔씩 백사장을 걸어보기는 했어도 숲을 맨발로 걸어다닌 것은 그때가 처음이었다. 물론 숲에는 풀만 있는 것이 아니어서 부드러운 느낌만 받을 수는 없었다. 그렇게 조금 더 걸어가는데, 이번에 선생님은 우리에게 땅에 누워보라고 했다. 나는 벌레라도 있을까 적잖이 장소를 물색하다가 마침내 그냥 누웠다.

아! 누워서 올려다본 나무숲은 서서 볼 때와는 다르게 보였다. 하늘은 빈틈없이 푸르른 나뭇잎들로 뒤덮여 있었고, 잎사귀들은 눈부신 공기 속에서 마치 물속을 유영하는 것처럼 흔들리고 있었다. 바람에 사각거리는 가지들, 흔들릴 때마다 반짝이는 이파리들, 몸을 타고 올라오는 흙의 고요함. 그때 나는 처음으로 중력을 감각으로 느꼈다. 내가 저 하늘로 떨어지지 않도록 나를 꽉 붙잡아주는 중력의 힘, 그 힘에 의지하는 게 얼마나 평온한지를 느꼈다. 『중력의 은총』을 쓴 프랑스 사상가 시몬 베유는 중력이란 낮은 쪽에 힘이 있음을

보여주는 자연의 법칙이라고 하였다. 우리를 겸손하게 낮은 쪽으로
향하게 하는 힘, 중력.

　　지금까지 우리는 이렇게 배웠다. 지혜는 머리에서 나오고, 머리는
올바른 판단의 근원이기에 우리의 두 발보다 훨씬 더 중요하다고.
그러나 숲에 들어가면 알게 된다. 두 발이 직접 전해주는 감각의
지혜야말로 더없이 소중하다는 것을. 헨리 데이비드 소로는 숲에서
길을 찾던 경험을 『월든』에 적었다. 그는 한 번씩 마을에 갔다가
칠흑처럼 어두운 한밤중에 월든 숲으로 돌아오곤 하였다. 그럴 때마다
밤 숲은 늘 다니던 곳이어도 길을 찾기가 쉽지 않았다. 캄캄한 숲에서
소로는 두 발로 더듬어 길을 찾았다. 마치 손이 다른 도움 없이도 어둠
속에서 입을 찾을 수 있는 것처럼 그의 두 발도 본능적으로 그를 집으로
이끌었다. 때로는 소로의 집에 찾아온 손님도 밤늦게 마을로
돌아가려면 애를 먹었는데, 그러면 소로는 길이 보이지 않을수록
머리보다는 발에 의지해서 길을 찾으라고 말했다. 길을 잃게 되면
이처럼 먼저 감각의 힘을 되살리는 것이 중요하다. 숲에서도 그럴진대
하물며 삶에서 길을 잃었을 때는 더욱 그렇지 않겠는가?
　　그러나 우리에게는 무엇이든 보고 듣고 느낄 자유가 있지만
실제로 우리의 감각은 그와 같은 자유를 누리지 못한다. 어디를
보느냐에 따라 다른 풍경이 보이고 무엇을 듣느냐에 따라 다른 소리가
들리지만, 우리의 감각은 늘 한쪽으로만 고정되어 있기 때문이다. 눈은
언제나 위만 쳐다보고, 귀는 언제나 큰소리에만 예민하다. 우리의
감각은 언제나 한 줌도 안 되는 강자의 세계만 욕망하기에 대다수
약자의 세계는 마치 없는 것처럼 보이지도 않고 들리지도 않는다.
문제는 이처럼 우리가 '더 많이, 더 빨리, 더 높이'를 갈망하면 할수록

우리 사회는 더욱 경쟁적이 되고, 우리 내면은 황폐해지며, 이 지구는 인간만 생존 가능한 이상한 서식처가 된다는 점이다. 그러니 지금까지와는 반대쪽으로 우리의 감각을 열어야 한다. 가령, 머리가 아니라 발의 직감을 믿고, 정신이 아니라 몸의 감각을 일깨워야 한다. 어른이 아니라 아이에게 지혜를 물어야 하고, 남성이 아니라 여성에게 공감해야 한다. 전문가가 아니라 농부에게 생존법을 배워야 하고, 부유한 선진국이 아니라 가난한 나라에서 지속 가능한 오래된 기술을 찾아야 한다. 과학이 아니라 문학에게 진실을 물어야 하고, 기술자가 아니라 작가의 눈으로 우주를 보는 법을 배워야 한다.

이 책에 여덟 명의 작가를 소개한 이유도 여기에 있다. 그 가운데 헨리 데이비드 소로를 제외한 일곱 명의 작가는 모두 두 차례의 세계대전부터 중동전쟁, 그리고 전후 전 세계적으로 불어닥친 경제개발과 신자유주의의 광풍에 이르기까지 급변하는 20세기를 살았다. 물론 이 작가들의 삶과 글을 단순히 소개하는 데 이 책의 목적이 있는 것은 아니다. 나는 이 책에서, 나에게 감동을 준 20세기 작가들을 통해 우리 삶을 더 좋은 삶으로 이끌고, 우리 사회를 더 평화로운 공간으로 만들며, 나아가 아름다운 자연을 더 많이 느낄 수 있도록 생태적 관점에서 주요 문제점들을 하나씩 짚어보고 싶었다. 먼저 레이첼 카슨을 통해 우리가 가고 있는 길을 반성하며 돌아보고 싶었다. 미하엘 엔데를 통해서는 그 길에서 한 번뿐인 생명의 시간이 모두 돈을 위한 시간으로 바뀌었음을, E. F. 슈마허를 통해서는 시간의 변화와 함께 노동도 삶의 기쁨에서 생존을 위한 노역으로 변질되었음을 말하고 싶었다. 웬델 베리로부터는 생태적 관점에서의 평화란 무엇인지를, 마흐무드 다르위시로부터는 약자에게 올바른 생태적 정의란 무엇인지를 말하고 싶었다. 그리고 존 버거로부터는 우리가 느끼는 감각에도 윤리가 있다는 점을, 아룬다티 로이로부터는 보이지 않는 것을 볼 수 있는 상상력의 힘을 강조하고 싶었다. 비록 20세기 작가는 아니지만 헨리 데이비드 소로로 이 책을 끝맺은 것은 우리가 저항할 때 비로소 진정한 자유인으로 살 수 있음을 결론적으로 말하고 싶었기 때문이다.

이렇듯 여덟 명의 작가들은 모두 남다르게 예민한 생태적 상상력과 시적 감수성으로 현대문명의 파괴적인 측면을 들여다보았다. 그렇다면 이 책의 부제에 등장하는 마지막 아홉 번째 상상력은 누구의 것인가? 마지막 아홉 번째의 상상력, 그것은 아직 오지 않은 상상력이자 이 책을 읽고 감각이 새롭게 일깨워질 독자의 몫으로 남겨두고 싶다. 온몸으로 느끼기 시작하는 지점, 존재들이 무감각에서 깨어나 점차 눈을 뜨는 해빙의 온도인 0도에 주의를 기울인 것도 그 때문이다. 감각이 깨어나면 비로소 보이지 않는 수면 아래도 보게 되고, 인간이란 자연 없이는 살 수 없음도 느끼게 된다. 소로의 뒤를 이은 생태시인 게리 스나이더의 시에 나오듯이, 수면 위와 수면 아래를 모두 볼 수 있고, 자연과 사람이 결국은 하나라는 지혜도 배우게 된다.

수면 위로
은빛 연어가 지나가며 만든 물결은
바닷바람으로 생긴 물결과는 다르다네.

파도 위로 솟구치는 물기둥은
혹등고래가 청어를 삼키느라
숨을 위로 뿜어 생겨난 것.

이처럼 자연은 책이 아니라 공연장이라네,
오래된 수준 높은 문화라네.

언제든 새로운 사건들이
벗겨내고, 문질러대고, 써먹고, 또 써먹는다네,
저 풀밭 아래 숨어 있는
두 갈래 강물의 수로를.

드넓은 야생지
집 외따로.
야생지에는 작은 집,
집에는 야생지.
둘 다 서로를 잊었네.

자연은 없네.
둘이 함께, 하나의 거대한 텅 빈 집.

　　야생의 자연이 따로 있고, 인간이 사는 집이 따로 존재하는 것이
아니다. 집 안에 자연이 들어오고 자연이 인간의 서식처가 되는 순간,
더 이상 자연이란 말은 존재할 필요도 없다. 이처럼 인간과 자연이
하나로 통합되면 우주 전체가 커다란 집이 된다. 이 지상에 존재하는
모든 생명체를 보듬는 커다란 집. 누구나 그 안에서 다음 세대를 키우며
평화롭게 살 수 있는 집, 인간만이 아니라 모든 생명을 껴안는 원대한
존재의 집, 그것이 바로 자연이다.
　　그러나 지금 우리는 역사상 전례 없는 규모의 생태적 파괴에

직면해 있다. 자연과 인간은 서로 분리될 수 없기에 자연이 처한 위기는 그대로 인간 사회에도 닥칠 수밖에 없다. 생명의 시간은 불안의 시간으로 변하고, 아이들은 노인처럼 고독하며, 경쟁에 지친 어른들은 더 이상 사랑을 나누지 않는다. 마음이 무너지고 사회 그물망이 찢어지고 자연이 사라지는 총체적 위기 앞에서도 우리가 정신을 차리지 못한다면 앞으로 미래는 어떻게 될 것인가? 물론 이런 문제는 개인의 개심(改心)으로만 해결되지 않는다. 여기 소개한 작가들이 깨어 있는 감각의 중요성을 말한 것은 그저 우리가 마음만 바꾸면 된다는 뜻이 아니다. 중요한 것은 행동이다. 주의를 기울이면 다른 것이 보이고, 다른 느낌이 깨어나고, 그러면 누구든지 저항할 수 있기 때문이다. 우람한 말이 아니라 연약한 당나귀에 주목하는 것, 당나귀에서도 얼굴이 아니라 다리에 주목하는 것, 그러면 우리는 그 연약한 네 다리가 휠 정도로 짊어진 삶의 무게를 느끼게 되고, 그 무게가 품고 있는 고통과 불의도 알게 된다.

소로는 "이 세상에서 서로의 눈을 들여다보는 것만큼 신비로운 일이 있겠는가?"라고 말했다. 이렇듯 다른 존재에게 집중하여 주의를 기울이게 되면 우리는 그 존재를 알게 되고 사랑하게 된다. 우리 삶에서 진짜 삶이 아닌 것은 모두 없애고 삶의 시간을 오직 기쁨과 생기로 채워나가려면 바로 이런 사랑이 필요하다. 삶의 생기를 억압하는 모든 권력에 대해 "아니오"라고 말할 수 있는 저항도 바로 여기서 나온다. 그런 삶을 만들기 위해 이 책에서 만나게 될 여덟 작가들은 모두 다른 존재들을 깊이 들여다보고 사랑하는 데 평생을 헌신하였다. 그리고 나는 이제 다음은 우리 차례라고 말하고 싶다. 물론 우리 모두가 성인(聖人)이 되어야 하는 것은 아니다. 아무리 수심이 깊은 물이라도 표면까지 항상 고요하겠는가? 다만 수면에서야 끊임없이 잔물결이 일고 이런저런 파문이 생기겠지만 작가들이 붙잡아주는 강력한 중력의 힘으로 수심 저 아래는 누구에게든 고요하고 평화로운 삶이 이어지기를 희망할 뿐이다.

2018년 5월
박혜영

일러두기

1. 외국 인명, 지명, 작품명 및 독음은 외래어 표기법을 따르되 관용적인 표기와 동떨어진 경우 절충하여 실용적 표기를 따랐다.

2. 이 책은 저자가 『녹색평론』, 『문학수첩』, 『황해문화』 등에 실었던 글들을 수정·보완하여 새로 엮은 것이다.

차
례

"우리가 싸워 이겨야 할 대상은 자연이 아니라 바로 우리 자신이다.
성숙한 눈으로 자연과 우주를 바라볼 수 있도록
먼저 우리 스스로가 문제임을 깨달아야 한다."

먼 훗날 이 길에 서서

레이첼 카슨

길을 잃고 나면 알게 된다. 인생이란 언제나 어떤 길을 선택하느냐의 문제라는 것을. 그 어디에도 길이 없는 곳은 없다지만 한번 잘못 들어서면 방향을 되돌리기란 누구도 쉽지 않다. 어두운 숲에서 길을 잃어버릴 때보다 의지할 데 없는 사회 속에서 어디로 가야 할지 모를 때가 더 불안하며, 개인이 길을 잃고 방황할 때보다 사회나 시대가 올바른 길을 찾지 못할 때가 더 고통스럽다. '지금 우리 시대는 어디로 가고 있는가?'라는 커다란 물음 앞에 20세기의 뛰어난 생태작가 가운데 레이첼 카슨(Rachel Carson)을 제일 먼저 떠올린 것은 카슨이야말로 그 누구보다 앞서 우리 시대가 길을 잃었음을 직감적으로 느꼈던 여성이기 때문이다.

　　물론 카슨은 베스트셀러 소설이나 시집을 남긴 작가는 아니다. 카슨은 생물학을 전공한 과학자였고, 이제는 고전의 반열에 오른 『침묵의 봄』(Silent Spring)도 화학물질의 독성에 관한 전문적인 자료 조사와 연구에 기초한 저서이다. 그러나 카슨은 과학자이기에 앞서, 눈에 보이지 않는 것을 볼 줄 아는 놀라운 시적 상상력과, 자연의 섬세한 순환 고리가 끊어지지 않도록 주의를 기울일 줄 아는 뛰어난 여성적 감수성을 지닌 작가였다. 봄이 와도 새가 울지 않는 세상, 물과 공기를 마음대로 마실 수 없는 세상, 그런 세상을 만들려는 과학기술자와 기업자본가의 무책임에 맞서 누구보다 일찍이 우리가 잘못된 길을 가고 있다고 발언한 활동가였다. 땅에 뿌려진 제초제와 살충제가 어떻게 곤충과 새들로 이어지고, 오염된 지하수가 어떻게 강물과 바다와 빗물로 이어져 결국은 전부 인간에게로 되돌아오게 되는지를 자연의 촘촘하고도 신비로운 그물망을 통해 보여준 생태사상가였다.

　　이 책의 후미에 나오는 인도 작가 아룬다티 로이(Arundhati

Roy)는『9월이여, 오라』에서 이렇게 말한 적이 있다. 작가들은 흔히 이 세상에서 무엇을 쓸지 자기들이 이야기를 고른다고 생각하지만 사실은 산과 강이 자신의 이야기를 가장 잘 들어줄 작가를 고르는 것이라고. 로이의 말처럼 육지와 바다가 자기 이야기에 가장 잘 귀 기울여 들어줄 작가를 고르는 것이라면 이 작은 행성의 오랜 역사를 카슨만큼 성실하고 주의 깊게 들어준 작가도 드물다. 카슨은 평생 독신으로 살면서 인간이 출현하기 훨씬 전에 생긴 바다와, 그 바닷물과의 상호작용으로 오랜 세월 침식과 퇴적을 거듭한 육지, 그리고 이 양쪽에 걸쳐 저마다의 터전을 마련한 야생생물들의 이야기를 주의 깊게 들어온 작가이기 때문이다. 카슨은 고향인 펜실베이니아 주 스프링데일의 농촌과 야생지뿐 아니라 아름다운 메릴랜드 해안가와 사우스포트 섬의 바다에도 귀를 기울였다. 1951년『우리를 둘러싼 바다』(The Sea Around Us)를 출간한 뒤 열린 한 연설에서 카슨은 이렇게 말한 적이 있다. 기계화와 핵 발전의 이 절망적인 시대에 지구의 오랜 역사를 정확히 바라보는 것은 우리에게 닥친 문제를 새로운 방식으로 인지할 수 있는 감각을 길러주게 될 것이라고.

　　수십억 년이라는 바다의 무한한 나이를 떠올릴 때, 이와 반대로 인간이 이 지구상에 태어난 짧은 시간을 기억할 때, 그리고 수많은 생명체들도 우리처럼 지구를 일상의 서식처로 살아가고 있음을 깨닫게 될 때 인간은 지금과는 전혀 다른 새로운 감수성을 갖게 될 것이다. 다 자란 고등어 한 마리가 한 철에 50만 개의 알을 낳지만 모두 잡아먹히고 겨우 두 마리만이 평균적으로 살아남는다는 사실을 알게 될 때, 드넓은 사가소 바다에서 태어난 어린 뱀장어가 낯선 대륙붕과 깊은 협곡을 거쳐 1500킬로미터의 여행 끝에 미국 동부의 강어귀로 왔다가는 10년 뒤 다시 정확하게 고향으로 돌아간다는 사실을 알게 될 때, 그리고 해변에서 흔히 보는 도요새가 그 작은 체구로 매년 봄이면 1만 3000킬로미터를 날아갔다가 가을이면 다시 그 먼 거리를 잊지 않고 돌아온다는 사실을 알게 될 때 우리는 자연을 바라보는 새로운 감각을 갖게 될 것이다. 인간으로서는 한 발짝도 들어가지 못하는 깊은 바닷속을 용감하게 누비고 다녔을 뱀장어의 일생과 남미의 파타고니아에서 멀리 북극권까지 날아갔다가 다시 그 길을 돌아오는 장거리 여행자 도요새의 신비로운 일생에 주의를 기울인다면 인류가 편리와 이윤의 이름으로 이 작은 생명체들에게 무슨 짓을 저질렀는지에 대해 비로소 우리는 눈을 뜨게 될 것이다.

적막한 길로 들어서다

『침묵의 봄』의 첫 장 「내일을 위한 우화」와 마지막 장 「가지 않은 길」은 인류가 두 갈래 길 가운데 어떤 길을 선택했는지, 그리고 희망컨대 더 나은 길이길 바라며 걸어 들어간 그 길이 어떤 터무니없는 결과를 낳았는지를 시적으로 설명하고 있다.

「가지 않은 길」(The Road Not Taken)

> 노란 숲속에 두 갈래 길이 있었습니다.
> 나는 한 사람의 여행자이기에
> 두 길 모두 갈 수 없음을 아쉬워하며
> 오랫동안 서성거렸습니다. 가능한 멀리까지
> 한쪽 길이 덤불 속으로 돌아간 곳을 바라보면서.
>
> 그러고는 다른 길로 들어섰습니다. 마찬가지로 아름답고,
> 어쩌면 더 나을지도 모른다고 생각하면서.

하지만 마지막 장에 인용된 로버트 프로스트(Robert Frost)의 시
「가지 않은 길」과 달리 우리가 택한 길은 더 나은 길이 아니었다. 우리가
오랫동안 달려온 길은 인류에게 놀라운 진보를 안겨준 빠르고 편리한
고속도로였지만 그 끝에는 기후변화와 같은 대규모 재앙이 기다리고
있다. 더욱 빨리 달리기 위해 진보에 방해가 되는 모든 해충을
화학물질로 박멸해온 결과, 땅은 오염되고, 나무는 시들고, 새들은
사라져버린 적막한 길이 되었다. 봄이 와도 어떤 생명의 소리도 들리지
않고 그저 미세먼지만이 가득한 죽음의 길이 과거에 우리가 더 나은
길이라고 생각하며 들어섰던 바로 그 길이다.

그런데 놀라운 점은, 우리가 발전이라는 이름으로 자연에게 무슨
짓을 저지르고 있는지를 제일 먼저 알아차린 것은 과학자들이 아니라
평범한 주부들이었다는 사실이다. 1950년대 비료와 제초제를 동원한
화학영농법이 미국 사회에서 폭넓은 호응을 얻고 있을 때『사이언티픽
아메리칸』지에 한 남성 과학자는 이런 글을 기고하였다. "새로운 비료,
살충제, 살균제, 제초제, 고엽제, 토양 촉진제, 식물호르몬, 무기염류,
항생제, 돼지를 위한 합성우유 등으로 지금 영농에는 혁명이 일어나고
있다." 물론 농업 생산력에 혁명을 일으켰던 이 모든 물질은 지금은 다
발암물질로 밝혀졌다. 그러나 과학자들과 달리 앨라배마에 살던 한
평범한 주부는 진보의 이름으로 인류가 무슨 짓을 저지르고 있는지
즉각 알아차렸다. 미국 연방정부가 불개미 퇴치를 위해 대규모
살충제를 뿌리자 이 여성은 다음과 같은 편지를 카슨에게 보내왔다.
"반세기가 지나도록 제가 사는 마을은 말 그대로 조류 보호
구역이었습니다. 그런데 8월 둘째 주부터 그 많던 새들이 한순간에
사라져버렸습니다. 암말과 망아지를 돌보기 위해 일찍 일어난 어느 날
아침 저는 지저귀는 새를 단 한 마리도 발견하지 못했습니다. 기괴하고

두렵기까지 한 일이었습니다. 완벽하게 아름다운 이 세상에 도대체 인간은 무슨 짓을 저지른 것일까요?"

카슨이 한참『침묵의 봄』을 구상하던 1957년에 소련은 인류 역사상 최초로 인공위성 스푸트니크호를 성공적으로 발사시켰다. 이에 흥분한 한 과학자는 "인류는 이제 더 이상 지구에 붙잡혀 있지 않아도 될 것이다"라고 말했고, 한 신문은 "지구에 갇힌 인류의 탈출을 향한 진일보"라고 대서특필했다. 반면에 정치사상가인 한나 아렌트(Hannah Arendt)는『인간의 조건』(The Human Condition) 서문에서 스푸트니크호 발사에 대해 다음과 같이 비통해했다. 하늘에 계신 아버지 신과의 결별로 인간 해방과 세속화가 이루어지며 근대가 시작되었지만, 결국 하늘 아래 모든 존재들의 어머니인 지구와 파멸적인 절연을 감행함으로써 이제 종결을 고하고 있다고. 과학의 목표가 인간의 유일한 서식처인 지구와 절연하는 데 있다면, 그래서 마치 1620년에 메이플라워호를 타고 신대륙을 찾아 떠났던 순례자 아버지들(Pilgrim Fathers)처럼 우리도 다른 행성을 찾아 떠날 수 있게 된다면, 우리는 이것을 진보라고 부를 수 있을까?

자연은 인간에게 필요한 삶의 모든 조건을 무상으로 제공해준다. 나무는 알아서 맑은 산소를 보내주고, 강물은 저절로 깨끗한 물을 보내준다. 가뭄 끝엔 단비를 내려주고, 홍수 끝엔 햇살을 보내준다. 흔히 자연이 인간에게 무관심하다고 말하지만 프로스트의 다음 시처럼 만약 자연이 조금이라도 인간을 봐주지 않았더라면 이 작은 행성에서 인간의 지배력이 이처럼 늘어날 수는 없었을 것이다.

비를 요구했다고 해서 번개나 천둥이 치진 않았다.
우리 요구에 성이 난다고 해서

광풍이 불지도 않았다. 오해도 하지 않았고,
우리 대변인이 협상한 그 이상을 보내주지도 않았다.
우리가 비를 소망한다고 저주를 퍼부으며
휩쓸려 죽어버리도록 홍수를 보내지도 않았다.
그저 눈부신 단비를 부드럽게 내려주었다.
부드러운 흙이 출산하기 좋을 만큼 촉촉해질 때까지
그저 우리에게 단비를 보내주고 또 보내주었을 뿐이다.
우리는 악에 대한 선의 정당한 비율을 의심한다,
자연에는 우리를 거스르는 것이 많다면서.
그러나 우리는 잊고 있다, 시간이 시작된 이래
평화시와 전시의 인간 본성까지 합하여 자연 전체를 생각해보라,
최소한 1퍼센트의 몇 분의 1만큼이라도
자연이 인간을 봐주고 있다는 사실을.
그렇지 않고서야 이렇게 꾸준히도 인간이 불어날 리도 없고,
이 행성에 대한 우리의 지배력이 이토록 늘어날 리도 없었을 테니.

　　다른 생물들과 달리 인간이 주어진 자신의 서식처에 적응하기
어려워진 것은 과학기술의 발전 덕분이다. 가전기술의 발달로 인간은
여름의 더위와 겨울의 추위를 참지 못하게 되었다. 토목기술의 발달로
인간은 단비에 만족하지 못하고 산을 깎고 강물을 가두게 되었다.
우주공학과 생명기술의 발달로 이제 인간은 지구를 답답하게 느끼고,
자신의 유한한 수명마저도 고통으로 여기게 되었다. 이 넓은 지구에
인간만이 살아야 되는 것처럼 생각되자 갑자기 자연 속에는 우리를
불편하게 하고 우리의 뜻을 거스르는 것들이 걷잡을 수 없이 늘어났다.
유해한 각종 해충이 발견되었고, 식량 증산을 가로막는 각종 잡초가

태어났으며, 노화와 죽음도 의료적 처치가 필요한 질병이 되었다.

아렌트는 인간이 유일한 서식처인 지구를 벗어나려는 것과 자신에게 주어진 생명의 유한성을 벗어나려는 것을 동일한 과학적 욕망이라고 보았다. 이 욕망으로 인간은 오랫동안 잘 적응해온 어머니 지구와의 마지막 끈까지 마침내 잘라버리게 될 것이라 예언하였다. 아렌트가 과학문명을 낳은 인간의 욕망에 대해 정치사상적으로 성찰하였다면, 카슨은 과학적 관찰과 문학적 상상력으로 인류가 진보와 발전의 이름으로 자신의 서식처에 무슨 짓을 하고 있는지를 사유하였다. 카슨은 이렇게 말했다. "서양문명은 근대에 접어든 이후 자연자원을 착취하는 데 몰두해왔습니다. 짧은 기간이지만 이 과정을 통해 무자비하게 지구를 훼손하고 파괴를 서슴지 않았습니다. 우리가 싸워 이겨야 할 대상은 자연이 아니라 바로 우리 자신입니다. 성숙한 눈으로 자연과 우주를 바라볼 수 있도록 먼저 우리 스스로가 문제임을 깨달아야 합니다." 카슨은 자신의 서식처를 파괴하는 유일한 존재인 인간, 그 인간의 등장으로 어떻게 수십억 년 동안 새가 찾아오고 맑은 물이 흐르던 아름다운 지구가 불과 200년 만에 '과학의 도움' 아래 죽어가게 되었는지 사유한 것이다.

핵무기로 가는 길

1962년에 출간된 『침묵의 봄』은 현대 환경운동의 탄생을 가져온 획기적인 저서로 꼽힌다. 카슨은 이 책에서 선별적으로 해충을 박멸할 수 있다는 과학의 오만이 자연 생태계를 어떻게 교란시켰는지를 관찰함으로써 치명적인 살충제 사용과 화학산업의 문제점을 지적하였다. 하지만 카슨의 위대한 점은 그녀의 문제의식이 과학의 현명한 이용을 권장하는 차원에서 끝나지 않았다는 데 있다.

'해충'이란 말은 2차 세계대전 전후인 1940년대부터 사용되기 시작한 현대적인 용어이다. 어느 날 느닷없이 산업이 1차, 2차, 3차로 나뉘고 3차 산업에 비해 농업이 후진적인 1차 산업으로 분류된 것처럼 지구의 곤충들도 어느 날부터 느닷없이 익충과 해충으로 분류되기 시작했고, 여기서 해충으로 격하된 각종 곤충들은 영문도 모른 채 과학적으로 '완전 소개(疏開)'될 처지에 놓이게 되었다. 해충을 효과적으로 박멸하기 위해 200여 종의 기본적인 화학물질들이 합성되었고, 이것은 다시 수천 개의 제품으로 제조되어 스프레이, 분말, 에어졸 형태로 판매되었다. 마치 나치가 아우슈비츠 수용소에서 인간해충으로 분류된 유대인들의 과학적 박멸을 위해 치클론-B라는 화학약품을 가스실에 투입했던 것처럼 말이다. 카슨의 위대한 점은 이렇게 자의적 기준에 입각해 특정 '나쁜' 해충을 박멸하겠다는 식의 '선의'가 부메랑처럼 되돌아와 인간 자신도 해칠 뿐 아니라, 나아가 이런 생명체들이 스스로를 더욱 무장하도록 만듦으로써 지구 생태계 전체를 항구적인 전시(戰時)상태로 바꾼다는 사실을 깊이 인식했다는 데 있다.

> 살충제를 뿌리는 과정은 나선형으로 끝없이 벌어지는 원을 따라잡는 것과 같다. 민간 차원에서의 DDT 사용이 허용된 이래 독성이 더욱 강한 화학물질을 찾아내려는 경주는 가속화되었다. 왜냐하면 마치 다윈의 적자생존 법칙의 승리를 증명하듯 곤충들은 살포된 살충제에 대해 내성을 지닌 슈퍼 종으로 진화해갔고, 따라서 다음에는 언제나 더 치명적인 살충제가 개발되었고, 또 그다음엔 전보다 독성이 더욱 강한 살충제가 나오는 식이 되었기 때문이다. 이렇게 된 또 다른 이유는 나중에 다시 설명하겠지만, 종종 해충들이 살충제 살포 이후 후염(後炎)현상처럼 부활하여 오히려 그 수가 더 늘어났기 때문이다.

따라서 이 화학전에 승리란 결코 있을 수 없으며, 그저 모든 생명들이 격렬한 포화 속에 꼼짝할 수 없게 될 뿐이다.

말라리아 문제를 일거에 해소해 마법의 물질로 칭송받았던 DDT를 비롯해 사실 많은 살충제들은 대부분 화학전으로 치달았던 두 차례 세계대전의 산물이다. 특히 2차 세계대전에서는 말라리아와 함께 독일군, 일본군도 박멸되어야 할 해충에 비유됨으로써 곤충이건 인간이건 해충 박멸이 인류 미래를 위한 진보와 정의의 길인 것처럼 미화되었다. 그러나 문제는 이런 살충제들이 안타깝게도 사용자의 선악 분별 기준에 맞게 현장에서 과학적으로 악을 선별하지 못한다는 점이다. 살충제는 해충에게 살포되지만 해충만 골라 죽이지 못하기 때문이다. 살충제를 사용하는 것은 그것이 선택적 독성물질이기 때문이 아니라 맹독성이기 때문이다. 따라서 살충제는 인간이 지정해준 해충만 박멸하는 것이 아니라 살충제와 접촉한 모든 생명체를 골고루 죽인다. 각종 내분비계 교란물질로 가득한 살충제는 빗물과 함께 땅에 스며들고, 먹이사슬을 통해 식물에서 초식동물로, 다시 육식동물로 끝없이 순환된다. 그리고 인간처럼 개체의 크기가 클수록 더욱 많은 양의 독성물질이 체내에 축적된다. 천천히 축적된 독성은 몸속에 잠복해 있다가 상당한 시간이 흐른 뒤에야 문제를 일으키기 때문에 문제의 원인을 추적하기도 어렵다.

더 큰 문제는 화학자들이 새로운 살충제를 합성해내는 속도가 유독물질의 의학적 독성을 정확히 알아내는 속도보다 훨씬 빠르다는 것이다. 살충제의 '후염'이 어떤 식으로 되돌아오는지는 한국전쟁에 사용된 DDT 결과로도 알 수 있다. DDT는 1943년 이탈리아에서 연합군의 티푸스 박멸을 위해 처음 사용되었는데, 그 결과는 불과 1년

만에 종전 농도에 내성을 가진 말라리아모기의 창궐이었다. DDT는
1945년 무렵에 한국과 일본에서도 몸의 이를 없애기 위해
사용되었는데 불과 5년 뒤 군인들 사이에는 종전 농도에 내성을 지닌
이가 놀라울 정도로 증가했다. 그러나 문제는 곤충들의 반격을
박멸하기 위해 독성이 더욱 강한 살충제를 또 동원하는 이런 식의 소위
과학적 악순환이 결국 생태계 먹이사슬로 인해 종국에는 인간
자신에게로 총부리를 겨누는 일종의 자살 행위와 같은 '전쟁'을
일으킨다는 점이다.

> '자연통제'라는 말은 자연이 오직 인간의 편의를 위해 존재한다고
> 생각했던 시기, 즉 생물학과 철학의 수준이 네안데르탈인 시대일
> 무렵에 잉태된 오만한 표현이다. 대부분의 경우 응용곤충학의 발상과
> 실행 방법은 석기시대 수준의 과학에 머물러 있다. 이런 원시적 수준의
> 과학이 가장 현대적이고 끔찍한 무기로 무장하고 있다는 것과, 곤충을
> 향해 겨눈 이 무기들이 사실은 지구를 겨누고 있다는 사실이야말로
> 우리 시대의 가장 우려스러운 불행이다.

살충제 사례는 기본적으로 인간이 자연을 통제할 수 있다는
불경스러운 오만에서 비롯된 것이다. 진화를 거듭하면서 서식지에
적응하는 다른 생물들과 달리 인간은 자신의 편의와 이익을 위해
서식지를 바꾸려는 유일한 존재다. 카슨은 주어진 삶의 조건을
편리하게 바꾸려는 욕망의 근저에 본질적으로 우리 문명의 파괴성이
존재한다고 보았다. 왜냐하면 어떤 특정 생명체를 선별하여 깨끗하게
박멸할 수 있다는 생각은 근본적으로 전쟁의 논리이자 파시즘의
논리이기 때문이다. 이런 이유로 카슨은 살충제를 핵무기와 마찬가지로

살상제(biocide)라고 불러야 한다고 말했다. 물론 곤충을 상대로 핵무기를 쓰진 않는다는 점에서 살충제와 핵무기는 완전히 다른 차원의 이야기라고 볼 수 있다. 그러나 해로운 상대를 손쉽게 박멸하려는 전술로 살충제와 핵무기가 쓰인다는 점에서 두 무기의 작동 방식은 근본적으로 같다고 할 수 있다. 공중에서 대상을 가리지 않고 무차별적으로 투하된다는 점에서, 그리고 일단 투하되면 독성물질이나 방사능 오염이 반복적으로 생태계 순환을 교란시킨다는 점에서 말이다. 가령 DDT의 무차별적인 공중살포 방제가 한창이던 1950년대에 미국 농무부는 미국에 들어온 지 이미 100년이 넘은 매미나방을 느닷없이 박멸 대상으로 지목한 적이 있다. 떡갈나무 잎을 주로 갉아먹던 이 나방이 동부에만 서식하며 미국 전역으로 광범위하게 퍼지지 않은 까닭은 이들이 싫어하는 나무들이 자연스럽게 한계선을 만들어주었기 때문이다. 하지만 농무부는 완전 박멸을 선언했고, 무차별적으로 수백만 에이커의 땅에 살충제를 살포했다. 그 피해는 즉시 다양한 형태로 나타났지만 가장 큰 문제는 매미나방이 절대로 완전히 박멸되지 않는다는 점이었다.

그러자 농무부는 한동안 침묵을 지키다가 이번에는 느닷없이 불개미를 완전 박멸의 대상으로 지목했다. 당시 농부나 목축업자들은 불개미가 가축이나 작물에게 위협적인 존재라고 전혀 생각하지 않았다. 하지만 갑자기 정부간행물의 주인공이 된 불개미는 농업의 파괴자이자 조류, 가축, 심지어 인간까지 죽이는 괴물로 변해버렸다. 아홉 개 주의 땅 2000만 에이커에 살충제가 살포되었지만 물론 완전 박멸에는 성공하지 못했다. 이런 식의 사고방식과 처리 방식은 미국의 한 대통령에 의해 어느 날 느닷없이 인류 평화를 위협하는 악의 축이 지목되고, 곧 이어 이들이 핵무기와 같은 대량살상무기를 제조했다는

"살충제 문제는 핵무기와 마찬가지로 우리 문명의
도덕성을 가늠하는 리트머스 시험지가 된다.
카슨은 묻는다. 문명이라면 도대체 어떻게 다른
생명체에게 그토록 잔인무도한 전쟁을 걸 수
있느냐고."

1948년, 미국 오리곤의 한 목장에서
DDT를 살포하는 비행기.

증거가 대중매체를 통해 선전되고, 이를 바탕으로 악을 완전
박멸하겠다며 선전포고를 하는 식의 전쟁 방식과도 닮아 있다. 물론 이
경우에도 악은 완전 박멸되지 않았다. 이런 까닭에 살충제 문제는
핵무기와 마찬가지로 우리 문명의 도덕성을 가늠하는 리트머스
시험지가 된다. 카슨은 묻는다. 문명이라면 도대체 어떻게 다른
생명체에게 그토록 잔인무도한 전쟁을 걸 수 있느냐고. 아일랜드의
시인 예이츠(W. B. Yeats)는 절제할 줄 모른다면 그건 문명이 아니라고
했다. 살충제와 핵무기야말로 현대문명의 파괴적 본성을 그대로 드러낸
것이기에 카슨은 현대문명의 오만을 과학의 문제가 아닌 도덕의 문제로
성찰했다. 이렇게 해서 카슨은 자기도 모르는 사이 그녀가 가장
존경했던 『월든』(Walden)과 「시민 불복종」(Civil Disobedience)의
위대한 사상가인 헨리 데이비드 소로(Henry David Thoreau)의 뒤를
따르고 있었다.

자연의 길

『침묵의 봄』은 발간 즉시 화학산업계의 거센 반발과 과학계 동료들의
냉소적 비난을 동시에 불러일으켰다. 5년에 걸친 카슨의 조사 결과는 두
발의 핵무기로 적을 쉽게 박멸한 뒤 전후(戰後) 눈부신 경제성장으로
바야흐로 풍요의 시대를 구가하던 미국의 등등한 기세에 순식간에
찬물을 끼얹었었기 때문이다. 전쟁은 군수산업체의 특수를 낳았고, 이제
산업계와 과학계는 어떻게 결탁해야 하는지 알고 있었다. 그리고 전쟁
특수 효과를 지속하기 위해 정치권은 매카시즘의 광기를 어떻게
이용해야 하는지 알고 있었다.
　　바로 물질적 풍요와 정치적 순응의 카르텔이 만든 이 도도한
'침묵의 시대'에 박사학위도 없는 한 무명의 노처녀가 모든

미국인들에게 새로운 각성을 요구하고 나선 것이다. 카슨은 미국 전역의 무차별적인 DDT 방제가 실제로는 2차 세계대전 이후 수지맞는 시장이 필요했던 화학산업계와, 이런 대기업과 연결된 미국 농무부의 관료들, 그리고 기업과 정부로부터 연구비를 지원받은 과학자들 간의 불성실하고 무책임한 결탁의 결과였음을 너무도 예리하게 파악하였다. 비난은 다채로웠다. 농무부 장관으로부터는 공산주의자라는 공격을 받았고, 그녀의 살충제 연구가 적을 이롭게 하려는 간첩 행위라는 모함도 나왔다. 게다가 설령 DDT가 새들을 일부 죽였다 하더라도 말라리아에 걸려 죽는 사람들이 훨씬 더 많다는 과학적인 반격도 나왔다. 실제로 베네수엘라는 1943년에 말라리아 환자가 800만 명이었지만 1958년에는 800명으로 줄었다. 세계보건기구(WHO)는 DDT가 약 1억 명의 인구를 말라리아로부터 구했다고 보고했다.

물론 맞는 말이다. 하지만 비슷한 시기인 1955년에 미국암협회 (ACS)는 현재 다섯 명에 한 명 꼴인 암 환자가 머지않아 네 명에 한 명 꼴로 늘어날 것이라고 보고했다. 가령 지금도 약 7만 5000여 개의 화학제품들이 판매되고 있지만 안전성 검사를 받는 것은 전체의 20퍼센트에 지나지 않는다. 반세기 동안 남성들의 정자 수는 절반가량 감소했고, 도처에 산재한 환경호르몬은 이제 모유에서도 검출된다. 만약 말라리아에서 살아남았다면 다음 차례엔 암이 기다리는 것이다. 살충제 지지자들의 논리는 유전자조작(GMO) 식품을 옹호하는 전문가들과 마찬가지로 눈물겹도록 인도주의적이다. 제3세계의 기근 문제를 해결하기 위해서라도 녹색혁명이 필요하며 대량 증산에 필요한 유전자조작을 허용해야 한다는 식의 인도주의. 그래야만 굶주리는 수억 명의 세계 인구를 구할 수 있다는 식의 인도주의. 하지만 마찬가지로 굶주림이 해결된 뒤에는 각종 암을 걱정하게 될지 모른다. 게다가 배를 채우는 것보다 암을 치료하는 데는 훨씬 더 많은 돈이 필요하다.
그렇다면 도대체 누가 이런 결정을 내리는가?

마치 잔잔한 호수에 돌을 던지면 파문이 일듯 끝없이 퍼져나가는 이
죽음의 물결, 이 독성물질의 연쇄 파문이 일어나도록 결정을 내린 자는
누구인가? 저울 한쪽에는 딱정벌레들이 갉아먹을 작물 잎사귀를
올려놓고, 다른 쪽에는 유독성 살충제의 무차별적인 몽둥이에 스러진
새들의 차가운 잔해와 울긋불긋한 불쌍한 깃털들을 올려놓은 자는
누구인가? 유선형 날개로 창공을 가르는 새들을 바라볼 은총조차
사라져버린 삭막한 세상이 되더라도 그저 벌레 없는 세상을 만드는 게
최고로 중요한 가치라며, 이 점을 한 번도 상의해본 적 없는 수많은
사람들을 대신하여 자기 마음대로 결정을 내렸거나, 혹은 내릴 권리가
있는 자는 누구인가? 그런 결정을 내린 자는 바로 잠시 동안 권력을
위임받은 관리들이다. 그들은 자연의 질서와 아름다움이 깊고도
절박한 의미를 갖는다고 믿는 다른 수많은 사람들이 잠시 부주의한
틈을 타 그런 결정들을 내린 것이다.

카슨은 위임받은 권력자들이 마음대로 결정권을 휘두르는 것은
민주주의가 제대로 작동하지 않았기 때문임을 알아차렸다. 잠시
바쁘거나 무관심하여 기술주의와 자본주의로 무장한 소위
전문가들에게 우리의 삶을 맡기는 순간 생태계를 위협하는 죽음의
파문이 시작되는 것임을 알아차렸다. 카슨의 말대로 산업문명은 어떤
대가를 치르더라도 단돈 1달러를 벌 권리가 위협받는 건 절대로
묵과하지 않기 때문이다. 이런 죽음의 감수성으로는 사과 몇 알을
떨어질 때까지 남겨두어 누구나 잘 익은 사과 향기를 누릴 수 있도록

배려하던 오래된 수확의 지혜를 이해할 수 없을 것이다.

「안 거두어들인」(Unharvested)

> 담장 너머로 풍겨오는 잘 익은 향기.
> 다니던 길 벗어나
> 무엇인가 가보았더니,
> 과연 사과나무 한 그루,
> 여름의 짐 편안히 내려놓고
> 잎사귀 몇 개만 남긴 채
> 이제 여인네 부채처럼 가볍게 숨 쉬며 서 있네.
> 왜냐하면 거기엔 인간에게 내어준 만큼이나
> 가을 사과가 다 떨어져 있었기에.
> 땅에는 새빨간 동그란 원이 생겼네.
>
> 안 거두어들인 무엇이 늘 있어주었으면!
> 정해진 우리 계획 밖에 있는 게 더 많아졌으면,
> 사과든 무엇이든 잊어버린 채 남겨두어
> 그 달콤함을 맡는 게 도둑질이 아니도록.

프로스트가 담장 너머로 사과 향기를 맡을 수 있었던 것은
누군가가 새를 위해, 혹은 길손을 위해 사과를 다 따지 않고 남겨두었기
때문이다. 인간이 수확해간 사과 못지않게 시인에게는 땅에 떨어지도록
거두어들이지 않은 남은 사과도 중요하다. 덕분에 사과 향기는 공유될
수 있고, 가을이 끝나도록 그 향기를 맡을 수 있기 때문이다.
가을걷이할 때 낱알까지 훑는 농부는 없을 것이다. 치어까지 다
잡겠다고 강바닥을 긁는 어부도 없을 것이다. 돈이 된다고 몽땅

거두어들이는 것은 지구의 삶터가 자기만을 위한 것이 아님을 알 때는
도저히 할 수 없는 짓이다. 옛사람들이 수많은 전설과 민담을 통해
자연에 인간의 손길이 미치지 않거나 또 미칠 수 없는 야생지를 남겨둔
것은 이 땅에 인간만 산다고 생각하지 않았기 때문이다.

　　카슨은 『잃어버린 숲』(Lost Woods)에서 야생지에 대해 이렇게
말했다. 자연의 길이 무엇인지 우리는 어디선가 배워야 한다. 만약
인간이 간섭하지 않았더라면 지구가 어떤 모습이었을지 우리는 그
어디선가에서 알 수 있어야 한다. 오락용 놀이공원이 아닌 야생지를
어딘가에 남겨놓아야 한다. 그래서 바다와 바람과 해변이, 아니 모든
생명체와 그들의 서식처가 인간이 살지 않았던 먼 태곳적 모습 그대로
남아 있어 우리가 만나볼 수 있도록.

　　카슨의 이런 생태적 감수성은 자신이 사는 땅의 역사를 깊이
들여다볼 때만 나올 수 있다. 인류가 태어나기 오래전부터 철새들은
때를 잊지 않고 철따라 이동했으며, 물고기들은 드넓은 바다에서 길을
잃지 않고 강으로 회귀했음을 기억할 때만 나올 수 있다. 영겁의 세월
동안 반복되어온 이 자연의 길! 미국의 주류 과학계는 카슨의 자연관이
과학자로서는 지나치게 주관적이고 감정적이며 신비주의적이라고
비난했다. 하지만 카슨은 이들에게 되물었다. 자연의 눈부신
아름다움과 그런 아름다움이 무참히 파괴되는 데 대해 아무런 감정을
느끼지 못한다면 오히려 그게 더 문제가 아니냐고. 우리가 어떤 생물을
이해한다는 것은 그 생물체의 세포를 이해한다는 뜻이 아니다. 진정한
생물학적 앎은 그 생물체가 어떻게 땅에 뿌리를 내리고 살게 되었는지,
다른 생물체와는 어떻게 연결되어 있는지를 주의 깊게 들여다볼 때
시작된다. 마치 우리가 누군가의 DNA를 모두 알고 있다고 그 사람을
이해할 수 있는 것이 아니듯이.

생애 마지막 여행

우리는 속도와 양, 그리고 이윤이라는 우상을 섬기기 시작하면서 이런 총체적인 생태적 감수성을 잃게 되었다. 자연의 신비로운 그물망과 그 영겁의 역사 앞에 겸손함과 경건함을 느꼈던 카슨은 어이없게도 전문가들로부터는 비과학적이라거나 비현실적이라는 비난을 받아야 했다. 하지만 카슨도 물었듯이 핵 발전이 지속 가능하다는 생각이야말로 정말로 비현실적이다. "지구를 생존 불가능한 곳으로 만들지 않고도 우리가 이 치명적인 물질을 제대로 처리할 수 있는가"라는 물음에 저준위건 고준위건 핵폐기물을 안전하게 보존할 수 있다는 과학기술적 응대야말로 진짜로 낭만적인 발상이라고 본 것이다. 인간이 만든 철 드럼통이 영겁의 세월을 견디며 안전하게 방사능을 붙잡아줄 것으로 믿는다면 이것이 훨씬 더 비과학적이지 않은가? 수천 마리의 가축이 평생 햇살과 바람과 흙의 촉감도 느껴보지 못한 채 오직 식용이라는 한 가지 목적만을 위해 공장식 사육장에 갇혀 있는데도 이 고깃덩어리가 안전할 것이라고 믿는다면 그게 더 비현실적이지 않은가? 존재하는 모든 생명을 부주의하게 다루면서도, 생명 간의 그물망을 부숴버리고 그 서식처를 악의적으로 파괴하면서도 인간에게만은 이 지구가 계속 살 만할 것이라고 믿는다면 그게 더 신비주의적이지 않은가?

카슨은 1960년부터 진행된 유방암과 관절염으로 고생하였는데, 병환의 몸을 이끌고 참석한 1963년의 한 강연회에서 처음으로 자신을 생태학자라고 불렀다. 이 말은 자신이 소위 단절된 어느 부분만을 연구하는 협소한 의미의 과학자가 아니라는 뜻이었다. 그녀는 종과 생물학, 물리적 환경, 나아가 전 지구 생태계의 역동적인 연결 고리를 강조하고 싶었던 것이다. 카슨은 인간의 기원이 바로 지구의 기원이라고 말했다. 이 말은 인간이 단순한 DNA의 조합이 아니라 물과 불과 흙과 공기라는 바로 지구의 성분으로 이루어졌다는 것을 의미한다. 자연에 대한 시적 감수성을 회복하는 것만이 공존과 공생의 새로운 길을 찾아갈 수 있는 나침반인 것이다. 카슨은 과학책이라고 하기에는 너무도 시적이라는 비판에 대해서도 이렇게 말했다. 만약 바다에 관한 자신의 책에 시가 담겨 있다면 그것은 애써 시를 집어넣었기 때문이 아니라 시를 멀리하고서는 누구도 바다에 대해 진실된 글을 쓸 수 없기 때문이라고.

낭만주의 시인 존 키츠(John Keats)는 이렇게 애통해한 적이 있다. "숲이 성스러웠던 시절에는 공기도, 물도, 불도 성스러웠다"라고. 그 시절의 물은 H_2O가 아니라 세례수나 정화수였고, 나무는 깨달음의 장소였다. 그 시절의 파도는 영겁의 시간을 의미하는 시적 은유였다. 영원히 반복적으로 밀려왔다 밀려가는 파도를 보며 인류는 삶의 덧없음과 시간의 무한함을 느꼈다. 카슨은 인간의 영혼이 지구의 아름다움을 사랑하는 것은 인간과 자연이 아주 깊고도 필연적인 뿌리를 서로 나누고 있기 때문이며, 이런 감수성을 회복하려면 먼저 자연을 세심하게 들여다보아야 한다고 말했다. 만약 도요새가 그렇게 먼 거리를 여행한다는 것을 알게 된다면 어느 날 해변에서 마주쳤을 때 힘든 여정을 마친 새가 다르게 보일 것이다. 바람과 물이 협심하여 어린 파도를 만들어내고 그 파도가 여기저기의 많은 장애물을 헤치고 마침내 해변까지 밀려온 것임을 알게 된다면 파도 소리가 다르게 들릴 것이다. 어떠한 미미한 존재건 모두가 공존의 삶을 위해 서로 보이지 않게 협력한다는 그런 시적 감수성을 되찾는 것, 그것만이 지금 파국을 향해 치닫는 현대문명의 파괴적 욕망을 누그러뜨릴 수 있을 것이다.

카슨은 위대한 작가들이 대체로 그렇듯 불우한 생애를 살았다.

부모는 가난했고, 비싼 학비로 늘 아르바이트와 빚에 시달려야 했다. 대학에서 전공을 영문학에서 생물학으로 바꾸고, 마침내 존스홉킨스 대학에서 동물학 석사학위를 땄지만 돈이 없어 박사과정에 들어갈 수 없었다. 졸업 후엔 젊은 여성 과학자로서 남성 중심이던 과학계의 높은 벽을 넘을 수 없었다. 겨우 미국 어업국에 일자리를 얻었지만 평생 결혼도 하지 않은 채 가족의 생계를 책임져야 했고, 나중에는 어린 조카까지 부양해야 했다.『침묵의 봄』 출간 후엔 온통 힘 있는 자들의 흑색선전에 시달려야 했으며, 종국에는 자신이 암에 걸림으로써 많은 육체적 고통에도 시달려야 했다. 하지만 카슨은 그 어느 때건 한 번도 자연의 아름다움에서 멀어진 적이 없었다. 식구들로 비좁던 가난한 어린 시절에도 늘 고향 스프링데일의 산야에서 자연의 신비로움을 느꼈고, 생계를 위해 어업국에서 일하던 시절에도 늘 메릴랜드의 바다에서 무한한 아름다움을 느꼈다. 그녀가 마지막 순간까지도 얼마나 새와 물고기, 푸른 하늘과 하얀 파도, 그리고 해변의 바위를 사랑했는지, 얼마나 많은 위로와 지혜와 용기를 자연에서 얻었는지는 죽기 직전 도러시 프리먼(Dorothy Freeman)에게 남긴 생애 마지막 편지에도 잘 담겨 있다.

> 하나하나 다 기억에 남을 거예요. 9월의 푸른 하늘, 가문비나무에 부는 바람 소리와 바위를 치는 파도 소리, 침착하고 우아하게 내려앉으며 먹이를 낚아채느라 바쁜 갈매기들, 하지만 무엇보다도 왕나비가 제일 기억에 남을 겁니다. 어떤 보이지 않는 힘에 이끌려 조그마한 날개들이 줄을 지어 유유히 날아가던 그 모습, 우리는 나비의 생애에 대해 잠시 이야기를 나누었지요. 나비들이 다시 돌아올까요? 우리는 아닐 거라고 생각했습니다. 적어도 대부분의 나비에게 그건 생애 마지막 여행이 될

겁니다. 하지만 오늘 오후에 갑자기 떠올랐습니다. 그건 행복한
광경이었고, 나비들이 다시 돌아오지 못할 것이라는 사실을
이야기하면서도 우리가 전혀 슬퍼하지 않았다는 생각이 떠올랐습니다.
어떤 생명체가 생의 마지막 주기로 다가갈 때 그 종말을 자연스럽게
받아들이는 게 옳은 것이지요. 이것이 날개를 눈부시게 펄럭이던 그
생명의 조각들이 오늘 아침 저에게 가르쳐준 것입니다. 저는 그 안에서
깊은 행복을 보았습니다.

어째서 우리는 생애 마지막 여정을, 유유히 날아가던 바닷가
나비들처럼 이 아름다운 지구를 더럽히지 않은 채 조용히 마칠 수
없을까? 해마다 수천만 마리의 닭과 오리와 돼지를 산 채로 흙구덩이
속에 집어던지는 그런 야만적인 살처분을 계속한다고 조류독감이
박멸될 수 있을까? 다른 목숨을 이리 험하게 다루면서도 인간만은 계속
건강하고 안전하게 살 수 있을까? 카슨의 경고는 아직 끝나지 않았다.
여태껏 시리고 아프도록 돈만 쳐다보았던 욕망의 두 눈을 감고 나비의
생애를 감탄할 수 있는 마음의 눈을 뜨지 못한다면, 그래서 이 지구가
우리에게만큼이나 다른 목숨들에게도 생애 마지막 여정을 위한 유일한
터전임을 깨닫지 못한다면, 종국에는 오직 인간만이 남게 될 적막한
길에서 우리는 새소리조차 사라진 수많은 봄을 맞이하게 될 것이다.
그리되면 우리는 먼 훗날 이 길 끝에서 다음과 같은 절박한 심정으로
후회의 한숨을 내쉬게 될지도 모른다. 프로스트의 시 「가지 않은 길」은
이렇게 끝난다.

그날 아침 두 길은
밟은 자취도 없이 모두 낙엽에 덮여 있었습니다.

아, 나는 다음 날을 위하여 한 길은 남겨두었습니다!
길은 또 다른 길로 이어짐을 알기에
내가 다시 돌아올 것을 의심하면서도.

그 후 먼 훗날 어디에선가
나는 한숨을 쉬며 이렇게 말할 것입니다.
숲 속에 두 갈래 길이 있었다고,
그리고 나는 사람이 적게 다닌 길을 택했다고.
그로 인해 모든 것이 달라졌다고.

「가지 않은 길」

레이첼 카슨
Rachel Carson

레이첼 카슨은 전 세계 환경운동에 지대한 영향을 끼친 미국의 여성 작가이다. 1907년 펜실베이니아 주의 스프링데일에서 태어나 강을 따라 펼쳐진 넓은 시골 농장에서 자연을 탐구하며 자랐고, 『피터 래빗 이야기』로 유명한 영국 작가 베아트릭스 포터(Beatrix Potter)의 영향으로 동물 작가가 되고자 펜실베이니아 여자대학교(지금의 채텀 대학교) 영문학과에 진학하였다. 하지만 중간에 전공을 생물학으로 바꾸고 매사추세츠 주의 미국 해양학 연구실을 거쳐 1932년 당시 여성으로서는 드물게 존스홉킨스 대학에서 장학금을 받으며 생물학 석사과정을 마쳤다. 보험외판원이던 아버지의 갑작스러운 사망과 경제대공황으로 가정 형편이 어려워지자 카슨은 박사 진학을 포기하고 미국 어업국에서 임시직으로 일하게 된다. 이곳에서 주로 해양 어류들을 조사하여 어류에 관한 7분짜리 교육용 라디오 프로그램인 〈바닷속 로맨스〉(Romance Under the Waters)의 원고를 쓰는 한편, 잡지 『볼티모어 선』에 자연 보호의 중요성과 어류와 어업에 관한 여러 기사를 기고하며 생계를 꾸려나갔다. 1937년 언니가 세상을 떠나자 두 명의 조카까지 맡게 되어 가족 부양의 부담은 늘어나게 되었지만 다행히 라디오 프로그램의 성공에 힘입어 임시직에서 벗어나 해양생물학 연구원으로 채용되었다.

1937년부터 1952년까지 카슨은 미국 어류·야생동물국으로 이름이 바뀐 어업국에서 계속 일하면서 여러 매체에 글을 발표하였고, 일반 사람들에게 잘 알려져 있지 않던 해양생물학 지식을 시적인 상상력을 발휘하여 문학적인 문체로 전달함으로써 독자들로부터 호평을 받았다. 1951년 옥스퍼드 출판사의 제안으로 카슨은 그동안 연구해온 해양생물에 관한 이야기들을 묶어 『우리를 둘러싼 바다』를 발표하는데, 이 책은 무려 81주간이나 『뉴욕 타임스』 베스트셀러 목록에 올라가 있을 정도로 폭발적인 반응을 얻었다. 이 책의 성공으로 카슨은 그동안 행정 일로 많은 시간을 빼앗겼던 어업국을 그만둘 수 있었다. 『우리를 둘러싼 바다』는 다큐멘터리로도 제작되었는데 이때 자신의 과학적 연구를 마치 일종의 흥미로운 여행담처럼 개작해버린 제작자와의 갈등으로 이후 다시는 책의 판권을 영화사에 판매하지 않았다.

1953년 카슨은 어머니와 함께 메인 주로 이사하는데, 이곳에서 평생지기가 된 이웃 친구 도러시 프리먼을 만나게 된다. 두 사람은 자연에 대한 공통의 관심사를 바탕으로 수많은 편지를 주고받았으며, 이때의 편지들은 1995년에 『언제까지나, 레이첼로부터: 레이첼 카슨과 도러시 프리먼의 서신집』(Always, Rachel: The Letters of Rachel Carson and Dorothy Freeman, 1952~1964)으로 출간되었다. 두 사람의 깊은 관계는 그것이 어떤 관계였든 언제나 자연에 대한 카슨의 예민한 감수성과 헌신적인 탐구에 바탕을 두고 있었으며, 편지 속 도러시는 평생을 독신으로 살았던 카슨에게 그녀의 생각을 이해해주고 들어준 유일한 사람이었다. 카슨은 메인 주 앞바다의 해양 생태계를 연구하여 1955년 『바다의 가장자리』(The Edge of the Sea)를 출간함으로써 1941년에 출간된 『해풍 아래서』(Under the Sea Wind)와 함께 해양 생태계에 관한 과학에세이 삼부작을 완성하였다. 이 삼부작은 문학적 문체가 돋보일 뿐만 아니라, 당시로서는 드물게 자연을 소위 생태적 관점에서 바라봄으로써 육지와 바다의 순환적 관계를 강조하고 이를 위한 자연 보호의 중요성을 잘 전달한 역작이었다.

카슨의 가장 유명한 저서는 1962년에 출간되어 전 세계에 살충제의 위험성을 알린 『침묵의 봄』이다. 카슨은 어업국에서 어류 연구를 하며 살충제와 같은 화학물질의 독성에 대해 관심을 갖기 시작했으며 2차 세계대전 이후 일상생활에 DDT가 본격적으로 도입되면서 그 관심은 더 깊어졌다. 해양뿐 아니라 하늘에 닥친 변화에도 관심이 확장되면서 카슨은 실험실 안의 연구자에서 활동가로 변모하였고, 도러시 프리먼 및 자연 보호 단체들과 함께 난개발로부터 메인 주의 땅을 사들이는 일명 '잃어버린 숲' 프로젝트를 진행하였다. 1957년에는 갑작스러운 조카의 죽음으로 고아가 된 조카의 어린 아들까지 돌보게 되어 메릴랜드 주로 이사를 가게 되지만, 가중되는 가족 부양의 부담에도 불구하고 DDT의 위험성에 대한 조사와 연구를 게을리하지 않았다. 카슨은 화학물질의 무분별한 사용이 해충에 그치는 것이 아니라 결국 해충을 잡아먹는 조류로 이어지고, 나아가 화학물질이 빗물을 통해 땅에 스며듦으로써 지하수에서 바다까지 이어져 결국은 자연 생태계를 모두 교란시킨다는 점을 지적하였다. 벌레가 죽으면 새도 따라 죽고, 나무가 죽으면 동물도 따라 죽게 되고, 냇물이 오염되면 결국 바다도 오염된다는 자연의 순환적 관계를 인식하고 여기에 대한 인위적인 개입의 위험성을 널리 알린 것이『침묵의 봄』이다.

과학적 조사와 연구에 토대를 두었음에도 불구하고 이 책은 듀퐁과 같은 화학기업들로부터 화학물질의 독성에 대해 과장과 편견을 드러낸 비과학적인 책이라는 비판을 받았고, 이들과 이해관계로 얽힌 과학 전문가 집단과 정부 관료들로부터는 박사학위도 없는 비전문가의 말도 안 되는 우화에 불과하다는 비난을 들었다. 독신 여성에다 전문연구기관에도 소속되지 않았던 사회적 지위로 인해 카슨은 공산주의자로 몰리기도 하는 등의 많은 인신공격을 받았지만, 결국 이 책의 엄청난 판매부수와 독자들의 지지는 케네디 정부 이후 미국의 환경정책에 지대한 영향을 미쳤고, DDT 사용을 중지시켰으며, 나아가 20세기의 환경운동과 생태여성주의 운동에도 큰 기여를 하였다. 카슨은『침묵의 봄』출간 이후 수많은 논쟁과 비난에 시달리다가 출간 16개월 만에 암으로 사망하게 되는데, 죽기 전 텔레비전 인터뷰에서 이렇게 말했다. "인간의 힘으로 자연을 통제하고, 바꾸고, 파괴시키려는 모든 노력은 필연적으로 자기 자신과의 싸움으로 발전될 수밖에 없고, 인간은 자연과 화해하지 않는 한 절대로 이 싸움에서 이길 수 없습니다." 카슨 사후에 예일 대학에 헌정된 그녀의 글을 추려 유고집『잃어버린 숲』이 출간되었다.

Michael Ende

1929. 11. 12. – 1995. 8. 28.

"사람들은 시간을 아낄수록 뭔가를 잃게 된다는 점에 결코 주의를 기울이지 않는다.
삶이 더욱 가난해지고, 황량해지며, 단조롭게 된다는 것을
아무도 인정하고 싶어 하지 않는다."

시간을 잃어버린 시대

미하엘 엔데

내가 중학생일 무렵 우리 식구는 서울 변두리의 2층 상가 건물에
살았다. 비록 작은 산이 가까이 있긴 했지만 여름 한낮의 땡볕은
대단하여 저녁 설거지가 끝나면 나는 엄마와 옥상에 올라가 더위를
식히곤 했는데, 하루 종일 달궈진 집 안과 달리 옥상은 산에서 부는
바람 덕분에 제법 시원하였다. 옥상 마루에 자리를 깔고 누웠노라면
바람도 제법 산들거리고, 멀리서 새소리도 들리고, 이런저런 별들도
떠오르기 시작했다. 나는 밤하늘의 별자리를 보며 저건 무슨 자리고, 또
저건 무슨 자리라고 엄마에게 알려주며 "저 별빛이 언제 출발한 건지
알아?"라고 으쓱대기도 하였다. "북두칠성은 지구와 가까워 보여도
70광년이나 떨어져 있으니 오늘 보는 저 별빛은 엄마가 태어나기도
전인 70년 전에 출발한 빛이야. 반대로 오늘 출발한 빛은 70년 뒤에나
도착하니 엄마도 나도 보기 어려울 거야"라고 하면 엄마는 믿기
어렵다는 듯이 어린아이처럼 자꾸 질문을 했는데, 나 역시 내가
말해놓고도 그 무한한 영겁의 시간에 눌려 깊은 어둠 속 밤하늘을
올려다보곤 하였다.

　　어린 시절 끝없는 어둠 속에서 나를 누르던 그 무한한 시간은 모두
어디로 사라져버렸기에 어른이 된 지금은 너나없이 모두 시간이
부족하다고 아우성치게 되었을까? 경쟁에서 남들보다 더 빨리 이기는
것이 삶의 지상 목표가 되어버린 우리 시대의 고통을 이해하려면 그
많던 시간이 왜 모두 사라지게 되었는지를 살펴봐야 한다. 미하엘
엔데(Michael Ende)는 모모가 겪은 이상한 이야기를 통해 우리가
숫자로 환원할 수 없는 생명의 시간을 속도로 측정하고 돈으로
계산하기 시작하면서 그 많던 시간을 다 잃어버리게 되었다는 사실을
들려준다.『침묵의 봄』에서 카슨이 말한 두 갈래 길 가운데 우리가
선택한 속도전의 길에서 과연 우리가 상실한 것은 무엇인지를 엔데는

뛰어난 상상력으로 들려준다.

　속도에 관한 재미난 우화로 괴테의 시 「마법사의 견습생」(The Sorcerer's Apprentice)이 있는데, 여기에는 다음과 같은 교훈적인 이야기가 담겨 있다. 옛날에 어느 늙은 마법사에게 마술을 배우러 온 한 젊은 견습생이 있었다. 매번 물을 길으러 오기 귀찮았던 어린 제자는 어느 날 스승이 외출한 틈을 타 몰래 빗자루에 마법을 걸었다. 그러자 마법에 걸린 빗자루는 견습생을 대신하여 열심히 물을 길으러 와주었다. 이윽고 물통에 물이 가득 차자 견습생은 빗자루의 마법을 풀려고 했지만 도무지 빗자루를 멈추게 하는 주문이 떠오르지 않았다. 집 안에 물이 흘러넘치기 시작하자 이 불쌍한 견습생은 급한 마음에 그만 도끼로 빗자루를 내리쳐버렸다. 그러자 이번에는 두 동강이 난 빗자루가 벌떡 일어나 두 배나 빠른 속도로 물을 길으러 오기 시작하였다. 아무리 "그만"이라고 소리쳐도 빗자루들은 말을 듣지 않았다. 집 안이 온통 물에 잠기게 되자 견습생은 놀라서 살려달라고 소리를 지르고, 마침 그 소리를 듣고 달려온 스승이 마법을 풀어 불쌍한 제자를 구해주었다는 이야기이다.

　이 우화는 로마시대 풍자 작가였던 루키아누스(Lucianus)의 작품에 처음 등장하는데, 20세기 스위스의 생태경제학자였던 한스 크리스토프 빈스방거(Hans Christoph Binswanger)는 『파우스트』(Faust)와 함께 이 시에서 당시 유럽의 산업혁명을 지켜보던 괴테의 복잡한 심정을 읽었다. 생산 속도가 무섭게 빨라지게 된 건 인간의 손에서 기계로 동력이 넘어간 산업혁명기부터이다. 우화에서처럼 속도가 두 배로 빨라지면 물의 양은 두 배로 늘어나게 된다. 두 배가 다시 네 배가 되고, 네 배는 다시 여덟 배로 늘어난다. 마치 마법에 걸린 빗자루처럼 쉬지 않고 움직이는 기계의 등장으로

속도는 빨라지고, 빨라진 속도만큼 생산량은 늘게 된다. 기계화와
분업화에 토대를 둔 생산 속도의 향상은 필연적으로 과잉생산을 낳게
되며, 이렇듯 생산과 수요의 불균형이 커지면 자본주의 경제는
주기적으로 공황에 빠지게 된다. 실제로 영국이 경험한 세계 최초의
심각한 경제공황도 1815년 나폴레옹과의 전쟁에서 승리한 직후, 전쟁
동안 과잉생산된 상품과 전후 수요의 불균형 때문에 일어났다.
넘쳐나는 물 때문에 죽을 뻔한 견습생의 곤경에서 괴테와 빈스방거
모두 더 많이 생산하려는 속도전의 욕망에 사로잡힌 인류의 미래를 본
것이다.

　　물론 일부 경제학자들은 아직도 충분히 풍요롭지 않다고
말하지만, 문제는 속도를 줄여야 하는 시점이 되었을 때 우리에게 과연
빗자루를 멈추게 할 주문이 있는가 하는 점이다. 엔데는
시간도둑들에게 빼앗긴 시간을 사람들에게 되찾아준 모모라는 아이의
이상한 이야기를 통해 우리를 현혹시키는 현대판 속도의 마술이
어떻게 시작되었는지, 그리고 점점 빨라지는 이 빗자루를 멈추게 할
주문이 과연 무엇인지를 놀랍도록 환상적으로 들려준다.

시간은 어떻게 돈이 되었나

영국의 산업혁명 시기를 성찰했던 정치경제학자 칼 폴라니(Karl
Polanyi)는 토지와 노동과 화폐는 생산된 것이 아니기에 근본적으로
상품화될 수 없다고 하였다. 다른 말로 하자면 땅과 인간과 가치는
시장에서 사고팔 수 없다는 뜻이다. 하지만 자본주의는 인간이나
자연도 시장에서 사고팔 수 있도록 자연은 천연자원으로, 사람은
인적자원으로 바꾸어놓았다. 자연이 자원으로 환원되자 단위당 더
많은 이윤이 보장되는 산업 시설을 위해 아름다운 농경지와 갯벌들은

매립되었다. 사람이 인적자원으로 바뀌자 노동력에도 등급이 매겨지고 불필요한 노동력이 생겨났다. 존재하는 모든 것을 돈으로 환원시키는 자본주의의 연금술은 교환가치로만 존재했던 화폐마저도 사고팔 수 있는 상품으로 만들었다. 그 결과 우리 시대가 찾는 성배는 돈이 되었고, 우리 시대가 염원하는 기적은 돈의 무한한 증식이 되었다. 종교적 구원을 의미하던 영어 saving에 저축이라는 의미가 들어오면서 신의 은총이 아니라 돈의 은총을 통한 구원의 길이 열리게 되었다. 우리 시대에는 신을 믿지 않는 무신론자는 있어도 돈을 믿지 않는 사람은 없다. 이런 변화를 예민하게 인식했던 엔데는 1999년 5월 일본 NHK 방송과의 인터뷰에서 이렇게 말했다.

「엔데의 마지막 메시지」(Ende's Last Message)

고대 문화가 꽃핀 장소는 어디나 그 가운데에 신전이나 교회, 혹은 성당이 있었고, 그곳으로부터 삶의 질서가 나왔습니다. 하지만 현대의 거대한 도시들은 모두 그 가운데에 은행이 있습니다. 나는 내 작품에서 이것을 일종의 악마숭배로 그리고자 했습니다. 거기서 돈은 마치 신성한 어떤 것인 양 기도의 대상이 됩니다. 심지어 사람들은 돈이 신이라고 말하기까지 합니다. 돈의 증식 그 자체가 기적이기에 돈이 기적을 행하게 되는 것입니다. 결국 거기서의 모든 거래는 돈의 기적적인 증식과 함께하며, 이런 돈에서 불멸의 모습도 찾을 수 있습니다. 신이 만든 아름다운 이 세상에 정말 순전히 인간이 만든 뭔가가 존재한다면 그것이 바로 돈입니다.

엔데는 우리 시대 타락의 핵심에는 돈이 있다고 생각했다. 고대 전제군주가 누렸던 절대권력을 오늘날에는 돈이 가지고 있으며, 화폐의 상품화야말로 인간이 만든 연금술이기에 이런 마술을 찾아낸

은행이 현대판 연금술사라는 것이다. 이제 권력은 의회에서 시장으로 넘어갔고, 경외의 아우라는 성인(聖人)들이 아니라 갑부들의 머리 위로 떠오르게 되었다. 상품화된 화폐가 연금술적 환상에 불과한 이유는 찍어낸 종이의 가치는 미래의 가상적 욕구에 기반을 두기 때문이다. 빈스방거에 따르면 이 가상적 욕구는 돈의 양이 실제 가치, 가령 금과의 균형을 깨고 초과될 때 생겨난다. 돈이란 아직 캐내지 않은 금에 대한 미래의 신용이지만 실제로는 금을 캐내지도 않고, 또 캐낼 필요도 없이 화폐를 신용으로만 찍어내기 때문이다. 따라서 종이에 불과한 돈이 가치를 지닌 상품이 되려면 가상적 욕구를 만족시킬 가상의 소비가 앞으로도 끊임없이 늘어나야 하며, 만에 하나라도 그런 가상적 욕구가 계속 생겨나지 않으면 돈의 신용은 사라지게 된다. 2008년의 미국발 금융위기도 부동산 거품이 계속 커질 것이라는 환상이 꺼지면서 촉발되었듯이 화폐 증식에 기초한 성장이란 본질적으로는 이렇듯 아직 오지 않은 수요가 반드시 올 것이라는 환상에 기초한다.

엔데는 사람들이 올지 안 올지 모르는 미래의 가상적 욕구를 위해 현재의 시간과 돈을 기를 쓰고 모으려고 하지 않는다면 은행의 잔고는 회색 신사들이 피우는 회색 시가처럼 사실상 그 본질인 종이로 되돌아가 재가 되어버릴 것이라 보았다. 엔데의 뛰어난 점은 예리한 상상력으로 우리 시대의 경제성장이 이런 연금술에 토대를 둔 거대한 신기루이자 환상임을 알아차렸다는 데 있다. 사실 현대 경제의 가장 큰 문제는 실물경제와 상관없는 돈이 넘쳐흐르고, 그 무한한 돈의 이윤을 더욱 늘리고자 무모한 돈 투기가 반복된다는 데 있다. 흘러넘치는 돈만큼 부채의 규모는 점점 커지기에 이런 경제성장은 결국은 빚으로 빚은 신기루 성장이 된다.

『모모』(Momo)는 출판 당시 모모라는 소녀와 이웃 친구들 간의 우정을 그린 아름다운 동화로 소개되었다. 하지만 사실은 흘러넘치는 물로 모두 죽게 되었는데도 빗자루를 멈추지 못하는, 그래서 오직 어떻게 해서든 자기만 살아남으려는 생존 욕망이 삶의 전부로 변해버린 우리 시대의 암(癌)적인 경제성장에 관한 우화이다.

> 우리는 이자 수익에 기반을 둔 지금의 금융제도를 비판하고, 지금처럼 경제나 산업 생산을 무한정 늘리도록 강요하지 않는 또 다른 통화체제를 만들어야 합니다. 지금의 경제체제가 한 번도 중단된 적 없이 매년 3, 4퍼센트의 성장으로 지금까지 지탱되어왔다는 것은 저로서는 믿기 어려운 일입니다. 지금의 금융체제는 사람 몸의 암과 비슷합니다. 성장을 무슨 의무처럼 생각합니다.

『엔데의 마지막 메시지』

실제로 엔데는 어떻게 하면 경제성장이라는 강박증에서 사람들을 벗어나게 할 수 있을지가 작가로서의 가장 시급한 관심사라고 하였다. 『모모』는 '더 빨리, 더 많이'라는 자본주의의 욕망에 휘둘려 그 많던 시간을 모두 잃어버린 우리 어른들을 위한 우화로 '시간도둑'이라는 놀라운 상상력을 통해 어쩌다 사람들 사이에서 시간이 사라지게 되었는지를 들려준다.

모모의 이야기는 지금 우리 시대에는 대도시 한가운데에 은행이 있지만 고대에는 도시 한가운데에 원형극장(amphitheatre)이 있었고, 그래서 고대인들은 마치 요즘 사람들이 은행을 드나들듯이 수시로 노천극장에 모여 연극을 구경했다는 설명으로 시작한다. 그로부터 수천 년이 지난 어느 날, 폐허가 된 한 원형극장 유적지에 누추한 옷차림의 어린 소녀 모모가 나타난다. 마을 사람들은 모모가 정착해 살 수 있도록 친절히 도와주고, 모모는 사람들의 이야기에 귀를 기울여주며 금방 아이와 어른 모두와 친구가 된다. 하지만 모모를 둘러싼 이 아름다운 우애의 공동체는 그리 오래가지 못한다. 왜냐하면 그때까지 행복하게 살던 마을 사람들에게 어느 날 갑자기 회색 옷을 입고 서류 가방에 회색 시가를 문 은행원들이 찾아와 지금까지의 삶이 사실은 몹시 궁핍했다고 알려주기 때문이다. 사람들이 가난하게 된 까닭은 서로 어울려 노느라 시간을 아껴두지 않아 시간저축은행 (Timesaving Bank)의 잔고가 하나도 남아 있지 않기 때문이었다.

드디어 은행이 마을 중심부에 등장하고, 사람들은 저축을 늘리고자 수시로 은행을 드나들게 된다. 그러자 모든 작업에서 속도 경쟁이 시작되었다. 시간을 아껴서 최대한 짧은 시간에 최대한 많은 일을 하는 것, 다시 말해 '더 빨리, 더 많이'라는 증식이 삶의 목표가 되었다. 공장과 사무실 곳곳에는 "시간은 소중하다, 시간을 낭비하지 마라" 아니면 "시간은 돈이다, 시간을 아껴라"와 같은 표어가 나붙게 되는데, 이 모든 총력전은 물론 모두 아직 오지 않은 미래를 위해서였다. 은행이 현재의 삶을 지배하게 되자 셀 수 없던 시간은 계량적 단위로 숫자화되었고, 이렇게 시간이 셀 수 있게 되자 노동도 시간당으로 지불할 수 있는 임금이 되었다. 이렇게 해서 돈과 시간은 시장에서 생산될 수도 있고, 사고팔 수도 있으며, 증식과 축적도 가능한 그런 희한한 상품이 되었다.

물론 자본주의 경제 이전부터도 시간과 동일한 가치를 지닌 것이 있었는데, 그것이 바로 금이다. 가령 이집트에서 유래된 연금술은 실제로는 주로 납을 정련하여 금을 만들려던 실험이었다. 납과 달리 금은 영원히 변치 않기 때문이다. 납은 로마신화에서는 농업의 신 새턴(Saturn)을 의미하는데, 이 새턴에 해당되는 그리스의 신이 바로 낫을 든 농경의 신 크로노스(Cronus, Kronos)이다. 고대인들은 이

크로노스를 시간의 신인 크로노스(Chronos)와 동일시했다. 그것은 아마도 농경이란 기본적으로 시간의 호의가 있어야만 성과를 낼 수 있기 때문일 것이다. 시간의 변화에 부침하는 땅속의 납을 시간을 초월한 불멸의 금으로 만들겠다는 연금술은, 그러나 한편으로는 시간의 흐름에 따라 늙고 죽어야 하는 인간의 유한성에서 벗어나 신처럼 무한한 시간을 소유하고 싶다는 욕망에 다름 아니다. 물론 아무리 연금술이 시간을 지배하려는 욕망이라 하더라도 납이나 금처럼 유한한 물질로는 실제로 무한한 시간을 만들어낼 수가 없다. 금은 무한하지 않기 때문이다. 그런데 지폐라면 얘기가 다르다.

괴테는 『파우스트』에서 필멸(必滅)의 유한성에서 벗어나 불멸의 존재가 되고 싶은 파우스트의 욕망을 그리는데, 2부에서 파우스트는 지폐 제조를 통해 그 욕망을 이룬다. 지폐란 실제로 무한히 찍어낼 수 있기에 돈을 통해 불멸을 실현할 수 있기 때문이다. 종이를 돈으로 만드는 지폐 제조는 최고의 연금술이자 마법이다. 금과 달리 지폐는 손쉽게 만들 수 있고, 멀리 유통될 수 있을 뿐 아니라, 이자를 통한 자기증식도 가능해 명실상부하게 무한한 축적의 길을 열어준다. 그래서 그레첸과의 사랑에서도 불멸의 환희를 맛보지 못했던 파우스트는 메피스토펠레스의 제안으로 화폐를 찍어내면서는 가슴 벅찬 희열에 사로잡히게 된다. 무에서 유를 창조하는 행위는 오랫동안 신의 영역이었지만 이제는 인간이 할 수 있게 된 것이다. 빈스방거는 『부의 연금술: 괴테, 경제를 말하다』(Money and Magic: A Critique of the Modern Economy in Light of Goethe's Faust)에서 이렇게 말했다.

경제를 통한 이런 창조 행위는 무한히 증가할 수 있다는 매력, 즉

『부의 연금술』(제여매 옮김, 플래닛미디어, 2006)

영원한 진보라는 엄청난 매력을 발산한다. 따라서 예전 같으면 사람들이 종교에서 갈구했던 어떤 한계를 뛰어넘는 초월적 특성을 이젠 경제가 얻게 되었다. 영원불멸에 관한 현대인들의 시야는 이제 내세에 대한 믿음이 아니라 여기서 지금 일어나는 경제 행위를 통해 열리게 된 것이다.

종이가 지폐가 되면서 썩지도 닳지도 않고 이자를 통해 증식도 할 수 있게 된 돈은 가장 신성한 현대판 불멸의 상징이 되었다. 더 많은 돈의 증식은 끊임없는 이자의 증식으로 가능하다. 돈은 점점 더 늘어나고, 성장의 속도는 더욱 빨라진다. 신기루 같은 경제성장의 연금술을 유지하려면 점점 더 커지는 수레바퀴를 더 빨리 돌리기 위해 사력을 다하는 수밖에 없다.

모모의 친구였던 마을 이발사 피가로에게도 삶이 죽음처럼 고통스럽고 불안하게 된 것은 그가 회색 신사들의 충고대로 안락한 미래를 위해 열심히 현재를 저축하면서부터였다. 피가로의 몰락은 시간을 아끼면 아낄수록 실제로 시간이 더 줄어들고, 은행을 이용하면 할수록 더 가난해지는 아이러니를 잘 보여준다. 아끼기 시작하면서부터 시간은 돈이 되었다. 회색 신사는 피가로에게 마흔두 해 동안 그가 매일 병든 어머니를 돌보거나, 손님들과 잡담을 나누거나, 의자에 앉아 먼 산을 바라보며 낭비한 시간들을 모두 숫자로 환원해 보여주는데, 이런 자본주의식 계산법에 따르면 현재 그의 시간은행 잔고는 제로이다. 지난 42년간 미래를 위해 시간을 저축해두지 않고 다 써버렸기 때문이다. 깜짝 놀란 피가로는 미래를 위해 저축을 하고자 시간을 아끼기로 결심한다. 어머니를 찾아가는 횟수를 줄이고, 단골손님들과 더 이상 잡담을 나누지 않으며, 흠모하던 마을 처녀에게

"회색 신사들은 우리에게 시간은 돈이라고 주문을 걸지만 엔데는 시간은 바로 삶(생명)이라고 말한다. 우리가 이 지구상에 살도록 허락된 삶의 시간. 모모처럼 친구들과 즐겁게 살아갈수록 점점 길어지며 생명력이 넘쳐흐르게 되는 신비로운 삶의 시간들."

독일에서 연극으로 제작된 〈모모〉의 한 장면.

꽃을 따주느라 산과 들을 헤매지도 않게 되었다. 그러자 이상하게도 일은 재미없어지고, 마을 사람들과는 멀어지고, 영혼은 가난해지고, 하루하루는 더욱 짧아져갔다.

사람들은 시간을 아낄수록 뭔가를 잃게 된다는 점에 결코 주의를 기울이지 않는다. 삶이 더욱 가난해지고, 황량해지며, 단조롭게 된다는 것을 아무도 인정하고 싶어 하지 않는다. 물론 아이들은 대부분 이 점을 가장 예민하게 느끼지만 누구도 아이들과 같이 보낼 시간이 없기 때문이다. 하지만 시간이란 그 자체로 삶이자 생명이며, 이 생명은 사람들의 마음속에 있다. 사람들이 시간을 아끼면 아낄수록 생명은 점점 더 줄어들게 된다.

회색 신사들은 우리에게 시간은 돈이라고 주문을 걸지만 엔데는 시간은 바로 삶(생명)이라고 말한다. 우리가 이 지구상에 살도록 허락된 삶의 시간. 아낀다고 우리의 삶이 길어지는 것도 아니고, 남는다고 남한테 빌려주거나 아꼈다가 미래에 돌려받을 수 있는 것도 아닌 생명의 시간. 모모처럼 친구들과 즐겁게 살아갈수록 점점 길어지며 생명력이 넘쳐흐르게 되는 신비로운 삶의 시간들. 인간에게는 미래를 볼 수 있는 힘이 허락되지 않았기에 모든 시간은 오직 현재로만 존재할 뿐이며, 따라서 우리의 삶도 과거나 미래가 아닌 오직 현재(present)에서만 살도록 되어 있는 그런 선물(present) 같은 귀한 시간들.

하지만 청소부 베포와 여행 가이드 귀도가 모모에게 경고하듯이 시간저축은행은 전염성이 강했다. 일단 한 명이 저축을 시작하자 순식간에 온 마을 사람들이 서로 더 많이 저축하려고 경쟁하게 되었다.

경쟁의 바다에 빠지면 누구나 생존을 위해 필사적으로 허우적거리게 된다. 사람들이 시간을 은행에 맡기기 시작하면서부터 마을 사람들의 삶은 가족과 친구들이 아니라 회색 신사와 같이 정체를 알 수 없는 '보이지 않는 손'(invisible hand)에 달리게 되었다. 은행의 마술에 걸리지 않은 건 모모와 그의 어린 친구들뿐이었다. 왜냐하면 아이들은 시간이 흘러가는 것에 대해 아무 두려움을 느끼지 않고 현재를 살기 때문이다. 물론 지금의 아이들은 사정이 다르다. 경제성장이라는 회전목마에 일찍 올라탈수록 더 많이 모을 수 있기에 이젠 어릴 때부터 시간을 아껴 쓴다. 무한한 돈은 파우스트에게 그랬듯이 불멸의 낙원을 약속할 것처럼 우리에게 마법을 걸지만, 실제로는 성장의 맷돌은 점점 빨리 돌아가게 되고 거기에 매몰된 생명은 점점 더 줄어들게 된다. 지폐 제조를 처음 제안한 자가 바로 악마 메피스토펠레스였고, 그 후 교만에 가득 찼던 파우스트의 삶이 지상에서 곧 끝나버렸듯이 인간에게는 오직 현재만이 유일하게 허락된 삶의 시간이기 때문이다.

고독하고 외로운 시간의 발명

돈은 상품이 되면 더 이상 사람들 사이를 순환하지 않는다. 왜냐하면 누구나 돈을 모아두고 싶어 하기 때문이다. 원래 돈은 시간과 마찬가지로 사람들 사이를 돌며 우리의 삶을 더욱 풍요롭게 해주던 교환의 수단이었지만 지금은 아무도 몰래 은행에 쌓아두는 숫자가 되어버렸다. 엔데는 화폐 문제를 해결하지 않고서는 현대 사회의 제반 문제를 해결할 수 없다는 확신에서, 생명체처럼 노화(老化)하여 언젠가는 사라지는 돈을 상상한 철학자 루돌프 슈타이너(Rudolf Steiner)와 경제학자 실비오 게젤(Silvio Gesell)의 생각에 깊이 천착하였다. 엔데는 NHK와의 인터뷰에서 자신은 마치 암세포처럼

혼자서 무한정 증식하는 고독한 돈이 아니라 사람들 사이를
순환하다가 언젠가 자연스럽게 소멸하는 그런 새로운 화폐 개념을
생각하며 『모모』를 썼다고 밝혔다. 다시 말하자면 무한 증식이 아닌
순환에 토대를 둔 새로운 경제체제를 꿈꾼 것이다.

존재하는 모든 것을 상품으로 바꾸어버리는 체제에서는 예술이나
자유, 행복과 품위는 존재할 수 없으며, 이윤만 따지는 자본주의는 결국
이 지구를 문명이라는 이름의 고독한 사막으로 만들어버린다. 생명의
시간을 오직 돈벌이에만 쏟아붓게 되면서 시간 역시 더 이상 사람들
사이를 순환하지 않게 되었다. 오늘날 우리가 군중 속에서 느끼는
적막하고도 쓸쓸하며 외로운 시간은 이렇게 발명되었다. 엔데는
말한다. "사실상 우리는 점점 더 가난해질 뿐인데, 이제 우리의
내면세계는 너무나도 공허해져버려 우리 내면이 사막으로 치닫고
있다는 사실을 인식조차 못 합니다. 나는 3차 세계대전은 이미
시작되었다고 봅니다. 단지 우리가 모를 뿐이지요." 엔데의 말대로
성장에 대한 강박적인 집착과 욕망으로 마음이 사막화되고, 생기
넘치던 생명의 시간이 모두 고독과 불안의 시간으로 바뀌게 되면, 그런
현재의 희생이 약속하는 미래의 안락이 과연 무슨 의미가 있겠는가?

자유시장이란 판타지에 지나지 않습니다. 이 체제가 영속적으로
가능하려면 첫째로 착취가 가능한 외부 식민지가 존재해야 하고,
둘째로 상층계급이 착취할 노동계급이나 사회적 약자들이 존재해야
합니다. 예를 들어 에티오피아를 봅시다. 이 나라는 자국에서 생산된
모든 육류를 오직 서방에서 빌린 빚의 이자를 갚기 위해서
수출합니다. 다시 말하자면 제1세계 사람들이 즐기도록 하려고
자신들이 먹어야 할 고기를 수출하도록 강요받는 것입니다. 우리

경제체제의 범죄성은 바로 여기에 있습니다. 아프리카의 어린아이들이 얼마나 빈곤에 시달립니까? 아이들은 위장이 텅 빈 채 기아로 죽어갑니다. 우리가 물론 도와야지요. 우리는 약도 보내주고 돈도 보내줍니다. 하지만 우리는 바로 우리 때문에 저들이 굶주린다는 것은 모릅니다.

마음이 사막화된다는 것은 타인의 고통이 나와 연결되어 있다는 사실을 느끼고 공감할 수 있는 감각이 사라진다는 의미이다. 우리의 부른 배가 아프리카의 주린 배와 인과관계가 있다는 점을 이해할 능력이 사라지면 모두 저마다의 고독한 바다에서 생존을 위해 허우적거리는 삶을 살게 된다. 자본주의 체제의 범죄성은 바로 오랫동안 이웃과 자연과 더불어 나눠온 삶의 시간을 이처럼 너무나 고독하고도 적막한 혼자만의 시간으로 만들었다는 데 있다. 자본주의의 입장에서는 고독이야말로 수지맞는 시장이자 블루오션이다. 왜냐하면 개개인으로 파편화될수록 인간의 생존은 더욱 돈에 좌지우지되고, 하루하루가 불안해진 사람들은 미래를 위해 더욱더 현재를 희생하게 되기 때문이다.

모모가 살던 마을도 은행이 생기면서 삭막해졌다. 여관 주인인 니노와 그의 아내 릴리아나는 모모와 둘도 없는 친구 사이였지만 니노가 시간은행에 계좌를 만들면서부터는 좀처럼 만날 수가 없었다. 어느 날 모모는 이 부부를 찾아가는데, 부엌문을 열자 그렇게 사이좋던 부부는 격렬하게 싸우고 있었고, 아기는 한쪽에서 심하게 울고 있었다. 니노는 돈을 더 많이 벌기 위해 방세를 올렸고, 급기야는 릴리아나의 삼촌을 비롯해 그동안 친구처럼 잘 지내던 여러 명의 가난한 장기 체류 손님들을 모두 내쫓아버렸다. 모모를 만난 니노는 사람보다 돈을 먼저 생각한 것을 후회하기도 했지만 결국은 회색 신사들에게 완전히 굴복해버려, 1년 뒤 모모가 다시 돌아왔을 즈음에 니노의 여관은 앉을 의자마저 모두 없애버린 셀프서비스 레스토랑이 되고 말았다. 그뿐만이 아니었다. 회색 신사들이 느리게 돌아가던 마을을 빨리빨리 돈만 좇아가는 곳으로 바꾸자 원형극장을 찾아오는 아이들도 달라지기 시작했다. 자동으로 움직이는 신식 장난감과 소비주의에 물든 아이들은 더 이상 친구들과 놀 줄 몰랐다. 돈이 생긴 어른들은 아이들을 교육시설이라는 이름의 감옥으로 쫓아버렸고, 상상력이 없어진 아이들은 전자장난감이 없으면 친구들과 어떻게 시간을 보내야 하는지도 잊어버렸다.

이렇게 현재의 시간이 불안하고도 고독한 무엇으로 변해버리면서 우리는 살아 있는 시간을 모두 잃어버리게 되었다. 영국 시인 윌리엄 블레이크(William Blake)는 「인간의 추상」(Human Abstract)이란 시에서 이렇게 말했다. 욕심이라는 나무 하나만을 머릿속에 은밀히 키우느라 우리의 가슴이 온통 위선과 기만으로 사막화되지 않는 게 중요하다고. 삶을 추상화시키지 않는 것, 모든 것을 수치화시키지 않는 것, 그것만이 살아 있음을 느끼는 유일한 방법이며, 모두가 두려움과 불안에 빠지지 않고도 현재를 누릴 행복의 비법이기에.

> 더 이상 **연민**은 존재하지 않으리라.
> 우리가 누군가를 **가난**하게 만들지 않는다면,
> 더 이상 **자비**도 존재하지 않으리라.
> 우리가 행복한 만큼 모두가 행복하게 된다면.
>
> 서로에 대한 공포가 평화를 가져오네,

이기적인 사랑이 만연하기 전까지는.
그러면 **잔인**은 덫을 만들어,
조심스레 미끼를 펼쳐놓는다네.

그대는 성스런 두려움에 무릎을 꿇고,
흐르는 눈물로 대지를 적신다네.
그러면 **겸손**은 그의 발 아래로
자기의 뿌리를 내리네.

곧 **신비**라는 음울한 이파리 그늘이
그의 머리 위로 펼쳐지고,
애벌레와 파리가 찾아와
그 신비에 기생하게 되네.

거기엔 **기만**이라는 먹음직스럽고
달콤한 붉은 열매가 열리고,
까마귀는 가장 어두운 그늘 깊이
자기 둥지를 만들어놓네.

대지와 바다의 모든 신들이
이 나무를 찾으려 **자연** 속을 뒤지지만,
그들의 탐색은 모두 헛되리라,
왜냐하면 그 나무는 인간의 **머릿**속에 자라고 있기에.

「인간의 추상」(굵은 글씨는 시 원문 표기를 반영)

삶의 시간을 무엇으로 채울 것인가

돈을 위한 성장은 궁극적으로 무에서 유를 무한정 창조해낼 수 없다. 왜냐하면 계속해서 성장하려면 계속해서 착취할 수 있는 식민지가 있어야 하는데 실제로 지구는 하나뿐이기 때문이다.『파우스트』 2부에서 지폐 제조와 함께 등장하는 또 다른 중요한 불멸 프로젝트가 바로 인간의 이익을 위해 자연을 파괴하는 대규모 간척 사업이다. 파우스트는 전쟁을 승리로 이끈 공로로 황제로부터 대규모 간척지를 하사받아, 메피스토펠레스의 마법으로 큰 제방을 쌓아 바다를 모두 매립한다. 이곳에서 평생을 산 노부부도 강제로 내쫓고 완성한 이 거대한 매립지에 과학기술과 화폐경제의 도움으로 눈부신 도시를 건설하면서 마침내 파우스트는 스스로 신이 된 것 같은 희열을 느낀다. 물론 신이 되는 순간은 동시에 메피스토펠레스에게 영혼을 주기로 약속한 파멸의 순간이기도 하다.

경제성장을 통해 새로운 세상을 건설하고, 인류에게 무한한 진보를 펼치려던 파우스트의 원대한 꿈은 결코 무에서 유를 창조하는 연금술이 아니었다. 빈스방거에 따르면 여기에는 돌이킬 수 없는 파괴 행위가 수반되었기 때문이다. 먼저 아름다운 해안가를 매립함으로써 자연의 미학적 숭고함이 파괴되었다. 둘째로 바닷물을 막기 위해 세운 거대한 제방은 언제든 무너질 위험이 있기에 삶의 평화가 파괴되었다. 마지막으로 성장은 더 큰 투자를 반복해야 하기에 파우스트는 더 큰 불안과 근심에 사로잡히게 되었다. 하지만 파우스트는 지금의 우리가 그렇듯 이런 상실은 일시적이며, 더 큰 경제성장과 기술 발전으로 보상된다고 믿었다. 그러나 실제로 현재의 평화를 상실한 대가로 우리가 얻는 것은 약간의 편의일 뿐이다.

우리는 자기 소유의 재산과 자신의 노동을 통한 수익, 항상적인
자연환경 속에서의 안전, 또는 내 자신이 주인이라는 만족감, 그리고
고향에의 귀속감과 같이 오래된 옛 경제가 제공해오던 것을 이제
잃어가고 있다. 그러나 파우스트가 자신과 우리에게 약속했듯이
이러한 상실은 기술적 진보와 경제성장에 의해 보상될 것이라
생각하지만 실제로 옛 고향의 상실은 새로운 주거지의 편리함으로
보상될 뿐이다.

산업혁명이라는 진보의 근원적인 파괴성을 통찰한 괴테와
마찬가지로 엔데 역시 우리가 누리는 전대미문의 물질적 팽창이
결국은 더 많은 약자들의 희생과 더 많은 자연 파괴를 통해서만
가능하다는 점을 깊이 인식하였다. 소위 말하는 자유시장의 법칙을
경제 영역에 적용하게 되면 세상은 만인 대 만인의 전쟁터가 되고, 가장
약한 자가 가장 큰 고통을 겪게 된다고 보았다. 우리의 삶은 생존
전쟁으로 파국으로 치달을 수밖에 없고, 우리는 모두 공멸을 피할 수
없게 된다. 내 이웃의 삶이 고통의 시간으로 바뀌게 되는 순간 내 삶도
역시 불안해질 수밖에 없기 때문이다.

엔데는 『자연의 경제 질서』(The Natural Economic Order)를 쓴
경제학자 게젤의 생각을 받아들여 만약 돈에도 자연 속의 모든
생명체가 그러하듯이 수명이 있다면, 그래서 사람처럼 늙어서 그
순환주기가 끝나는 날 지상에서 사라질 수 있다면 우리는 이자와
빚으로 쌓은 성장의 신기루에서 벗어나 다시 이웃에게로 돌아올 수
있을 것이라고 생각했다. 엔데는 사람들이 그런 새로운 사회를 꿈꿀 수
있도록 그동안의 경제성장이 훔쳐간 삶의 오래된 신비와 환상을 우리
마음속에 되살려내고자 모모와 함께 잃어버린 시간을 찾아 나선

것이다. 물론 그 시간은 단순히 좀더 느리게 산다고 돌아오지 않는다. 생명의 시간을 되찾는 방법은 우리 사회의 중심에 지금처럼 돈이 아니라 예전의 모모와 그의 친구들처럼 다시 사람들 간의 우애를 두는 길뿐이다. 경제의 중심이 돈이 아니라 우애가 될 때에만 행복한 현재는 가능할 것이다.

대안교육기관인 발도로프 학교를 세운 슈타이너는 경제의 근본 원리는 절대로 자유가 아니라고 했다. 프랑스혁명의 자유, 평등, 박애가 훌륭하게 사회에 구현되려면 각 영역별로 각기 다른 원리를 적용해야 한다고 보았다. (민주주의라면 모두가 평등해야 하기에) 평등은 무엇보다 정치 영역에서 가장 중요한 원리가 되어야 하고, (사고와 표현의 자유가 예술의 토대이기에) 자유는 문화와 정신의 영역에서, 그리고 (유한한 재화를 모두가 골고루 나눠야 하기에) 우애는 무엇보다 경제 영역에 필요한 원리라고 보았다. 엔데 역시 경제의 원리는 자유시장이나 자유경쟁이 아니라 사람들 간의 우애, 즉 상호부조여야 한다고 보았다. 서로 돕고 나누는 우애의 경제학이어야만 자연도 파괴하지 않고, 약자도 착취하지 않을 수 있다.

우리의 삶을 무엇으로 채울 것인가? 행복한 삶을 사는 데 무엇이 가장 중요할까? 블레이크는 이렇게 말했다. "새에겐 둥지, 거미에겐 거미줄, 인간에겐 우정." 새에겐 둥지가, 거미에겐 거미줄이 삶의 안전망이다. 마찬가지로 사람도 갑자기 나락으로 떨어지지 않으려면 안전망이 필요하다. 블레이크가 인간을 받쳐줄 그물망으로 부동산이나 저축이 아니라 우정을 꼽은 것은 결국 사람은 다른 사람들과 함께 의지하고 더불어 살아가야만 나락으로 떨어지지 않기 때문이다. 좋은 이웃들이 곁에 있는 게 진정한 안전망이자 미래를 위한 복지인 셈이다.

그러나 오늘날의 시장주의자들은 자유가 경제의 근본 원리라고 주장한다. 파우스트처럼 한 개인이 무한히 돈을 축적할 수 있는 자유, 인간이 무한정 자연을 파괴할 수 있는 자유를 보장하라고 한다. 그러나 무한 성장은 인간이 만든 원리이지 결코 자연의 원리가 아니다. 회색 신사들의 주장과 달리 어떤 과학기술로도 우리는 시간을 숫자로 만들어 은행에 쌓아둘 수가 없다. 회색 신사들이 가장 두려워했던 세쿤두스 미누투스 호라 교수의 말처럼 시간의 총량은 숫자가 아니라 놀랍게도 주관적인 마음에 달려 있기 때문이다. 우리는 순간에서 영원의 숭고를 느끼기도 하고 영원에서 순간의 허무를 맛보기도 한다. 우리의 마음에 따라 시간은 늘어나기도 하고 줄어들기도 한다. 살아 있음의 신비로움과 자연의 아름다움을 느끼게 해주는 건 미래가 아니라 바로 현재의 시간들이다. 그런데도 우리는 언제까지 미래를 위해 현재를 고통스럽고도 불안하게 흘려보내야 하는가?

살아 있는 삶이란 우리가 각자도생의 서바이벌 경쟁에 빠져 허우적거릴 때가 아니라 이발사 피가로가 한때 그랬던 것처럼, 또 모모가 오랫동안 그랬던 것처럼 조용히 들길을 걷거나, 우두커니 먼 산을 바라보거나, 아니면 친구를 찾아가 이야기를 나눌 때 우리에게 되돌아온다. 그래서 현대문명을 비판한 이반 일리치(Ivan Illich)도 민중의 평화를 위협하는 것은 전쟁이 아니라 바로 경제성장이라고 말한 것이다. 이웃과 자연과 함께 살아가는 평화롭고도 행복한 시간을 되찾는 방법은 지금과는 다른 경제 원리를 상상해보는 데서 시작된다. 엔데는 오직 우애의 원리만이 지금도 마법에 걸려 쉬지 않고 물을 길으러 오는 저 욕망의 빗자루를 멈추게 할 유일한 주문이라는 이야기를 거듭 들려준다.

미하엘 엔데
Michael Ende

전쟁으로 폐허가 된 독일 사회에 환상
적인 상상력으로 새로운 문학적 활력
을 불어넣은 미하엘 엔데는 독일 바이
에른 주 남쪽에 있는 작은 도시 가르미
슈파르텐키르헨에서 태어났다. 오스트
리아와 국경을 맞대고 있는 이 아름다
운 도시는 독일에서도 가장 높은 추크슈피체 산기슭에 위치한 유서 깊은 곳
이지만 불행하게도 엔데가 태어난 이후 시작된 2차 세계대전으로 그 평화와
고요함은 오래 지속되지 못했다. 열두 살에 직접 목격한 첫 공습의 공포, 폭격
으로 처참하게 변해버린 아름답던 거리, 그리고 징병으로 끌려간 가까운 친
구들의 죽음은 엔데의 어린 시절을 온통 비극으로 몰아가기에 충분했지만 엔
데는 문학과 예술에 대한 관심으로 전후의 삭막하고도 황량한 시절을 견뎌내
었다.

엔데는 함부르크 출신의 화가였던 아버지 에드가 엔데와 가르미슈파르
텐키르헨 출신으로 시와 종교를 비롯하여 신비주의에도 관심이 깊었던 어머
니 루이제 엔데로부터 예술에 대한 관심을 물려받았다. 1931년 작은 도시에
서는 화가로 성공할 수 없다고 판단한 엔데의 아버지는 가족을 이끌고 예술
의 도시 뮌헨으로 떠나는데, 다행스럽게도 그곳에서는 아버지의 작품들이 인
정을 받아 살림살이가 조금씩 나아지게 되었다. 그림뿐 아니라 시와 철학, 연
금술과 인디언 신화에도 두루 관심을 보였던 부모님과 슈바빙 지역에 살았던
다양한 기인들 덕분에 엔데는 물질적으로는 몹시 궁핍하고 어려운 시절이었
음에도 생기 넘치고 긍정적인 예술적 환경 속에서 온갖 기이한 것들을 상상
하며 그나마 행복하게 지낼 수 있었다. 그러나 함부르크 삼촌 댁을 방문했다
가 경험한 1943년의 함부르크 대공습은 어린 엔데에게 매우 끔찍한 상처를
남겼고, 그 충격으로 엔데는 집에 무사히 돌아온 뒤부터 시를 읽고 쓰는 데 몰
두하기 시작하였다. 전쟁으로 학업은 자주 중단되었고, 엔데는 잠시 다녔던

발도로프 학교를 제외하고는 공부와 학교생활 어디에도 잘 적응하지 못하였다. 1945년 패전의 기색이 짙어질 무렵에는 소년들을 강제로 징집하여 전쟁터로 내몰던 나치 정권에 의해 엔데의 친구 세 명이 끌려가 바로 전사하기도 하였다. 엔데 역시 징집장을 받았으나 이를 거부하고 도망쳐 나와 나치 정부의 전쟁에 저항한 바이에른 레지스탕스 운동에 가담하지만 다행스럽게도 전쟁은 곧 종결되었다.

이후 엔데 집안은 슈투트가르트로 이사를 가게 되었고, 엔데는 발도로프 학교를 통해 루돌프 슈타이너의 인지학과 신비주의 사상뿐 아니라 당시 슈투트가르트에서 유행한 다다이즘과 표현주의, 그리고 라이너 마리아 릴케의 시에도 흠뻑 빠져들었다. 새로운 상상력과 사고방식에 대한 갈망으로 전후 독일에서는 연극에 대한 관심이 부활하는데, 엔데 역시 연극에 깊은 관심을 갖고 1948년 뮌헨의 오토 팔켄베르크 예술아카데미에 등록하여 고전과 현대극을 두루 공부하였다. 학교 졸업 후에는 주로 임시 배우로 여러 극장을 전전하다가 1952년에 여덟 살 연상의 잉게보르크 호프만을 만나게 되는데, 엔데는 이탈리아 문화를 사랑한 호프만 덕분에 결혼 후 10여 년간 로마에 거주하며 1985년에 그녀가 세상을 뜨기 전까지 많은 영향을 받았다.

1960년에 처음 발표한 『짐 버튼과 기관차 운전수 루크』(Jim Button and Luke the Engine Driver)가 독일 청소년문학상을 수상하면서 엔데는 그동안 밀린 월세를 청산하고 본격적인 작가의 길로 들어섰다. 1962년에 연이어 발표한 두 번째 짐 버튼 소설도 큰 성공을 거두며, 이 시리즈 소설의 인기 덕분에 엔데는 결혼과 함께 로마 인근의 시골에 정착하여 본격적인 창작 작업에 몰두할 수 있었다. 엔데의 대표작인 『모모』는 이 무렵 '유니콘'이라 부르던 로마 인근의 자택에서 집필되었으며, 이 책에 등장하는 고대의 원형극장과 느리게 사는 사람들의 모습, 야생화가 핀 들판과 이발관이 있는 작은 마을, 거북이 카시오페아 등도 모두 이탈리아 생활이 가져다준 상상력이었다. 1973년에 발표된 『모모』는 원제가 『모모, 시간도둑들과 빼앗긴 시간을 사람들에게 다시 돌려준 아이의 이상한 이야기』(Momo, or the strange story of the time-thieves and the child who brought the stolen time back to the people)였는데, 시간도둑에 관한 이 이상한 이야기는 출간되자마자 선풍적인 인기를 끌었고 전 세계 40여 국의 언어로 번역되었으며 영화와 만화로도 각색되었다.

『모모』 집필에는 무려 6년이라는 긴 시간이 걸렸다. 엔데는 그 이유로 시간도둑들이 다른 사람들의 시간은 모두 훔쳐갈 수 있는데 왜 모모의 시간만은 그럴 수 없는지를 논리적으로 구상할 수 없었기 때문이라고 하였다. 그러던 어느 날 문득, 엔데는 사람들이 시간을 아껴서 미래를 위해 쌓아둔다면 그것을 훔쳐갈 수 있지만, 모모는 현재의 시간이 모두 흘러가도록 내버려두기 때문에 그럴 수 없다는 논리를 찾아내고 '시간은행'이라는 개념을 도입하여 바로 이 작품을 완성하였다. 이 에피소드에서도 드러나듯이『모모』는 어린이들에게 꿈과 환상을 심어주기 위한 단순한 공상소설로 구상된 것이 아니다. 오히려 이탈리아에서 느리게 흘러가던 삶을 바탕으로 돈과 시간에 얽매여 노예처럼 살고 있는 현대적인 삶의 방식과 그런 삶을 조장하는 산업 시스템을 비판하기 위해 구상된 것임을 알 수 있다.

1979년에 발표한『끝없는 이야기』(The Neverending Story) 역시 영화〈네버 엔딩 스토리〉로 제작될 만큼 큰 인기를 끌었으며 두 작품으로 엔데는 세계적인 작가가 되었다. 산업문명이 조장한 틀에 갇혀버린 외롭고 고독한 삶의 방식에 대한 엔데의 비판은 특히나 일밖에 모르는 경제동물(Homo Economicus)로 전 세계의 조롱거리가 되었던 일본에서 열렬한 반향을 불러일으켰고, 이 열기는 몇 차례에 걸친 일본 여행과 NHK 방송 인터뷰로도 이어졌다. 아내의 사망 후 엔데는 자신의 일본어 책 번역자이자 엔데를 적극적으로 일본에 소개한 출판 기획자 사토 마리코와 재혼하여 1995년 위암으로 사망할 때까지 마지막 생애를 함께하였다.

E. F. Schumacher

1911. 8. 16. – 1977. 9. 4.

"산업주의 체제는 육체노동이건 정신노동이건 간에
사람들이 하는 대부분의 일을 완전히 재미없고 무의미한 것으로 만들어버림으로써
사람들의 인격을 저해하고 있다고 생각한다."

즐겁지 않으면 좋은 노동이 아니다

E. F. 슈마허

대개의 만남이 그렇듯 위대한 사상가를 만나는 일도 우연히 시작된다. 내가 E. F. 슈마허(Ernst Friedrich Schumacher)를 처음 알게 된 것은 2002년 무렵 영국 남부의 작은 도시 토트네스에 있는 슈마허 칼리지의 서머스쿨에 참가하면서부터였다. 당시 나는 인도 출신의 생태사상가인 반다나 시바(Vandana Shiva)와 사티시 쿠마르(Satish Kumar), 그리고 『오래된 미래』(Ancient Futures)의 저자로 유명한 헬레나 노르베리 호지(Helena Norberg Hodge) 등이 주관하는 생태 수업을 듣고자 먼 길을 떠났다.

슈마허 칼리지를 찾아가는 여정은 평화롭고도 아름다웠다. 런던에서 기차를 타고 찾아간 잉글랜드 남쪽의 토트네스는 시인 윌리엄 블레이크가 예루살렘이 이 지상에 다시 온다면 '악마의 맷돌'이 도는 공장 지대가 아니라 잉글랜드의 밝고 푸르른 들판일 것이라고 말했던 바로 그런 곳이었다. 눈부시게 푸른 들판과 구불구불하게 흐르는 야트막한 언덕과 소박한 농가들로 이루어진 유서 깊은 작은 마을에는 영국의 아름다운 여름날이 따뜻하고도 평화로운 시간 속으로 끝없이 펼쳐져 있었다. 슈마허 칼리지는 엄청나게 넓은 달링턴 영지 한편에 자리한 작은 생태교육기관이었다. 원래 달링턴 영지는 박애주의 사회운동가이자 농업에도 관심이 많았던 도러시 엠허스트 부부의 사유지였으나 대안적 교육운동을 위해 달링턴 홀 트러스트로 위탁되었고, 이후 대안교육기관인 슈마허 칼리지가 그곳에 들어서게 되었다. 지금까지와는 다른 방식으로 일하고 생각하고 공부하며 좋은 삶을 모색하는 교육기관에 붙여진 이름이 의미심장하게도 다름 아닌 E. F. 슈마허였다.

토트네스는 마을 전체가 작은 천국처럼 보였다. 주말에 무료할 때면 한두 시간가량 떨어진 토트네스 시내까지 산길과 들길을 번갈아

영국의 생태교육기관 슈마허 칼리지 전경.

"좋은 삶을 살기 위해서는 하늘을 나는 자유로운 새처럼
인간에게도 생계에 매달리지 않을 자유가 필요하다.
먹잇감만 찾아다니는 모욕적인 삶이 아니라 노래를 부르고
날갯짓도 하여 창공에 온기를 불어넣고, 그래서 다른
존재에게도 말할 수 없는 활력과 기쁨을 주는 그런 삶을
가꿔나갈 때 우리의 무상한 삶은 비로소 공예품이 된다."

가며 산보를 다녔다. 시내라고 해도 가장 높은 건물이 겨우 이삼 층 정도인 소박한 곳으로 주말이면 주민들이 직접 만든 물건을 가지고 나와 사고팔기도 했다. 골목길을 따라 늘어선 가게에는 빵과 잼, 혹은 마을 사람들이 손수 만든 아름다운 작은 공예품들이 진열되어 있었다. 내가 떠나온 저 바깥세상은 신자유주의, 구조조정, 자유무역 등으로 온통 시끄러웠지만 토트네스는 마치 중세와 근세의 어느 지점쯤에서 걸음을 멈춰버린 듯, 여름날의 풍경도 마을 사람들의 얼굴도 더없이 느릿느릿하게만 흘러갔다.

슈마허 칼리지에서 강의를 듣는 사람들과 함께 식사도 준비하고 밭일도 하고 거름도 만들고 명상도 하면서 나는 우리 시대가 인류 역사상 가장 많은 양의 지식을 터득하고, 분야마다 수많은 전문가를 배출했지만 정작 실제로 좋은 삶을 꾸릴 지혜에는 무지하다는 생각을 하였다. 지금의 우리는 까마득히 멀리 있는 우주의 물리적 현상은 꿰뚫고 있어도 정작 자기 주변의 새와 나무에 대해서는 아는 바가 없으며, 인간의 염기 배열과 유전 정보에 대해서는 샅샅이 파헤쳐도 정작 자기 아이들의 마음속은 들여다볼 줄 모르기 때문이다. 일찍이 소크라테스는 철학이란 자연에 대한 경이로움에서 시작된다고 하였지만 지금의 우리를 깜짝 놀라게 하는 것은 자연 파괴가 아니라 경제 불황이며, 동식물의 멸종 위기가 아니라 주식 급락이나 부동산 폭락과 같은 위기이다. 과학기술이 놀랍도록 발전한 지금, 우리는 인류 역사상 처음으로 자연과 단절된 채 철학적 경이감마저 잃어버린, 영혼 없는 유전자 취급을 받게 되었다.

이런 비극은 물론 인간에게만 일어나지 않았다. 자연도 마찬가지여서 낭만주의 시대까지도 신의 공예품으로 경이와 두려움의 대상이었던 자연이 지금은 경제 발전에 필요한 각종 자원의 임시

저장고처럼 취급된다. 물과 공기와 숲에도 요정이 산다고 믿었던 시절에는 영원히 순환하는 자연 속에서 인간도 잠시 머물다 가는 나그네로 생각되었지만, 지금은 인간만이 이 행성의 유일한 지배자이자 주인이라는 교만하고도 이기적인 생각으로 가득하다. 슈마허가 불교 사상에 토대를 둔 대안경제학자로, 거대 기술이 아닌 중간기술을 제안한 생태운동가로, 그리고 왜 작은 풍요가 아름다운지를 들려주는 작가로 유럽과 아시아, 아프리카에서 벌인 수많은 활동은 우리에게 이런 영적 깨달음을 전해주려는 일종의 순례였다. 슈마허는 악마의 맷돌이 돌아가는 거대한 지옥 대신 푸른 들판이 있는 작은 천국으로 가는 길은 무엇보다도 지금까지 우리가 떠받들어온 산업사회의 낡은 형이상학을 버리고 인간을 지상의 나그네(Homo Viator)로 이해했던 옛사람들의 지혜를 다시 기억하는 데서부터 시작된다고 말한다.

필요를 넘어선 풍요는 악마의 선물

옛날 러시아에 한 가난한 농부가 살았다. 이른 새벽에 밭일을 나간 농부는 아침식사로 빵 한 조각을 가져가 나무 밑에 놓아두었다. 어느덧 쟁기질이 끝나고 시장기가 돌자 농부는 빵을 찾았지만 이상하게도 빵은 감쪽같이 사라지고 없었다. 아무리 찾아도 없자 마음 착한 농부는 맹물로 허기를 달래며 이렇게 말했다. "아, 할 수 없구나, 어쨌든 한 끼 굶는다고 죽진 않을 테니까. 누구든 그 빵이 필요했으니 가져갔겠지. 그 사람이라도 잘 먹으면 좋겠군." 그런데 이 가난한 농부의 아침을 훔친 자는 바로 악마였다. 악마는 배고픈 농부가 험악한 마음으로 욕을 퍼붓기를 바랐는데 농부는 도리어 빵 도둑을 축복하며 자신의 허기를 달랠 뿐이었다. 당황한 악마는 악마다운 지혜가 부족했다는 대악마의

꾸지람에 이번에는 다른 술책을 간구하였다. 악마는 농부의 빵을
훔치는 대신 농부의 빵을 늘려주기로 하였다. 농부의 부지런한
하인으로 숨어들어간 악마는 홍수가 들 것 같은 해에는 고지대에 씨를
뿌리라고 가르쳐주고, 가뭄이 들 것 같은 해에는 습지에 씨를 뿌리라고
가르쳐주었다. 이렇게 해서 풍요로운 수확으로 곡식이 해마다
남아돌자 악마는 술을 만드는 방법을 일러주었다. 허기를 달래주던
일용의 양식이 쾌락을 위한 수단이 되면서 농부는 친구들과 먹고
마시며 놀게 되었다. 술친구들은 처음에는 여우처럼 서로 좋아하며
알랑거렸지만 곧 늑대가 되어 사납고 거칠게 대하다가 술자리가 끝날
즈음엔 더 많이 차지하겠다고 소리 지르는 욕심 사나운 돼지가
되어버렸다. 이 모습을 본 대악마는 몹시 흡족해하며 도대체 어떤
악마의 묘약을 넣었기에 그토록 착한 농부가 저와 같은 짐승이
되었느냐고 물었다. 악마의 대답은 간단했다. "제가 한 일이라곤
필요한 양보다 더 많이 준 것밖엔 없습니다. 짐승의 피는 인간의
마음속에 항상 있으니까요. 꼭 필요한 양밖에 없을 때까지는 그 짐승이
잘 묶여 있지요. 한때 저 농부가 마지막 빵을 잃어버리고도 빵 도둑에게
축복을 내렸던 것처럼요. 하지만 필요를 넘어 남아돌기 시작하면
인간의 핏속에 그동안 잘 묶여 있던 여우와, 늑대와, 돼지가 모두
뛰쳐나와버리지요."

 톨스토이가 쓴 「악마와 빵 한 조각」(The Imp and the
Crust)이라는 이 민담에는 물질적 풍요를 바라보는 러시아 민중의
오래된 지혜가 잘 담겨 있다. 인간을 타락시키기 위해 악마는 빵을
훔쳐가지만 악마의 예상과 달리 결핍은 더 많은 욕심이 아니라 오히려
소박하고 검소한 삶의 태도를 더욱 북돋을 뿐이었다. 가난한 시절의
농부는 자신에게 꼭 필요한 것이 부족할 때조차도 스스로의 욕망을

절제하고 달랠 줄 알았다. 농부가 타락하게 된 것은 모든 것이 풍요롭게 남아돌기 시작하면서부터였다. 과잉생산에 취하기 시작하자 농부는 여우처럼 아첨을 하고, 늑대처럼 난폭하게 굴며, 돼지처럼 욕심을 부리기 시작했다. 가난이 아닌 풍요에서, 결핍이 아닌 잉여에서 인간의 타락이 시작된다는 이 우화는 물질적 풍요를 대하는 토착적 지혜가 얼마나 놀라운 것인지를 잘 보여준다. 행복은 소박한 마음가짐에서 나오는 것이기에 필요를 넘어선 물질은 오히려 그런 삶을 위협하는 악마의 선물이 될 수 있음을 아는 것, 그것이 경세제민(經世濟民)의 오랜 민중적 지혜였다.

하지만 지금의 산업문명은 이 오래된 지혜와는 정반대로 풍요와 잉여야말로 천국으로 가는 지름길이라고 주장한다. 가난을 없애려면 더 많은 물질과 경제성장이 필요하고, 더 많은 식량과 석유와 자동차를 소비하는 것이 문명이자 진보라고 계몽한다. 소박하고 검소한 삶이 우리 시대만큼 비웃음거리가 된 적이 없으며, 우리 시대만큼 필요와 잉여의 한계가 사라지고 소비와 낭비의 경계가 흐려진 적도 없다. 이웃과 나누려면 더 많은 물질이 있어야 한다고 믿지만 실제로 이웃과 서로 상부상조하는 것은 부자 동네가 아니라 가난한 동네 사람들이다. 아이러니하게도 콩 한 알은 서로 나눠 먹을 수 있어도 수십 조나 되는 유산을 두 형제가 나누는 것은 어렵다. 왜냐하면 나눔은 물질이 아닌 마음에서 시작되기 때문이다. 사람살이의 오래된 지혜인 나눔과 절제를 비웃고 인간의 욕망은 무한하다고 외치는 지금의 경제학이야말로 우리의 삶을 진짜 혼돈으로 이끄는 원인임을 슈마허는 다음과 같은 유머로 일갈한다.

언젠가 영국에서 기차를 탄 적이 있었는데, 제가 탔던 열차 칸에서 신사 세 명이 열띤 논쟁을 벌이고 있었습니다. 본의 아니게 엿듣고 보니 한 명은 외과의사이고, 다른 한 명은 건축가이며, 마지막 사람은 경제학자였습니다. 그들은 누구의 직업이 역사적으로 가장 오래되었는지를 따지고 있었습니다. 전혀 결말이 날 것 같지 않던 논쟁 끝에 외과의사가 말했습니다. "이것 봐, 그만두자고.『성경』의 창세기를 읽어보면 창조주께서 아담의 몸에서 갈비뼈를 떼어내 이브를 만드셨다고 되어 있어. 그게 바로 외과의사가 하는 수술이지." 그러자 건축가가 눈썹 하나 까딱하지 않고 말했습니다. "창조주께서는 그 일을 하시기 전에 혼돈으로부터 우주를 먼저 창조하셨지. 그게 바로 건축가의 일이지." 그 말을 듣자 경제학자가 만면에 승리의 미소를 띠며 말했습니다. "그럼 그 혼돈은 누가 만든 것일지 생각해보게."

지금의 경제학은 전 지구적 빈곤 문제를 해결하기 위해 더 많은 성장이 필요하다고 주장하지만, "가난을 해결하는 방법은 대량 생산이 아니라 대중에 의한 생산이다"라고 말한 간디와 마찬가지로 슈마허 역시 빈곤 문제가 대량 생산과 물질적 팽창으로 해결될 수 있다고 보지 않았다. 왜냐하면 가난은 작은 풍요로도 충분히 극복될 수 있고, 그 정도의 풍요는 지금까지 인류가 축적한 것으로도 이미 충분하기 때문이다. 그럼에도 불구하고 공정한 분배가 어려운 것은 생산은 경제적 문제이지만 분배는 정치적 문제이기 때문이다. 빈부 격차, 지역적 불평등, 국제적 불균형, 자원 고갈, 환경 오염 등은 모두 높은 경제성장이 아니라 더 많은 민주주의를 향한 정치적 움직임을 통해서만 해결 가능한 문제들이다. 물론 정치적 행동은 사람살이에 대한 도덕적 각성에서 시작된다. 슈마허는 버마에서의 경험을 통해

경제에서 관심을 가져야 할 진짜 중요한 문제는 물질이 아니라 바로
사람이고, 경제의 본래 사명은 물질적 번영이 아니라 삶의 평화와
영혼의 안식을 북돋아주는 데 있음을 깨달았다. 최소한의 자원을
이용하여 꼭 필요한 재화만 생산하는 버마 경제와 악화일로의 환경
오염에도 불구하고 대량 생산, 대량 소비, 대량 폐기의 악순환 속에서
내다버릴 만큼 재화를 생산하는 서구 경제 가운데 과연 어느 쪽이 진정
지혜로운 문명일까?

「슈마허의 삶과 사상」(E. F. Schumacher: His Life and Thought)

> 불교경제학은 재생 가능한 자원과 재생 불가능한 자원을 구별한다.
> 임업이나 농업에서 나온 생산물처럼 재생 가능한 자원에 토대를 둔
> 문명은 바로 그 점 때문에 석유나 석탄, 금속과 같은 재생 불가능한
> 자원에 토대를 둔 문명보다 더 우월하다. 왜냐하면 전자는 지속
> 가능한 반면 후자는 지속될 수 없기 때문이다. 전자는 자연과
> 협력하는 반면 후자는 자연을 강탈하기 때문이다. 전자에는 생명의
> 기색이 있지만 후자에는 죽음의 기색만 남게 된다.

슈마허는 물질보다 인간을 중시하는 본래의 역할로 되돌아갈 때
경제 역시 다른 분야와 마찬가지로 인간은 어떻게 살아야 하는가에
대한 지혜를 주게 된다고 보았다. 마음의 행복과 평화는 물질적 풍요가
아니라 정신적 성숙을 통해 얻는 것이기에 사실상 녹색혁명이 필요한
곳은 경제가 아니라 사람들의 정신과 마음이라는 것이다. 공산주의건
자본주의건 간에 무한한 경제성장을 목표로 하는 사회는 본질적으로
매우 폭력적이어서 이런 곳에서는 자연뿐 아니라 궁극적으로 인간의
영혼마저도 황폐해질 수밖에 없기 때문이다. 이런 차원에서 몰두한
실험이 바로 1960년대에 자신이 직접 경영에 참여한 스콧 배더(Scott

Bader)라는 공동소유권 기업이었다. 스콧 배더는 보통의 공기업이나 사기업의 경영 방식과는 달리 자발적으로 설립된 직원 위원회를 통해 모든 종업원들이 평등하고 민주적인 방식으로 조금씩 경영에 참여한 영국 최초의 공동소유권 회사였다. 슈마허는 스콧 배더를 통해 민주적 의사 결정을 위해서는 기업의 규모와 임금 격차, 수익에 이르기까지 적절한 제한을 둘 필요가 있으며, 이런 한계를 구성원들이 스스로 결정할 때 지역에 토대를 둔 기업의 이윤이 다시금 지역 안에서 순환된다는 것을 성공적으로 입증하였다. 소유에 관한 이와 같은 의식 변화의 실험은 지금까지 우리가 맹종해온 서구적 형이상학들, 가령 규모, 성장, 부(富), 소유에 대한 거대주의의 미신에서 벗어나 스스로 제한을 두는 작은 관점에서 기업을 경영하기 시작할 때 실제로 얼마나 많은 사람들이 경제 활동을 통해 참다운 풍요를 누릴 수 있는지 그 지혜를 보여준 사례가 되었다.

삶은 우리가 가진 전부다

슈마허는 1962년 인도 방문을 계기로 경제성장에 대한 비판에서 나아가 대안기술에 대한 연구로 관심을 확대했다. 일찍이 버마 정부의 경제자문관으로 일할 때 시작된 대안기술 연구는 10년 뒤 자본 부족과 빈곤, 농촌 인구의 도시 유입과 같은 개발 난제에 시달리던 인도를 방문함으로써 보다 본격적으로 진행되었다. 그는 에너지 소비라는 한 가지 측면에서만 보더라도 전 세계가 서구 수준의 번영과 소비를 누리는 것은 불가능하다고 지적했는데, 이것은 일찍이 간디가 서구식 경제성장 이데올로기에 대해 제기한 문제이기도 했다. 슈마허는 인도를 둘러보며 자연재해 때문이 아닌데도 수많은 사람들이 그토록 오랜 시간 동안 가혹한 빈곤과 전쟁에 시달리는 것은 제대로 된 건강한 문화에서는 있을 수 없는 일이라고 말했다. 어떤 문화든 자신이 처한 특수한 생존 조건에 가장 잘 맞는 적정 수준의 삶의 방식을 찾아내지 못했다면 결코 오늘날까지 전승될 수 없기 때문이다.

슈마허는 인도 대륙을 돌아다니며 간디가 제안했던 스와라지의 자급의 지혜가 아니라 서구식의 무분별한 경제개발이 인도 전역으로 확대될 경우, 과실은 소수에게 돌아가는 반면 그에 따른 고통은 대부분의 약자들이 떠맡게 된다는 것을 직접 목격하였다. 무차별적인 자연 파괴로 가난한 사람들은 더 이상 자연에서 일용할 양식을 구할 수 없었고, 공장에서 대량 생산된 값싼 물건으로 지역의 장인들은 일자리를 잃게 되었으며, 도시 노동자들은 비인간적인 노동에 시달리느라 인간으로서의 품위와 존엄성을 상실하고 있었다. 그래서 슈마허는 서구식 대량 생산이 아니라 지역 고유의 자원을 이용한 지역적 생산양식을 지켜야 한다고 보았는데, 여기에 필요한 기술이 적정기술 내지는 중간기술이다.

중간기술이란 기술 전문가의 도움 없이 누구든지 쉽게 접근할 수 있고, 인간을 기술에 종속시키지 않으며, 집중화나 관료주의적 운영 방식을 낳지 않는 작은 단위의 기술을 말한다. 슈마허는 2차 세계대전 직후 패전의 고통에 시달리던 독일에서의 경험을 통해 과학기술과 이성으로 무장한 소위 지식 전문가들의 무지에 대해 깨우치고 있었다. "전문가란 점점 덜 중요한 것에 대해 더 많은 지식을 쌓느라 결국에는 아무 가치도 없는 것에 대해서만 잘 알게 되는 사람들"이라는 비판은 산업사회의 소위 전문화된 지식이란 공동체의 좋은 삶을 구현하는 데 지극히 무력하다는 인식에서 나온 것이다. 가난한 사람들이 권력자나 기술 전문가에게 종속되지 않고 자기 지역의 자원으로 스스로를 도울 방법과 여기에 적합한 도구를 개발하는 데 필요한 기술이 바로 중간기술이다. 그는 1966년에 중간기술개발그룹을 설립하여 전 세계 민중의 오래된 지혜가 담긴 각종 뛰어난 기술적 장치와 도구들을 발굴하고, 이 작은 기술을 통해 제3세계의 가난한 사람들이 거대 기술, 거대 권력, 거대 자본에 종속되지 않고 자신들의 삶터에서 자급·자립을 이룩하도록 도왔다.

슈마허가 작은 풍요를 주장한 것은 무한 성장을 강요하는 체제에서는 더 많은 이윤을 추구하느라 무의미한 과잉노동으로 인간의 영혼이 병들게 되기 때문이다. 거대 기술이 아닌 중간기술을, 통제적인 거대 조직이 아닌 민주적인 작은 조직을, 녹색혁명이 아닌 전통적인 농사 기술을 살폈던 것은 자신의 생애 주기 전부를 오직 생계를 위한 임금 노예로만 살아가야 하는 사람들의 처지에 대한 깊은 절망에서 비롯되었다. 누구나 밥벌이를 하지 않고서는 살 수 없지만 그렇다고 한 번뿐인 우리의 삶이 오직 밥벌이를 위해서만 존재하는 것은 아니기 때문이다. 밥벌이가 노동의 전부가 되면 이런 재미없는 노동은 악착같이 보상받아야 할 대가를 위한 시간이거나 아니면 여가를 즐기기 위해 가능하면 회피하고 줄여야 할 고통의 시간이 된다.

산업주의는 어떤 방식으로 인간의 인격을 저해할까요? 저로서는 이 체제가 육체노동이건 정신노동이건 간에 사람들이 하는 대부분의 일을 완전히 재미없고 무의미한 것으로 만들어버림으로써 사람들의 인격을 저해하고 있다고 생각합니다. 자연과 동떨어진 채, 기계적·인위적인 방식으로 자신의 잠재능력 가운데서도 가장 미미한 부분만을 활용하게 함으로써 대부분의 노동자들이 도전할 가치도, 자기완성을 향한 자극도, 발전 가능성도, 진선미(眞善美)의 요소도 없는 일에 자신들의 노동 생애 전체를 쏟으라는 식의 형벌을 선고받은 셈입니다. 현대 산업주의의 기본 목표는 인간의 노동을 만족스럽게 만드는 데 있는 것이 아니라 오직 노동의 생산성을 향상시키는 데 있습니다. 산업주의가 이룩한 가장 뿌듯한 업적은 노동시간을 절약한 것이며, 이로 인해 노동은 바람직하지 않은 일로 낙인찍히게 되었습니다. 바람직하지 않은 일에서 품위란 나올 수 없기에 노동자들의 노동 생애는 품위 없는 삶이 되어버리고 말았습니다. 그 결과 당연하지만 더 높은 임금이라는 포상을 동원해도 좀처럼 완화되지 않거나 아니면 종종 임금 상승이라는 포상을 동원해야만 개선되는 식의 암울한 무책임이 만연하게 되었습니다.

평생의 노동 생애를 오직 생산성 향상에 쏟아야 하는 사회는 인간이 자유인으로 사는 데 노동의 가치가 있다는 점을 알지 못한다. 슈마허는 노동을 하는 이유가 당장의 생활에 필요한 재화와 서비스를 구하는 데만 있다고 보지 않았다. 그보다는 누구나 마음에 흡족한 일을 함으로써 이 지상에서의 무상한 삶에 생기를 불어넣고, 그리하여 자유로운 영혼이 되어 다른 사람들과 함께 즐겁게 살아가는 데 있다고 보았다. 노동이란 인간이 지상의 나그네로 머물다 가는 짧은 생애 동안 자신의 삶이 하나의 아름다운 공예품이 되도록 공들이는 작업이라고 보았다. 인간은 꼭두각시가 아닌 자유로운 존재로 살도록 창조되었건만 산업사회는 "사람이 다른 사람을 돈벌이의 수단으로 부리도록 만듦으로써" 인간을 자유인이 아닌 돈의 노예이자 꼭두각시로 만들어버린다. 사람이 오직 생계에 대한 공포 때문에 노동을 하는 곳에서는 먹고사는 일이 무상한 삶에 생기를 불어넣는 것이 아니라 말대로 불안감만 불어넣는다. 알베르 카뮈는 이렇게 말했다. "노동을 하지 않으면 삶은 부패한다. 그러나 영혼 없는 노동을 하면 삶은 숨이 막혀 죽게 된다." 그런데 중요한 것은 바로 이 삶이야말로 우리가 가진 전부이고, 삶의 본질은 불안이나 공포가 아니라 기쁨이어야 한다는 점이다.

> 삶은 사는 동안 우리가 가진 전부다.
> 그러니 일생 동안 삶을 살아보지 못한다면, 당신은 똥덩어리일 뿐.
> 당신이 임금 노예로 살지만 않는다면,
> 노동은 삶이 되고, 삶은 노동하며 사는 것이 된다.
> 임금 노예란 삶은 한편에 제쳐두고 그저 일만 하는 것,
> 그리하여 거기에 한 줌 똥덩어리로 서 있는 것.
>
> 사람이라면 일에 생기가 없는 것을 거부해야 한다.
> 사람이라면 임금을 버는 똥덩어리가 되는 것을 거부해야 한다.
> 사람이라면 임금 노예로 하는 일을 모두 거부해야 한다.
> 사람이라면 자신을 위한 자기의 일을 하겠다고 요구해야 한다.
> 그리하여 그 일에 자신의 삶을 쏟아야 한다.
> 왜냐하면 노동 속에 자신의 온 삶이 들어 있지 않으면
> 그는 분명 한 줌 똥덩어리가 되는 까닭에.

영국 소설가인 D. H. 로렌스(David Herbert Lawrence)는 만약 노동을 하는 이유가 생계에 대한 공포감 때문이라면 인간은 그저 똥덩어리에 지나지 않는다고 하였다. 공포감은 자유인의 정서가 아니라 노예의 그것이기 때문이다. 실제로 '급여'(salary)라는 말이 로마 제국이 용병들에게 생계유지용으로 지급했던 '급료'(salarium) 에서 나왔다는 데서 알 수 있듯이 생계유지를 위한 노동은 고통스러운

노역이 되고, 인간 정신은 복종과 순응에 길들여진다. 그리하여 세상 전부를 얻고도 자유로운 영혼을 잃어버린다면 그게 무슨 좋은 삶이라고 할 수 있는가?

슈마허는 이 지상에 잠시 나그네로 다녀가는 생애 동안 인간이 진정 추구해야 할 것은 좋은 노동을 통해 자신의 삶을 하나의 공예품으로 만들고, 마찬가지로 똑같이 공예품인 자연과 이웃을 돌보는 것이라고 보았다. 좋은 노동으로 이 대지에 생기를 불어넣을 수 없다면, 그래서 노동을 통해 자신과 타인의 일상을 함께 일구는 좋은 삶을 꾸려갈 수 없다면 사람은 결국 똥덩어리로 생을 마감하게 될 뿐이다. 좋은 삶을 살기 위해서는 하늘을 나는 자유로운 새처럼 인간에게도 생계에 매달리지 않을 자유가 필요하다. 먹잇감만 찾아다니는 모욕적인 삶이 아니라 노래를 부르고 날갯짓도 하여 창공에 온기를 불어넣고, 그래서 다른 존재에게도 말할 수 없는 활력과 기쁨을 주는 그런 삶을 가꿔나갈 때 우리의 무상한 삶은 비로소 공예품이 된다.

지혜는 작은 풍요에서 나온다

일평생 지속된 슈마허의 신념이 있다면 그것은 아마도 진정한 풍요는 작은 규모라야 가능하다는 생각일 것이다. 이것이 그가 경제의 '간디'로 추앙받는 이유이다. 슈마허는 전 지구적 성장이란 근본적으로 불가능하며, 모두가 평화롭게 사는 방법은 작은 규모의 풍요일 때만 가능하다고 설파했다. 지구별 하나로 모두가 부자가 되는 것은 불가능하지만 모두가 평화롭게 사는 것은 가능하다. 슈마허는『작은 것이 아름답다』(Small Is Beautiful)에서 오늘날 우리가 구가하고 있는 전대미문의 번영에 대해 이렇게 말한 적이 있다. "어떤 수준의 번영일지라도 '안전하게' 다룰 방법도 모르고, 따라서 앞으로의 역사와 지질학적 연대를 통틀어 모든 세계에 가늠할 수조차 없이 위험한 핵물질과 같은 고도의 독성물질을 대규모로 축적하면서도 정당하다고 말할 만한 수준의 번영이란 없다." 무한한 물질적 번영은 결코 모든 사람이 보편적으로 추구할 수 있는 진정한 번영이 아니다. 자신들도 안전하게 처리하지 못하는 위험천만한 핵폐기물을 대규모로 후손에게 떠넘기는 문명이라면 결코 지속될 수 없기 때문이다.

'번영'(prosperity)이란 말은 '희망하는 대로'(pro spere)라는 라틴어에서 나왔다. 희망을 키워낼 수 없고 타인의 희망을 배려하지 않는 번영이라면 얼마든지 폭력적인 번영이 될 수 있다. 사람들의 욕망만 부추기고 사람들의 희망에는 눈길을 주지 않는다면 우리의 삶은 보이지 않는 각종 폭력으로 둘러싸이게 될 것이다.

    슈마허는 마음속 깊이 남아 있는 비폭력의 씨앗이 되살아나려면 삶을 바라보는 우리의 생각과 관점부터 바뀌어야 한다고 보았다. 슈마허는 "우리는 우리가 모두 좋은 사람이 될 필요가 없는 완벽한 시스템을 찾고 있다"라는 간디의 비판에 공감하였고, 그래서 사실상 개혁이 필요한 곳은 모든 조직의 내부와 외부에서 그런 시스템을 만들고 움직이는 사람들의 정신이라고 생각했다.

    말년에 이르러 슈마허가 교육에 몰두한 것도 이런 생각에서였다. 왜냐하면 좋은 노동은 좋은 삶을 만드는 토대인데 좋은 삶에 이르려면 지혜를 구하는 교육이 중요하기 때문이다. 좋은 교육이란 삶의 지혜를 터득하는 것이라는 생각도 마찬가지로 젊은 시절부터 시작되었다. 슈마허는 전후 폐허가 된 독일을 둘러보며 전혀 교육을 받지 못한 시골의 농부들이 소위 배웠다는 전문가들보다 세상의 이치를 두루 더 잘 알고 있는 현자(賢者)라는 것을 직접 체험하였다. 평생 흙과 더불어 육체노동을 해온 농부가 전문가보다 더 지혜롭다면 이것은 산업기술 체제에서 우리가 배우는 교육이 뭔가 심각하게 잘못되었다는 것을 의미한다.

산업사회에서의 교육은 노동과 마찬가지로, 진리를 인식할 수 있는 직관력, 감수성, 상상력을 마음으로부터 끌어내는 것이 아니라 오직 양적인 지식 축적에만 몰두하기 때문에 우리를 지혜로운 삶으로 이끌지 못한다. 슈마허는 노동과 교육이 지닌 본래의 참된 의미, 즉 노동과 교육의 영성적 의미를 되살리지 않는 한, 대안에너지 개발과 같은 기술적 노력으로 산업주의의 파국적 진로를 되돌리기는 어렵다고 보았다. 생각해보면 슈마허뿐만 아니라 산업문명을 비판했던 톨스토이, 간디, 시몬 베유(Simone Weil) 같은 사상가들도 모두 삶의 지혜를 구하려면 흙과 더불어 사는 신성한 육체노동이 중요하다고 보았다. 왜냐하면 흙과 함께하는 노동은 인간이 자연과 협력하지 않는 한 좋은 수확을 걷을 수 없으며, 모든 것에는 적절한 때가 있고, 생명은 본질적으로 신비로우며, 인간의 능력에는 한계가 있다는 지혜를 몸에 심어주기 때문이다. 슈마허는 지혜로운 자만이 한계를 알 수 있고, 한계는 머리가 아닌 심장으로 아는 것이라고 보았다.

슈마허는 두 차례의 세계대전 이후 유럽과 미국이 경쟁적으로 산업기술 발전에 박차를 가하는 것을 지켜보았다. 그 속에서 누가 이득을 보는지, 누구의 고통이 가중되는지, 누가 누구에게 비인간적이고 무의미한 삶을 강요하는지 지켜보았다. 그리고 그 결과 노동은 임금에, 삶은 생존에, 영혼은 기계에 자리를 내주는 것을 보았다. 지금과 같은 서구의 풍요가 정상이 아니며 인간의 영혼과 자연을 파괴하는 이 비정상적인 상태가 곧 막바지에 이를 것이라는 슈마허의 예언은, 무엇보다도 우리의 물질적 풍요가 마음의 감각을 무디게 만들고 정신을 마비시키는 노예 교육과 노예 노동에 토대를 두고 있기 때문에 나온 것이었다.

산업문명을 비판했던 D. H. 로렌스도 "우리는 삶의 기술을, 말하자면 일상의 행동과 일상의 삶을 위한 가장 중요한 지식을 잃어버렸다. 우리는 완전히 무식쟁이가 되어버렸다"라고 통탄하였다. 산업주의 방식으로 교육받고 거기에 길들여지면서 우리는 수천 년간 전승된 삶의 소중한 기술과 지혜를 잃어버렸다. 실제 자연에 대해서는 아무것도 몰라도 주식 실적은 뛰어나고, 실제 손으로 만들 수 있는 것은 아무것도 없어도 상품을 쓰고 버리는 데는 능란한 그런 존재들로 바뀌게 되었다. 지혜로운 인간(Homo Sapience)은 사라지고 무지한 인간(Homo Ignoramus)이 그 자리를 차지하면서 자연을 대하는 방식도, 사람을 대하는 방식도, 삶을 가꾸는 방식도, 그리고 노동에 대한 생각도 무식쟁이가 되었다. 슈마허는 물질적 팽창을 갈망하는 무지한 삶에서 벗어나 영적 깨달음을 구하는 참된 순례자의 삶으로 되돌아가는 길이 있다면, 그것은 무엇보다도 우리가 잃어버린 옛사람들의 삶의 기술과 지혜가 되살아나도록 역설적이게도 매일매일 좋은 노동을 하는 데서부터 시작해야 한다고 하였다.

물론 우리는 지금까지 노동을 너무나 많이 해왔다. 하지만 그것은 로렌스의 말대로 진정한 노동이 아니라 어딘가에 얽매인 노예 노동이었다. 이제 그런 노예 노동에 종지부를 찍고 진정한 의미의 노동, 즉 재미난 노동을 시작할 때 비로소 노동도 놀이처럼 즐거울 수 있다. 진짜 혁명은 노동시간을 줄여달라거나, 노동의 대가를 올려달라거나 하는 데 있는 것이 아니라 모두가 자신의 삶이 고귀한 예술품이 될 수 있도록 진짜 재미난 일을 시작하는 데 있다. 돈이 아닌 기쁨과 자유를 안겨주는 진짜 재미난 노동, 탈출한 당나귀들처럼 새장을 벗어난

새들처럼 자유롭게 춤을 추면서 텅 빈 이 세상에 온기를 불어넣는 노동,
예술 활동과 다름없는 그런 좋은 노동으로 되돌아가는 것이 D. H.
로렌스가 노래한 '제대로 된 혁명'의 첫걸음이기 때문이다.

> 혁명을 하려거든 재미로 하라,
> 섬뜩할 만큼 심각하게 하지 말고,
> 죽을 만큼 진지하게 하지 마라,
> 그저 재미로 하라.
>
> 사람들이 밉다고 하지 말고,
> 그저 저들의 눈에 침 한 번 뱉으려 하라.
>
> 돈을 위해 하지 말고,
> 돈에 엿 먹이려 하라.
>
> 균등해지려고 하지 말고,
> 너무나도 우리가 똑같다는 이유로 하라.
> 사과 수레를 엎은 뒤 어느 방향으로 굴러가는지
> 사과들을 지켜보면 얼마나 재미나겠는가!
>
> 노동자 계급을 위해서도 하지 마라,
> 우리 힘으로 작은 귀족이라도 될 수 있게 하라,
> 그리하여 도망친 신난 당나귀들처럼 놀아보자.
>
> 어쨌든 만국의 노동을 위한 혁명은 하지 마라,

「제대로 된 혁명」(A Sane Revolution)

지금껏 너무나 많이 해온 것이 노동이다.

우리 이제 노동을 폐지하자, 노동하는 짓을 그만두자!

일은 재미날 수 있고, 사람들은 일을 즐길 수 있다. 그러면 일은 노동이 아니다.

우리 노동을 그렇게 하자! 우리 재미를 위해 혁명을 하자!

광기나 분노, 증오 때문이 아니라 맨 정신으로 하는 재미난 혁명은 어떻게 가능할 것인가? 조금이라도 존엄하고 품위 있는 노동 생애를 보내는 것은 주기적으로 돌아오는 선거로 가능할 것인가? 아니면 모든 시간을 쏟아부어 남보다 더 높은 임금을 받음으로써 가능할 것인가? 이에 대한 답은 슈마허 사후에 출판된 『굿 워크』에 나오는 마지막 이야기가 대신 전해준다. 슈마허는 오래된 문화를 간직하고 있는 곳은 어디든 하나같이 사람살이를 숫자로 따지는 것에 대해 큰 적대감을 갖고 있었다고 말한다. 다윗은 이스라엘에서 최초로 인구 조사를 했던 왕인데, 이 행동은 하느님을 크게 진노케 하였다. 하느님은 다윗에게 형벌을 내리시고자 했고, 다윗은 자신이 어떤 잘못을 저지른 것인지 금방 깨달았다. 그것은 바로 수치 단위로 셀 수 없는 사람을 숫자로 취급했다는 것! 존재하는 모든 생명은 숫자로 환원될 수 없다. 왜냐하면 하나하나가 모두 신이 만드신 작은 우주이기 때문이다. 자신의 삶과 타인의 삶을 모두 하나의 소우주로 바라보게 되면 이 세상에 존재하는 것은 무엇이든 함부로 할 수 없음을 깨닫게 된다. 자연 속에 존재하는 모든 생명을 하나의 신비로 바라보는 것, 그것이 바로 진짜 풍요로 가는 길이자 평화를 얻는 진짜 혁명이리라. 영국 시인 알렉산더 포프(Alexander Pope)가 말한 대로 이 세상에 존재하는 것은 그것이 무엇이든 모두 다 옳은 까닭에.

모든 자연은 그대가 알지 못하는 예술,

모든 우연은 그대가 보지 못하는 섭리,

모든 부조화는 그대가 이해하지 못하는 조화,

모든 부분적 악은 보편적인 선, 오만과 오류를 범하는 이성에도 불구하고,

한 가지 명백한 진리가 있으니, "존재하는 것은 모두 다 옳다."

E. F. 슈마허
E. F. Schumacher

E. F. 슈마허는 '작은 것이 아름답다'라는 한 문장으로 전후(戰後) 대안운동에 지대한 영향을 끼친 독일의 경제학자이자 생태사상가로 1911년 본에서 태어났다. 부친인 허먼 슈마허는 베를린 대학교 경제학과 교수였으나 슈마허는 아버지보다는 괴테학을 전공한 삼촌의 영향을 더 많이 받은 것으로 알려져 있다. 불행하게도 슈마허가 태어난 뒤 곧 1차 세계대전이 발발하는 바람에 그의 어린 시절은 굶주림에 대한 두려움과 고통으로 잿빛이 되었다. 슈마허 가족은 마당에 채소와 가축을 직접 기르며 궁핍한 생활을 견뎠으나 전후 파탄 난 독일 경제와 뒤이은 세계 대공황으로 식량 부족은 한동안 계속되었다. 슈마허는 아무 기력도 없이 주린 배를 움켜쥐고 견뎌야 했던 소년 시절의 경험 덕분에 나중에 경제학자가 된 뒤에도 언제나 실제 생활에 도움이 되는 실천과 대안을 모색하였다.

슈마허는 열여덟 살에 베를린 대학에 입학하였으나 그 이듬해인 1930년에 로즈(Rhodes) 장학생에 선발되어 영국의 옥스퍼드 대학교로 유학하였다. 하지만 장밋빛 기대와 달리 자신이 겪은 독일의 가난과 굶주림을 전혀 이해하지 못하는 영국 상류계층 학생들의 무지에 실망해 곧 다시 독일로 돌아와 은행에서 근무하였다. 그해 9월 히틀러를 중심으로 한 극우 세력이 총선에서 압승하자 슈마허는 독일 우경화의 원인이 유대인이나 공산주의자가 아니라, 영국과 미국의 터무니없는 전쟁 배상금 요구와 그 압박에 시달린 독일인들의 경제적 고통에 있음을 알게 되었다. 이때의 경험으로 생산, 분배, 소비에서의 국제적 협력 체계를 세우는 것이 세계의 영구 평화에 중요하다고 생각하였다. 옥스퍼드의 귀족적 학풍에 실망한 슈마허는 미국 뉴욕으로 떠나 컬럼비아 대학교에서 경제학을 공부하였으나, 1933년에 히틀러가 집권하자 고국에 대한 걱정으로 미국 대학에서 학자가 되는 길을 포기하였다. 귀국 후에는 안나 마리아 패터슨과 사랑에 빠져 1937년에 결혼식을 올리고 다시 런던으로 돌아갔다.

그러나 연이어 터진 2차 세계대전으로 국경이 폐쇄되는 바람에 독일에 남은 가족과의 연락은 단절되었고, 슈마허 역시 적국의 시민이라는 이유로 영국 정부의 감시를 받았다. 점차 반(反)독일 정서가 높아지자 슈마허는 시골 농장으로 은둔하였다. 아이돈 농장에서의 피신 생활은 슈마허가 영국 경찰에 체포되면서 중단되었고, 이후 그는 집단수용소에 수감되었다. 건강이 좋지 않았던 슈마허는 수용소에서도 극심한 육체적 고통과 불안에 시달렸지만 특유의 긍정적이고도 현실주의적인 가치관으로 점차 어려움을 극복해나갔다. 특히 이 수용소에서 슈마허는 나치 정권에 저항했던 열렬한 공산주의자 쿠르트 나우만(Kurt Naumann)을 만나는데, 나우만과 마르크스주의를 공부하며 중산층 자유주의자의 시각에서 벗어나 비로소 사회적 약자의 관점에서 빈곤과 풍요, 억압과 정의 같은 정치·경제의 여러 문제들을 보게 되었다. 그는 경제란 인간다운 삶의 토대이기에 정치 없는 경제학은 아무 소용이 없으며, 따라서 빈곤과 풍요의 양극화가 아닌 적정 생산으로 소비와의 균형을 맞추는 것이 좋은 삶의 토대임을 깨달았다. 지금의 국제무역 시스템은 과도한 이윤을 남기는 나라와 과도한 빚에 짓눌린 나라로 전 세계를 양분시키며, 소수의 흑자국과 다수의 적자국으로 양극화된 상황이 지속되는 한 언제든 전쟁이 일어날 수밖에 없다고 보았다.

슈마허는 2차 세계대전 이후 영국 정부의 요청으로 윌리엄 베버리지 경과 함께 전후 영국 복지정책의 기초를 닦았고, 1950년에는 영국 노동당 정부가 국유화한 국립석탄위원회의 자문을 맡아 재생 불가능한 자원 문제에 대해서도 연구하였다. 한편 아이돈 농장에서 시작된 농사일은 평생의 일상이 되어 공직 생활을 하는 가운데도 손수 빵을 만들고 농사를 지었으며, 유기농업에도 관심을 가져 토양협회 일도 맡아 하였다. 슈마허가 마르크스주의에 토대를 둔 무신론적 사회주의자에서 지속 가능한 대안경제를 모색한 생태사상가로 거듭나게 된 것은 1954년 버마 정부의 초대로 버마를 방문하면서부터였다. 가난한 나라를 도와주러 간 부자 나라의 경제학자였지만 오히려 슈마허는 가난하지만 청결하고 기품 있는 버마인들의 다채롭고도 쾌활한 삶에 압도당했다. 버마에서 그는 행복한 삶은 가난이나 풍요와 같은 물질적 소유와는 아무 상관이 없다는 것을 목격하고 큰 충격을 받았다. 버마 사람들의 삶은 소박했으며, 적게 원했기 때문에 행복했다. 불교경제학과 마하트마 간디의 스와라지 사상에 깊이 천착하면서 서구 경제학의 문제점을 더욱 분명하게 알게 된 슈마허는 생태적으로 지속 가능한 삶이란 물질적 진보가 아니라 자급자족과 상호부조를 실천할 수 있는 영적 성숙에 있음을 깨달았다. 경제에서 관심을 가져야 할 진짜 중요한 문제는 물질이 아니라 바로 인간이라 생각하였기에 러스킨, 간디의 뒤를 이어 도덕적 관점에서 경제 문제를 바라보았다. 버마 체험은 그가 평생 설파한 불교경제학과 이후 여러 분야에서 추진된 중간기술과 같은 다양한 사회적 활동과 실험의 동력이 되었다.

1971년 여러 공직 생활과 다양한 실험단체에서 은퇴한 슈마허는 비로소 집필에 몰두하였으며, 1973년에 출간된 『작은 것이 아름답다』는 베트남 전쟁의 후유증으로 새로운 대안적 삶을 갈구하던 미국의 젊은이들로부터 열렬한 호응을 얻었다. 이 무렵 가톨릭으로 개종한 슈마허는 토마스 아퀴나스, 성 프란체스코, 토머스 머튼을 비롯한 가톨릭의 여러 급진적 사상가들을 공부하는 한편, 모든 인도인이 5년 동안 매일 한 그루의 나무를 심으면 인도의 모든 문제를 풀 수 있다고 한 간디의 말을 실천하고자 나무에 대한 공부도 시작하였다. 슈마허는 이런 경험과 신념을 바탕으로 『당혹한 이들을 위한 안내서』(A Guide for the Perplexed), 『내가 믿는 세상』(This I Believe)을 출판했고, 세계적인 생태사상가로 활동하다가 1977년 유럽 순회강연을 다니던 중 스위스에서 갑자기 사망하였다. 그의 사후에 『굿 워크』가 출간되었고, 영국 남부의 작은 도시 토트네스에는 그의 업적을 기억하고자 생태 대안학교인 슈마허 칼리지가 세워졌다.

Wendell Berry

1934. 8. 5. –

"우리가 무엇을 해야 좋을지 모를 때가 진짜 일을 시작할 수 있는 때이며,
우리가 어느 길로 가야 좋을지 모를 때가
진짜 여행을 시작할 때이다."

평화의 시작은 집으로 돌아가는 것

웬델 베리

호메로스의 서사시인『오디세이아』(Odysseia)는 트로이 전쟁의 영웅들을 다룬『일리아스』(Ilias)와는 여러모로 다른 세계관을 담고 있다.『일리아스』의 세계가 그리스의 영웅인 아킬레우스의 분노로 시작하여 트로이의 아들 헥토르를 잃은 아버지의 슬픔으로 온 가족의 삶이 붕괴되는 이야기라면,『오디세이아』는 반대로 한 남자가 20년이나 집을 떠났다가 마침내 아내가 기다리는 가정과 집으로 돌아오는 이야기이다. 전자가 삶의 근원이 뿌리 뽑히는 분노와 슬픔의 전쟁터의 세계를 다루고 있다면, 후자는 가정과 집의 가치를 깨닫고 고향 땅으로 돌아옴으로써 다시 삶의 뿌리를 내리게 되는 공동체의 세계를 그리고 있다. 그런데 이렇게 다시 집으로 돌아오는 인물이 여신의 아들인 아킬레우스나 트로이 최고의 전쟁 영웅인 헥토르가 아니라 오디세우스라는 점은 흥미로운데, 왜냐하면 오디세우스는 그리스어로 '아무도 아닌 자'(oudeis)를 뜻하기 때문이다. 신과 영웅이 등장하는 서사시의 세계로부터 여성과 가정이 있는 서정적인 세계로 돌아오는 오디세우스는 결국 이름 없는 모든 필부들의 원형이라고 할 수 있다. 신에 비하자면 아무것도 아닌 존재, 다시 말해 인간을 상징하는 오디세우스는 불멸의 삶과 안락한 낙원을 보장해주겠다는 여신 칼립소의 권유도 마다하고 떠나온 고향으로 돌아가고자 길을 나서는 것이다.

이 점에서 오디세우스는 인간이 지닌 근원적인 향수와 귀소 본능의 문학적 원형으로 이해될 수 있지만, 그럼에도 불구하고 왜 그토록 집으로 돌아가고자 하는지는 일종의 수수께끼가 아닐 수 없다. 이에 대해 미국의 생태사상가이자 작가인 웬델 베리(Wendell Berry)는 오디세우스에게 집이란 매우 다층적인 의미를 지니기에 그 이유를 단지 늙은 아내에 대한 사랑이나 연민, 혹은 가정이나 조국에 대한 책임감으로 국한할 수 없다고 보았다.『소농, 문명의 뿌리』(The Unsettling of America)에서 베리는 오디세우스에게 집이란 결혼으로 연결된 당사자인 남편과 부인뿐 아니라 선조와 후손으로 이루어진 가족과 가정, 그리고 여기에 토대를 둔 공동체와 그 터전으로서의 땅, 그리고 전통과 기억, 이 모든 전체와 연결되어 있기에 여신과의 동침으로도 깨뜨릴 수 없는, 말하자면 존재와 장소 간의 근원적인 결합을 상징한다고 설명한다. 오디세우스의 귀향이 그토록 감동적인 것은 그가 칼립소의 세계 대신 페넬로페의 세계를 선택함으로써 전쟁으로 뿌리 뽑힌 자신의 삶을 다시 고향 땅 위에 뿌리내리고자 했기 때문이다.

원형으로서의 오디세우스의 귀향은 삶이란 궁극적으로는 지상에 뿌리를 내리는 것이고, 삶의 평화는 친숙한 일상으로 둘러싸인 집에서 시작되는 것임을 의미한다. 사람들은 미처 생각지 못하지만 모든 존재에겐 삶의 여정을 기댈 자기만의 오래된 장소가 필요하다. 평생 한자리에 서 있는 나무에게도 정든 바람과 낯선 바람이 있고, 계절을 오고 가는 새들에게도 정든 뭍과 낯선 뭍은 있는 법이다. 나무건 새들이건 온전한 삶을 살기 위해서는 누구나 자기 생을 뿌리내릴 세계가 필요한 법이지만 이런 감수성이 없는 소위 무식쟁이 전문가들은 책상에 앉아 마음대로 물길을 돌리고 터널을 뚫고 갯벌을 덮어버린다. 그리하여 철새들은 해마다 찾아가던 도래지를 잃어버리고, 물고기들은 태어난 강가로 돌아오지 못한다. 세상 어디든 그곳이 이미 다른 존재들의 익숙한 삶터라는 사실을 망각할 때 존재의 뿌리는 뽑혀나가고 모두는 길을 잃는다. 길을 나섰으나 집으로 돌아오지 못하는 기이한 시대가 시작되는 것이다.

베리가 산업문명을 노숙(homeless)문명이라고 비판한 것도 자본주의적 개발의 본질이 바로 그와 같기 때문이다. 개발이란 땅에 뿌리내리고 수천 년간 같은 삶을 꾸려온 붙박이들(stickers)을 모두 뿌리째 뽑아 정처 없는 뜨내기들(boomers)로 만들어버리는 것이다. 산업사회에서는 한곳에 오래 뿌리박고 있는 것들은 돈이 되지 않기 때문이다. 돈이 되려면 갯벌은 매립되어야 하고, 오래된 마을은 철거되어야 하며, 농부는 땅을 버려야 기업이 원하는 값싼 노동자가 될 수 있다. 자본은 1달러로 가장 오래 부려먹을 수 있는 노동을 찾아 지상의 가난한 나라들을 떠돌고, 가난한 사람들은 그 1달러를 벌려고 정든 집과 고향을 등진다. 쉽게 잘 옮겨다닐수록 유능한 글로벌 인재가 되고, 삶터를 떠나지 않겠다고 결심하면 철거를 반대하는 떼쟁이가 된다. 수천 년간 이어온 모든 낡고 늙고 오래된 것들에 대해 병적인 두려움과 혐오감을 갖게 하여 모두를 개발 시대의 유능한 뜨내기로 만드는 것이 바로 우리 문명의 본질이다. 집을 떠나지 않는 것이 가장 급진적인 저항이 되어버린 우리 시대를 통탄하며 베리는 우리의 삶이 왜 저마다의 근원으로부터 멀어지게 되었는지를 성찰한다. 그가 잘나가던 교수직을 버리고 고향 마을로 돌아가 농부가 된 것은 이런 뜨내기로서의 삶을 청산하고 자신이 태어난 땅에 뿌리박고 책임 있게 사는 도덕적 삶을 실천하기 위해서였다.

산업문명은 모두를 노숙자로 만든다

웬델 베리는 이 지상에 거처를 마련한 모든 존재의 시원(始原)에 대해 평생 사유한 작가이다. 옮겨 심으면 한동안 몸살을 하는 나무처럼 익숙한 곳을 떠나는 것은 누구에게나 고통스럽다. 하지만 산업사회는 사람들이 땅으로부터 멀어질수록 더 강한 경쟁력을 갖게 된다고 부추기기에 모두들 떠나지만 이렇게 떠난 사람들이 집으로 돌아오는

일은 거의 없다. 산업문명은 집을 떠나라고는 부추겨도 돌아오는 법은
결코 가르쳐주지 않는 노숙문명이기 때문이다. 저마다 이리저리
부초처럼 떠돌지만 베리는 다음 시에서처럼 우리가 아무리 지구
끝까지 떠돌아도 이 세상은 그런 물리적 여행으로 알 수 있는 것이
아니라고 말한다.

「정신의 여행」(A Spiritual Journey)

세상은 몇 마일의 여행으로 발견될 수 없다,

아무리 멀리까지 가더라도.

그러나 오직 정신의 여행을 통해서는

고되고, 겸손하며, 즐거운

한 치의 여정으로도

우리의 두 발은 땅에 이르게 되고,

집에 있는 법을 배우게 된다.

베리가 집에 머무는 법을 배우라고 한 까닭은 나무건 사람이건
친숙한 터전 없이는 평화로운 삶을 살 수 없기 때문이다. 낯선 방문객에
대한 환대는 우리의 영혼이 친숙한 세계에 둘러싸여 있을 때라야
가능하다. 정의감은 저간의 사정을 잘 알 때 솟구치며 죄책감은 타인의
고통을 가까이서 지켜볼 때 느끼게 된다. 옳고 그름을 결정하는 것은
판결이 아니라 우리의 자유로운 양심이며, 양심의 가책을 느낄 수 있는
도덕심은 서로 잘 아는 공동체 속에서 나온다. 물론 그와 같은 공동체는
우리가 물리적 여행을 멈추고 땅 위에 뿌리를 내릴 때 비로소 가능하다.
이주와 탈주가 마치 정기 건강검진처럼 강요되는 지금과 같은
시대에는 어쩌면 베리처럼 농부가 되어 한곳에 오래 붙박고 사는 것이
가장 절박한 저항일지도 모른다. 그래서 베리는 집에 머무르라고

말한다.

> 나 여기 들녘에서 기다리리라,
> 빗물이 풀잎을 얼마나 잘 적시는지 바라보고자.
> 한 사람의 생애보다 장구한 들일 가운데
> 나 집에 머무노니 내게로 오지 말고
> 그대 역시 집에 머무르라.
>
> 나 숲속에 서 있으리라,
> 오래된 나무들이 오직 바람 덕분에
> 그러고는 중력 덕분에 움직이는 그곳에.
> 나무들의 고요함 가운데
> 나 집에 머무노니 내게로 오지 말고
> 그대 역시 집에 머무르라.

베리가 대학교수직을 버리고 농부가 된 것은 농사야말로 한 장소에 뿌리내리고 산다는 것의 인간적 책임과, 자연에 순응해야 하는 인간적 한계가 도리어 우리 삶에 풍요와 평화를 가져오는 가장 신성한 노동이라는 깨달음 때문이다. 오랜 시간을 함께 보낸 농촌에는 구전되는 전설과 민담이 있고, 농사일을 꾸리는 노동요가 있고, 수확을 기원하는 제의가 있다. 농부 한 사람의 힘으로는 풍요가 불가능하기에 농촌에서는 가정과 이웃으로 둘러싸인 마을 공동체가 삶의 토대가 된다. 자연에 대한 경이와 충직함으로 같은 장소에서 오래 산 붙박이들은 뜨내기들처럼 한탕주의로 삶을 꾸려갈 수가 없다. 땅을 오염시키고, 물을 더럽히고, 고향을 싹쓸이하는 것은 농부들이 아니라

"농부 한 사람의 힘으로는 풍요가 불가능하기에
농촌에서는 가정과 이웃으로 둘러싸인 마을
공동체가 삶의 토대가 된다. 자연에 대한 경이와
충직함으로 같은 장소에서 오래 산 붙박이들은
뜨내기들처럼 한탕주의로 삶을 꾸려갈 수가
없다."

건초 더미 위에 앉아 여물을 준비하는 아미쉬 공동체 농부의 모습.

돈을 찾아 떠도는 자본의 뜨내기들이다. 약탈하고 떠나는 사람을 우대하는 산업문화에서는 연민과 자비, 돌봄과 나눔이 뿌리내릴 수가 없다. 왜냐하면 산업사회에서는 삶의 모든 부분들이 잘려나가 돈벌이를 위한 상품으로 변질되기 때문이다. 숲과 주차장이 별반 차이가 없을 뿐 아니라 표토와 삼림이 줄어든 만큼 돈이 늘어나기에 갯벌과 숲을 없애고도 이를 생산이나 발전으로 간주하게 된다.

이 점에서 베리는 개발만 앞세우는 산업문명의 근저에 깔린 과학기술주의를 비판한다. 프랜시스 베이컨(Francis Bacon) 이래 근대 과학은 자연은 모두 물질로 구성되어 있고, 이 물질을 쪼개고 부수고 자르면 전체의 원리를 알 수 있다는 그릇된 확신을 키워왔다. 베리는 『삶은 기적이다』(Life is a Miracle)에서 『통섭』(Consilience)의 저자인 생물학자 에드워드 윌슨(Edward Wilson)을 비판하며 윌슨이 생각하는 환원주의적 과학관으로는 결코 전체를 볼 수 없다고 말한다. 윌슨은 과학이란 "자연을 자연적 구성 요소들로 쪼개는 것"이며, "자연은 다른 모든 법칙과 원칙이 궁극적으로 환원될 수 있는 단순하고 보편적인 물리적 법칙들에 의해 유지"된다고 보았다. 마치 노아의 대홍수 이후 신이 인간에게 약속의 상징으로 보내준 아름다운 무지개를 빛의 굴절과 산란이라는 과학법칙으로 환원할 수 있다는 식이다. 윌슨은 모든 것이 과학법칙으로 환원될 수 있다는 전제 아래 다양한 분과학문들의 통섭을 주장하지만, 베리가 보기에는 이런 환원주의적 과학관이야말로 지금도 진행 중인 대규모의 자연 파괴와 환경 재앙의 원인인 것이다.

환원주의란 본래 고유한 상황 속에 존재하는 구체적인 것을 맥락으로부터 뿌리 뽑아 단순하고 보편적인 것으로 바꾸는 것을 말한다. 자연을 이해하기 위해 우리는 부분으로 나누고 쪼개지만 한번 분리된 것은 다시 원래대로 전체 속에 통합될 수 없다. 가령 우리는 천연 광석에서 우라늄을 분리해낼 수는 있지만 원자력 폐기물을 다시 천연 광석 상태로 복구하여 땅속에 되묻어둘 수는 없다. 환원주의의 위험성은 이렇듯 존재를 원래 있던 자리에서 쪼개어 옮겨다놓을 뿐 다시 제자리로 되돌리지 못함으로써 세상의 모든 존재들을 점차 원래의 터전으로부터 멀어지게 만든다는 데 있다. 사실상 모든 존재는 장소와 본질적으로 분리될 수 없는 유기적인 전체성을 지니지만 산업문명은 이와 같은 총체성의 신비를 보지 못하기 때문이다. 이렇듯 개체를 전체와 분리시키려는 환원주의적 사고에 대해 미국의 낭만주의 시인인 랠프 왈도 에머슨(Ralph Waldo Emerson)은 다음과 같은 비유를 들어 그 한계를 간명하게 읊었다.

모든 개체에겐 전체가 필요한 법
단독으로 아름답거나 좋은 것은 없다네.

나는 새벽녘 오리나무 가지에서
노래하는 참새를 천상의 소리라 생각하여
저녁에 둥지째 집으로 가져왔다네.
참새는 여전히 노래하지만 집에서는 즐겁지가 않다네,
강과 하늘까지 데려오지 못한 까닭에.
새는 내 귀에 노래했지만 그들은 내 눈에 노래한 것이기에.

해안에는 고운 조개들이 놓여 있었지.
방금 밀려온 파도는 조개껍질 위에
빛나는 진주 물거품을 뿌려놓았네.

포효하는 야수 같은 바다는
조개를 안전하게 피신시킨 나를 반겼네.
나는 해초와 거품을 씻어내고
바다가 낳은 이 보물을 집으로 가져왔다네.
그러나 조개들은 초라하고, 볼품없고, 역겨워졌다네.
태양과 모래와 거친 파도와 더불어
해변에 그 아름다움을 두고 온 까닭에.

어째서 하늘과 오리나무 가지를 벗어난 새소리가 이전만 못하고,
거친 파도와 모래와 태양이 없으면 조개들이 초라해지는지
과학적으로는 알 수 없지만, 알 수 없다고 해서 전체 속에 있을 때라야
비로소 아름답게 느껴지는 그 신비를 부정할 수는 없다. 자연을 그저
외적 환경으로만 취급한다면 부분과 전체를 엮어주는 이런 아름다움은
보이지 않는다. 존재가 뿌리 뽑히게 된 것은 인간의 무지로 인해 태양과
모래와 거친 파도로부터 조개를 분리할 수 있다고 믿게
되면서부터였다.

베리는 윌슨이 신봉하는 현대 과학에 대해 모르는 것은 모른다고,
알 수 없는 것은 알 수 없다고 말하는 겸손이 그 어느 때보다
절실하다고 하였다. 지금 과학이 해결해주겠다는 자연 파괴와 환경
재앙의 대부분은 애당초 인간과 자연을 과학의 소유물로 대상화시킨
오만에서 비롯되었기 때문이다. 겸손이 사라진 곳에서 과학에 대한
맹신주의는 자라나고 인간의 편의를 위해 모든 것은 뽑혀지게 된다.
진보가 이런 것이라면 베리는 현대 과학기술을 거부하고 전통을
지키는 보수주의자가 되겠다는 것이다. 컴퓨터와 트랙터와 핸드폰을
거부하고, 아내와의 협업으로 원고를 완성하고 말과 더불어 농사를

지으며 서신으로만 소식을 주고받는 것도 이러한 까닭에서이다.

일찍이 과학기술의 오만을 경고한 영국의 낭만주의 소설가 메리
셸리(Mary Shelley)는『프랑켄슈타인』(Frankenstein)에서 파멸에
임박한 과학자 프랑켄슈타인의 입을 통해 이렇게 말했다. "나로부터
배우라. 내가 말하는 교훈이 아니라면 적어도 나의 사례를 통해서라도
배우라. 지식을 습득하는 것이 얼마나 위험한 것이며, 본성이 허락하는
것보다 더 위대한 인간이 되길 갈망하기보다는 자기가 태어난 고향을
세상의 전부라고 믿으며 사는 것이 얼마나 더 행복한지를." 가정과
공동체를 떠나 혼자 실험실과 묘지를 떠돌다가 자기를 둘러싼 소중한
전체를 모두 잃어버린 프랑켄슈타인의 삶보다는 가족과 이웃과 함께
땅에 뿌리내리고 사는 삶이 인류와 지구의 미래를 위해 더 값지다는
뜻이리라.

불안의 탄생

노숙문명의 가장 대표적인 정서는 불안이다. 물론 집이 없는 길 위의
삶이란 근원적으로 불안할 수밖에 없다. 하지만 지금은 집이 있는
사람도 마찬가지로 불안한데, 왜냐하면 지금의 집이란 오디세우스가
그리워했던 총체적 세계가 아니라 극도의 효율성과 편리성 아래 오직
소비적 기능만 남은 기형적인 곳이기 때문이다. 도시에 사는
아이들에게 공부와 게임 말고 집에서 할 수 있는 노동이 있는가?
아이들은 부모의 노동에 함께할 수 없을 뿐 아니라 심지어 자기 부모가
어떤 일을 하는지조차 알지 못한다. 노인도 마찬가지다. 산업화된
가정에서 노인이란 TV의 채널 돌리기나 할 줄 아는 쓸모없는 인력일
뿐이다. 인류 역사상 노인의 지혜와 경륜을 이토록 푸대접했던 문명이
또 있는가? 산업화된 가정에는 조상 대대로 내려오는 기억의 역사와

삶의 기술이 없다. 우리는 누가 살았는지도 모르는 집에 들어가 살고, 조부모는 물론 아이들의 역사조차도 전혀 남아 있지 않은 집을 가정이라고 부른다. 지금의 집이란 산업 인력을 잠시 보관하는 비싼 주차장이거나 아니면 리모델링하거나 재건축을 기다리는 잠재적 철거처일 뿐이다. 인류 역사상 처음으로 한 세대의 지혜가 다음 세대로 전승되지 않는 그런 집이 등장한 것이다.

베리는 어렸을 때 할아버지로부터 가축 모는 법을 배우며 자랐다. 그때는 대공황과 2차 세계대전으로 미국 농촌 역시 암울한 시기였으나 소년 베리는 가족과 이웃의 품속에서 곡물을 키우고 가축 모는 기술을 전수받았다. 5년의 세월이 지나고 베리는 학교에 입학했지만 책으로 배우는 어떤 자연과학보다도 생생하게 뛰놀던 들판이며, 몰던 노새며, 올라탔던 나무들이 그의 몸에 살아 숨 쉬며 녹아 있었다. 소년 시절 자연 속에서 체험한 노동 덕분에 그는 고향 켄터키로 돌아올 수밖에 없었다고 말한다. 베리는 기억과 경험으로서의 집이 마음 어딘가에 남아 있었기에 귀향할 수 있었지만, 태어날 때부터 역사도 뿌리도 없는 집에서 자란 사람들에게는 향수도 그리움도 없기에 돌아갈 집도 없게 된다. 이러니 삶이 불안하지 않을 수 있겠는가!

산업경제 체제에서는 부모 자식 간의 전승이란 재벌과 같은 특권층에서만 가능한 일이 되어버렸다. 왜냐하면 재산 말고는 조상으로부터 물려받고 싶은 게 없기 때문이다. 빈곤을 물려주는 조부모와 부모를 기억하려는 자식은 찾기 어렵다. 산업사회의 가정이란 항상 과거 없이 시작된 기이한 현재로만 존재하기에 다시 가정, 집, 공동체로 돌아오기는 어렵다. 『오디세이아』에서 마침내 고향 땅에 당도한 오디세우스가 자신이 누구인지를 입증하고 다시 가족 품으로 돌아올 수 있었던 것은 그가 떠나온 집에 자신과 아내의 공통의

역사와 기억이 그대로 간직되어 있었기 때문이다. 아르고스라는 개를
제외하고는 아무도 몰라보는 늙은 방랑자를 페넬로페가 남편으로
확신하게 된 것은 둘만의 비밀인 침대의 기억을 통해서였다.
페넬로페는 방랑자를 시험하기 위해 둘의 침대를 침실 밖으로 옮겨
잠자리를 준비하라고 명령하는데, 실은 이 부부 침대는 오디세우스가
침실과 분리되지 않도록 만들었기에 부수지 않고는 다른 곳으로 옮길
수 없었다. 이 사실을 지적하며 오디세우스가 슬퍼하자 페넬로페는
마침내 의심을 거둔다. 이로써 오디세우스의 귀향은 끊어졌던 결혼
관계를 소생시키고, 왕국에 질서를 부여하며, 공동체의 신의를
회복함으로써 종국에는 땅 위에 다시 삶의 뿌리를 내리는 결과를 만들
수 있었다.

　　하지만 인간과 땅을 이어주던 매개로서의 가정은 농업의 몰락과
함께 빠르게 사라지게 되었다. 베리는 지구촌 곳곳으로 번지고 있는
야만적 파괴도 결국 농촌 공동체가 무너지면서 우리의 삶이 모두
파편화된 결과라고 말한다. 베리에 따르면 미국 정부는 죄수의
숫자보다 농부의 숫자를 줄이는 데 더 혈안이 되어 있다. 농업을
산업으로 취급하자 소위 농업 전문가들은 비록 보리와 귀리는 구별
못해도 농촌의 규모화, 산업화, 기계화가 가져올 수익은 능수능란하게
수치화하였다. 이들은 마치 온갖 포즈를 요구하는 포르노 산업의
포주들처럼 농토에서 최대한의 이익을 짜내고자 어떠한 착취도
마다하지 않았다. 그리하여 정부 관료와 기술 전문가들과 결탁한
몬산토나 카길 같은 대규모 농기업들이 농촌에 밀어닥치자 가족농
중심의 농촌 공동체는 빠른 속도로 무너져버렸다.

　　물론 농부가 사라지자 땅과 먹거리도 오염되기 시작하였다.
농기업들은 생산성만 염두에 두고 공장의 기계처럼 땅을 돌릴 뿐

농부처럼 땅을 돌보며 경작하지 않기 때문이다. 가도 가도 끝없는 옥수수 밭에 비행기로 제초제를 뿌리며 단일 경작을 하는 판국에 어떻게 그 땅을 살뜰하게 돌본단 말인가? 자본의 뜨내기들은 한곳에서 충분히 빼먹고 난 뒤에는 마치 고장 난 기계 버리듯 다른 곳으로 옮겨가면 그만일 뿐이다. 결국 화학비료와 제초제, 살충제에 찌든 농토는 보복이라도 하듯 쓰레기와 다름없는 농산물을 내놓게 되고, 표토는 갈수록 부실해지게 된다. 가축의 경우도 마찬가지다. 가족끼리 가축을 돌보던 시절의 농부는 자신이 키우는 가축의 이름과 이력과 성격까지도 구분할 수 있었지만 지금과 같은 대규모 공장식 축산업에서는 빽빽하게 갇힌 가축이란 모두 그저 도축을 기다리는 잠재적인 고깃덩어리일 뿐이다. 이 얼마나 불경스러운 삶인가! 블레이크는 "좋은 양식이란 그물과 덫 없이 얻는 것이다"라고 하였고, 베리는 "보통 농부는 곡식을 키우지만 뛰어난 농부는 흙을 키운다"라고 하였다. 베리는 "식량은 무기다"라는 불경스러운 말이 암시하듯 현대의 농산업과 무기산업은 결국 한통속이라고 비판하였다. 실제로 녹색혁명의 토대가 된 각종 제초제, 비료제, 살충제는 앞서 레이첼 카슨도 지적했듯이 독극물을 만들던 전쟁기업이 2차 세계대전 이후 찾아낸 새로운 시장이었다. 이리하여 농업은 자연이 베푸는 먹거리를 인간의 손 기술과 가축의 협업으로 키워내는 땅의 문화(농업을 뜻하는 영어단어 agri-culture의 원래 의미)가 아니라 파괴를 자행하는 일종의 군수산업의 연장선이 되어버렸다.

　　농업이 돌봄에 토대를 둔 인간과 자연과의 수공예적인 협업에서 이윤을 차지하려는 비즈니스의 전쟁터로 변질되면서 먹거리 오염부터 쓰레기 처리까지 온갖 폐해가 등장하였다. 또한 농촌이 몰락하고 땅에 토대를 둔 마을 공동체가 무너지면서 집은 삶의 지혜와 경험을 보존하던 장소에서 생존 방편을 위한 기능적인 곳으로 변질되었다. 사람과 사람, 사람과 자연이 서로 연결되어 있다는 농적(農的) 감수성의 소멸로 우리가 세계와 맺고 있던 총체성마저도 부서져버렸다. 생로병사를 다스리던 인류의 지혜는 사라지고, 쪼개질 수 없는 삶의 구석구석은 분화된 전문가의 손으로 넘어갔다. 출산 전문가, 유아 전문가, 교육 전문가, 취업 전문가, 치료 전문가, 마지막으로 장례 전문가까지 오랫동안 가족과 친구, 이웃의 인정에 기대어 함께 나눴던 삶의 많은 일들이 이제는 돈으로 구입한 익명의 손에 내던져졌다. 그리하여 여기저기에서 삶의 뿌리는 뽑혀지고, 우리는 밑도 끝도 없는 불안감에 시달리게 되었다. 서로 밟고 일어서려는 생존 경쟁의 아우성 속에 가정은 무너지고 친구와 이웃은 사라지고 일상은 전쟁터가 된 것이다. 이처럼 도처에 싸움터가 아닌 곳이 없게끔 만들어놓고도 우리는 집으로 돌아갈 수 있을까? 이 아름다운 세상에서 그저 서로 죽이기 위해 모든 진을 빼면서도.

언덕 초지는 나무 사이로 펼쳐져 계곡까지 뻗어 있고,
클로버와 다 자란 풀들은 만발하고,
불어난 깊은 물결은 방죽을 따라 강으로 흘러가네.
해는 지고 새들은 지저귄다네, 어둠이 밀려오기까지.
나는 말을 타고 물가를 따라 언덕 위로 올라가
이젠 안식을 취하네, 하루가 모였다 흩어지는 그 가운데.
먼발치 소들은 강변의 낮은 들판 너머로 흩어져
풀을 뜯고 있네, 천천히, 마치 별들처럼 열중해서.
이런 세상에서,
인간들은 계획을 짜며 자기의 진을 빼고 삶을 소모한다네,

| 그저 서로를 죽이기 위해서.

정신의 여행

웬델 베리는 현대 기술문명을 거부하고 전통적인 가치를 고집한다는
점에서 흔히 말하는 보수주의자다. 그는 가족이나 친구, 마을과 농토를
지키고 돌보는 소위 전근대적인 일이 다른 어떤 근대적인 발전과
성공보다도 가치 있다고 생각한다. 그는 컴퓨터를 거부하고 마치 길드
시절의 가내 수공업자처럼 아내와의 문학적 협업을 통해 원고를
제조한다. 베리는 원고를 타이핑해주는 아내와의 가내 협업을
고백했다가 많은 페미니스트들로부터 시대착오적이라는 비판을
받았다. 물론 그는 자신의 아내가 무임금 노동에 시달리고 가부장적
착취에 희생되고 있다는 비난에 대해 오히려 소비적 기능만 남은
현대적 부부 관계가 여성의 인격에 더 잔인한 해악을 끼친다고
주장하였다. 베리는 페미니스트들에게 "복종이 인간의 존엄성을
손상시킨다는 이유로 결혼 서약은 거부하는 여성들이 어떻게 더 큰
복종을 요구하는 직장 상사의 권위 아래 일하는 것은 해방이라고
생각할 수 있는가"라고 반문함으로써 산업주의가 결혼과 가정 그리고
가족 관계를 왜곡시킨다고 비판하였다.

이 일화는 변질된 남녀 관계에 대한 통찰뿐 아니라 기술문명에
관한 날카로운 성찰도 보여준다. 베리는 자신이 컴퓨터를 사용하지
않는 이유가 컴퓨터가 애팔래치아 산맥을 파괴하는 전력산업과
마찬가지로 아름다운 자연을 훼손시킬 뿐 아니라 자신이 중요하다고
생각하는 가치들, 가령 평화와 경제 정의, 생태적 건강, 정치적 정직,
가족과 공동체의 안정, 좋은 노동 등에 전혀 도움을 주지 않기
때문이라고 말한다. 하지만 더 본질적인 이유로 컴퓨터 글쓰기는 종이

위에 쓰는 것과 달리 창작 과정의 기억과 역사를 남기지 않는다는 점을 들었다. 글이건 사람이건 어떤 존재가 남긴 궤적을 역사라고 부른다면 컴퓨터 글쓰기에는 과거란 항상 지워져 존재하지 않는 것이다. 마치 경험과 기억이 사라진 산업사회의 가정과 집처럼 컴퓨터로 쓴 원고에도 창작의 궤적은 사라지고 오직 결과로서의 현재만 남아 있게 된다.

산업주의는 남자와 여자, 그리고 몸과 노동이라는 두 가지 근본적인 토대를 변질시킴으로써 우리 삶의 근원을 흔들었지만, 베리는 더 나아가 자유와 평등이라는 민주주의의 기본 토대도 흔들리고 있다고 진단한다. 미국에서 농산업(agribusiness)이라는 용어를 처음 만든 인물은 1955년에 농무부 차관보를 지낸 존 데이비스(John Davis)였다. "늘리든지, 아니면 나가든지"라는 표어 이후 미국 농업정책은 규모의 팽창과 생산력의 확대에만 초점을 맞추었다. 미국식 대규모 단일 경작은 이런 정책의 산물이다. 하지만 베리는 거대화와 단일화는 전체주의적 발상이지 결코 민주주의적 사고방식이 될 수 없다고 비판한다. 미국식 단일 농업과 함께 세계경제도 미국식 시장자유주의로 단일화되고, 지구촌 문화도 맥도날드화로 단일화되고 있다. 그는 이제 민주주의와 자본주의를 구별하는 것은 시장과 전쟁을 구별하는 것만큼이나 어려운 일이 되었다고 비판한다.

우리가 '경제' 혹은 '자유시장'이라고 부르는 것이 솔직히 전쟁과 점점 더 구별하기 어려워지고 있다는 점을 인정하자. 지난 반세기 동안 우리는 공산주의가 전 세계를 정복하게 될까 두려워하였다. 지금은 자본주의가 세계를 정복하는 걸 (아직까진) 별다른 걱정 없이 지켜보고 있다. 전 세계적 자본주의화가 전 세계적 공산주의화보다 정치적 의미는 좀더 온순할지 모르지만, 새로 등장한 자본주의는 인류 문화와 공동체, 자유와 자연에는 더 파괴적인 것으로 판명날 것이다. 공산주의와 마찬가지로 이 자본주의의 성향 역시 총체적 지배와 통제를 지향하기 때문이다.

베리는 지금의 미국 민주주의는 미국의 독립선언과 프랑스혁명이 구현하고자 했던 공화주의 정신과는 거리가 멀다고 보았다. 소농 중심의 농업 공동체의 몰락이 미국 민주주의의 변질을 가져왔다는 그의 주장은 실제로 카길, 아처 대니얼스 미들랜드, 콘 아그라를 비롯한 미국의 거대 곡물 메이저 기업들이 하나같이 미국의 이라크 전쟁에 깊숙이 연루되어 있었다는 점에서 시사하는 바가 크다. 스스로를 제퍼슨주의자라고 칭하는 베리는 건국 헌법의 토대인 공화주의를 되살려야 한다고 믿는다. 건국 초기에 상공업 중심의 중앙집중적인 거대 정부를 지향했던 알렉산더 해밀턴(Alexander Hamilton)과 달리 토머스 제퍼슨(Thomas Jefferson)은 독립적인 소농 중심의 분권화된 농업사회를 만들고자 했다. 제퍼슨은 자신의 농지를 지키며 자율적인 공동체를 이어가는 자작농이야말로 자유와 평등의 공화주의 가치를 가장 잘 구현할 수 있는 계급이라고 믿었다. 제퍼슨은 상비군제뿐 아니라 상비군보다 더 위험하다는 이유로 해밀턴이 제안한 국립중앙은행의 설립도 거부하였다. 진정한 민주공화국이란 끝없이 경제성장을 외치는 자본주의와는 함께 가기 어렵기 때문이다.

그렇다면 우리는 어떻게 삶의 뿌리를 내릴 수 있을까? 우리 아이들의 미래마저 위협받을지도 모른다는 절망에 빠진 우리에게 베리는 삶의 근원을 찾아가는 정신의 여행을 떠나라고 말한다. 베리는 이렇게 말한다. "우리가 무엇을 해야 좋을지 모를 때가 진짜 일을 시작할 수 있는 때이며, 우리가 어느 길로 가야 좋을지 모를 때가 진짜 여행을 시작할 때이다"라고.

세상에 대한 절망이 마음속에 자라날 때,
나와 우리 아이들의 삶이 어찌될까 두려워
한밤중 아주 작은 소리에도 눈을 뜨게 될 때,
나는 걸어가 몸을 누이네,
야생 오리가 물 위에 아름다움을 내려놓고 쉬는 그곳에,
큰 왜가리가 먹이를 먹는 그곳에.
나는 야생 피조물들의 평화 속으로 들어가네,
새들은 슬픔을 앞질러 생각하며 삶을 괴롭히지 않기에.
나는 물의 고요한 존재 속으로도 들어가네.
그리고 느낀다네. 내 머리 위로 낮엔 보이지 않던 별들이
이제 반짝이려고 기다리고 있음을.
세상의 은총 속에 잠시 쉬고 나면
나는 자유로워지네.

「야생 피조물의 평화」(The Peace of the Wild Things)

평화란 언제나 우리 머리 위에 있는 별들처럼 고요히 물 위를 저어가는 새들처럼 우리가 다정한 세계에 둘러싸여 있을 때 비로소 우리 곁으로 찾아온다. 내일에 대한 근심과 걱정으로부터 놓여날 때 평화는 찾아오며 이런 삶의 평화 없이 자유는 누릴 수 없다. 땅을 더럽히고, 집을 무너뜨리고, 이웃을 내쫓고도 살 수 있다면 그것은 이미 평화롭고 자유로운 삶이 아닐 것이다. 베리는 말한다. 사람은 모든 친숙한 다른 존재들에 둘러싸여야 한다고. 시멘트와 아스팔트와

기계가 아니라 풀과 흙과 평화에 둘러싸여야 한다고. 할아버지의
할아버지가 살았던 땅 위에서 한때 아버지가 할아버지를 졸졸
따라다녔듯이 이제 자식들이 아버지를 뒤따라 걸어가는 것, 이것이
삶의 행진이라고 말한다. 부모에서 손주로 이어지는 이 행진으로
우리의 삶은 다음 세대로 이어지게 된다. 이것이야말로 삶의 기술이
전해지는 길이며, 공동체의 삶이 온전하게 뿌리내리는 길이다. 언젠가
이 행진이 멎는 날이 온다면, 그래서 함께 걷던 들길도, 새들도
사라지고, 모두가 낯섦 속에 둘러싸이는 그런 날이 온다면, 그날이 바로
인간다운 삶의 마지막 날이 될 것이다. 우리는 이제 돌이킬 수 없는
길을 선택한 다음에는 되돌아갈 수 없다는 것을 알아야 한다.

웬델 베리
Wendell Berry

웬델 베리는 미국의 시인이자 소설가, 환경운동가이자 문명비평가이며 1965년 고향인 켄터키 주의 헨리 카운티에 정착한 이후 지금까지 생업으로 농사를 짓고 있는 농부이기도 하다. 국내에는 에세이집인『나에게 컴퓨터는 필요 없다』(What are People For?),『생활의 조건』(Home Economics),『희망의 뿌리』(Sex, Economy, Freedom and Community),『삶은 기적이다』,『지식의 역습』(The Way of Ignorance),『온 삶을 먹다』(Bringing it to the Table)와 소설인『포트윌리엄의 이발사』(Jayber Crow), 그리고 최근에 번역된 초기 대표작『소농, 문명의 뿌리』를 통해 잘 알려진 작가이다. 아쉽게도 그의 시집은 아직 번역되지 않았지만 사실 미국 문학계에서는『안식일 시집』(A Timbered Choir: The Sabbath Poems)이나『미친 농부의 시』(The Mad Farmer Poems),『중력의 선물』(The Gift of Gravity) 선집을 비롯한 여러 권의 시집을 통해 처음 주목받기 시작하였다. 물론 그는『포트윌리엄의 이발사』를 비롯해『앤디 커틀릿: 소년의 여행』(Andy Cutlet: Early Travels)과 어른이 된 농부 앤디의 분노와 회상을 그린『기억하기』(Remembering)부터, 자기가 사는 숲속이 세상의 중심인 줄 아는 어느 쥐의 이야기인 동화집『흰발 쥐의 세상의 중심에서 하는 이야기』(Whitefoot: a Story from the Center of the World)에 이르기까지 수십 권의 소설집을 낸 소설가이기도 하다. 무엇보다도 베리는 농업, 문화, 경제, 에너지, 그리고 과학기술의 문제를 일관되게 파고든 20여 권의 에세이집을 통해 현대 생태사상에 큰 족적을 남긴 문명비평가로도 유명하다.

소설, 시, 에세이, 동화에 이르기까지 다양한 장르를 넘나들며 방대한 저서를 남긴 베리는 1934년 켄터키 주의 헨리 카운티에서 5대째 담배 농사를 짓던 아버지 마셜 베리와 어머니 버지니아 베리 사이에서 태어났다. 아버지는 변호사이면서 그 지역의 담배 재배자 조합의 일도 맡아 보았다. 고향에서 학교를 마친 베리는 1952년에 켄터키 주립대학에 진학하여 영문학을 공부하였다. 석사과정을 마치며 타니아 아믹스(Tanya Amyx)와 결혼한 베리는 이후 스탠퍼드 대학에서 윌리스 스테그너(Wallace Stegner)의 지도 아래 문예창작 과정을 공부하였는데, 이 무렵 포트윌리엄(Port William)을 배경으로 한 일종의 방대한 연작 이야기의 첫 소설이라 할 수 있는 『네이선 콜터』(Nathan Coulter)를 출간하였다.

이후 그의 모든 소설의 배경이 된 포트윌리엄은 베리가 만든 상상의 지명이지만, 실제로 포트윌리엄에 등장하는 아름다운 자연과 그 속에서 수 세대에 걸쳐 살아온 다양한 사람들의 이야기는 모두 조상 대대로 살았던 고향 마을 포트로열에서 나온 것이다. 농부와 농사와 농촌 공동체는 베리의 모든 작품을 관통하는 가장 중요한 구심점으로 그 핵심은 2차 세계대전 이후 진행된 대규모의 농산업화 정책과 화학영농 기술로 인해 가족농 중심의 농촌 공동체가 소멸함으로써 땅과 사람과 지역 사회에 어떤 파괴적인 결과가 나타나게 되었는지를 밝히는 데 있었다. 기술력과 경제성을 앞세운 산업주의적 방식이 농업에 도입되면서 농사는 더 이상 자연의 순환 원리에 맞춰 인간과 가축이 서로 협력하여 지역의 먹거리를 생산해내는 본래의 역할을 다할 수 없게 되었다. 각종 화학 제초제, 비료제, 그리고 석유를 기반으로 한 환금성 단일 작물의 재배는 처음에는 농토를, 그다음에는 곡물과 가축을, 그리고 마지막으로는 사람들의 삶을 망가뜨리며 흙에 의존하는 모든 것들을 황폐화시켜 버리기 때문이다. 인간과 땅과의 결합을 삶의 가장 근본적인 토대로 생각했다는 점에서 베리는 영국의 낭만주의 시인인 윌리엄 워즈워스나 20세기 미국 시인인 로버트 프로스트와도 관심사를 공유한다는 평가를 받는다.

베리의 대표작인 『포트윌리엄의 이발사』는 1937년에 고향인 포트윌리엄으로 돌아와 마을의 이발사가 된 제이버 크로우의 눈을 통해 농촌 사람들의 기품 있는 삶과 이런 공동체의 평화를 위협하는 농촌의 변화를 그린 역작이다.『포트윌리엄의 이발사』와 달리『해나 콜터』(Hannah Coulter)는 이제 70대가 된 여성의 관점에서 전쟁 이후의 포트윌리엄을 그린 작품으로 주인공인 해나는 앞선 소설의 주인공인 네이션 콜터의 부인이다. 이런 식으로 그의 모든 소설은 몇 세대에 걸쳐 진행된 포트윌리엄의 변화와 몰락을 주의 깊게 관찰한 일종의 문학적 기록물이다.

처음에는 뉴욕 대학교에서 교편을 잡았지만 얼마 후 베리는 작가로 성공하길 꿈꾼다면 뉴욕을 절대 떠나선 안 된다는 주위의 만류에도 불구하고 고향 켄터키로 돌아와 모교에서 교수직을 시작하였다. 1965년에는 지금의 터전이 된 땅인 레인즈 랜딩을 구입하였고, 1977년부터는 켄터키 대학의 교수직까지 사직하고 조상들이 살았던 고향에서 담배와 옥수수, 기타 약간의 작물과 가축을 키우며 아내와 자녀들, 그리고 이웃들과 함께 농부로 살고 있다. 그는 아미쉬 공동체처럼 아직도 기계농법을 거부하고 말을 이용한 전통적인 농법을 고집하는데, 가축을 이용한 농법을 고수하는 것은 일차적으로는 물론 돈, 석유, 기계, 규모의 지배를 벗어나기 위한 방편이지만 다른 한편으로는 트랙터에 앉아서 노새의 느린 걸음에 답답해하던 경험을 떠올리며 얻은 교훈 때문이기도 하다. 베리는 만약 노새와 트랙터가 경쟁한다면 그것은 당연히 기계의 일방적인 승리가 될 수밖에 없고, 그리하여 농촌에 온갖 기계적 농법이 도입되기 시작하면 노새와 같은 가축뿐 아니라 종국에는 농부들도 쫓겨날 수밖에 없다고 보았다. 전 인구의 1퍼센트도 안 되는 숫자의 농민으로 미국인 전체를 먹여 살리고도 남는 것은 이와 같은 농산업화 덕분이지만, 베리는 그리하여 대부분의 미국인들이 땅과 점차 멀어지면서 가정 문화도 지역 문화도 민주주의도 몰락의 길을 걷게 되었다고 보았다.

베리는 이와 같은 근본적인 농본주의자로서의 입장 때문에 종종 비판을 받기도 하였다. 특히나 페미니스트들은 베리의 에세이집인『나에게 컴퓨터는 필요 없다』에서 농촌에 깊게 뿌리내린 가부장제 문화를 읽어내고는 베리가 옹호하는 바, 가령 남편인 베리가 글을 쓰면 아내가 이를 일일이 손으로 다듬어주는 가내 협업에 토대를 둔 수공업적 작업 덕분에 컴퓨터가 필요 없다는 논리에 대해 이것이야말로 여성의 무임금 가사노동에 의존하는 농촌의 가부장제 문화를 미화한 것이라고 비판하였다.

한편 베리는 집필뿐 아니라 실제 환경운동에도 적극 참여하여 2009년에는 민간 환경단체들과 함께 켄터키 주의 클락 카운티에 설립될 화력발전소 계획안을 막아내기도 하였다. 2011년에는 켄터키 주 뉴캐슬에 산업농의 문제점을 지속적으로 밝히고 지역 공동체에 토대를 둔 농업 시스템으로의 전환을 도모하고자 '베리 센터'가 건립되었다.

Mahmoud Darwish

1941. 3. 13. – 2008. 8. 9.

"장군은 죽은 적의 시체를 헤아리지만
시인은 얼마나 많은 생명이 죽었는지 세어본다."

모두에게 정의로운 삶을 위하여

마흐무드 다르위시

시는 잘 쓰기 어렵다. 절박한 문제의식이 없으면 감상적이 되기 쉽고, 문제의식이 넘치면 선동적이 되기 쉽다. 상상력이 무디면 상투적이 되고, 너무 과하면 공감하기 어렵다. 복잡한 현실을 뛰어난 상상력으로 직시하면서도 민중의 분노와 슬픔을 노래하는 그런 훌륭한 시인을 갖는다는 것은 어느 한 시대, 어느 한 민족의 운명을 가장 정의롭게 이끌어줄 예언자를 갖는 것과 마찬가지로 큰 힘이 된다. 훌륭한 시인이 있어 자신들의 삶을 기억해준다면 사람들은 절망적인 상황에서도 나락으로 떨어지지 않고 다시 길을 찾을 수 있기 때문이다. 특히 구금과 추방, 점령과 전쟁이 하루해가 뜨고 지는 것처럼 되풀이되어 저마다의 삶이 산산이 부서져버린 곳에서라면 다른 무엇보다도 시가 위안이 되고, 무기가 되고, 해방이 될 수 있다. 이 점에서 팔레스타인의 민족시인 마흐무드 다르위시(Mahmoud Darwish)만큼 시의 힘을 잘 보여준 현대 시인도 드물다고 할 수 있다. 불의가 넘치는 시대에 시는 과연 무엇을 할 수 있는가? 다르위시는 영국과 이스라엘의 반복된 점령으로 삶이 모두 부서져나가 이제는 한 치 앞도 알 수 없게 된 팔레스타인 사람들에게 그들이 그토록 목말라하던 일상의 정의를 되찾아주었다. 바로 다름 아닌 시를 통해서.

다르위시는 국내에 널리 알려진 작가는 아니다. 팔레스타인 땅이 우리의 일상과 그만큼 멀기도 하지만, 다른 한편으로는 우리가 유대인들이 겪은 홀로코스트만큼 팔레스타인들이 겪고 있는 나크바(Nakba, 대재앙)에 관심을 기울이지 않기 때문이다. 이스라엘이 대영 제국 시절 영국의 분리주의 정책(이른바 '분할과 지배'로 점령지를 서로 분리하여 통치한다는 식민 정책)을 본받아 가자 지구(Gaza Strip)와 서안(West Bank)으로 팔레스타인을 나누어, 오랫동안 가자 지구를 고립시키고 석유와 급수 공급을 무자비하게 줄임으로써 150만 가자 지구 난민들을 고사시키는데도 이는 잘 알려져 있지 않다. 이스라엘이 만든 길이 640킬로미터, 높이 8미터의 분리 장벽에 둘러싸인 세계 최대의 감옥이자 수감자의 절반이 사실상 아이들인 가자 지구에 이스라엘군이 시시때때로 폭격을 가함으로써 아버지는 한 줌 무게도 안 되는 아이의 주검을 들고 짐승처럼 울부짖고, 죽은 어머니 곁의 아이들은 하얀 백린가루에 온몸이 타들어가는데도 이는 잘 알려져 있지 않다. 영국의 식민 통치에 이스라엘의 강제 점령에 이제는 하마스와 파타 두 계파 간의 갈등과 적개심으로 팔레스타인 공동체가 공멸할 지경에 이르렀지만 이 역시 잘 알려져 있지 않다.

팔레스타인은 이웃한 레바논, 시리아, 이라크로 이어지는 국제 분쟁의 시작점이자 다시 여기에 이스라엘, 미국, 영국과 같은 서구 강대국들의 국익과 초국적 군산복합체의 이권이 마치 샴쌍둥이처럼 들러붙어 지금까지도 난민화가 지속되는 곳이다. 자기 땅에서 유배당해 자살 테러 외에는 인간의 존엄함과 자기 존재를 입증할 길이 없는 절망적인 상황에 빠진 팔레스타인 사람들, 그리고 역사상 가장 장구한 디아스포라의 고통 속에서 한때는 지금의 팔레스타인 난민들과 그 처지가 다르지 않았던 이스라엘 사람들, 이 둘에 얽힌 역사는 힘의 균형이 돌고 도는 장구한 시간의 쳇바퀴 속에서 약자에게 정의란 무엇인지, 그리고 모든 것이 무너져내리는 역사의 수레바퀴 아래에서 평화와 공존의 지혜는 어떻게 구해야 하는지를 돌아보게 만든다.

모든 것은 무너진다, 제국주의 앞에서

한 나라가 자국의 영토에만 머물기를 거부하고 제국이 된다는 것은 무엇을 의미할까? 한 나라가 힘을 동원하여 영토를 늘리고자 할 때, 허울뿐인 국익을 앞세워 약자들에게 공존이 아닌 복종을 요구하기

시작할 때, 결국은 소수에게로만 돌아갈 국부(國富)를 늘리고자
자연이건 인간이건 가리지 않고 무자비한 식민지적 약탈을 서슴지
않을 때, 약자들이 누렸던 일상의 정의와 평화는 산산이 부서지고, 삶의
보금자리인 가족과 집과 고향은 사라지고, 급기야는 주체할 수 없는
분노로 테러리스트가 되어 자신의 목숨마저 날려버리게 된다. 이것이
바로 제국주의다. 하루하루 짐승처럼 취급되고, 언제든 재미 삼아
총질의 희생양이 될 수 있는 것. 언제 집이 무너질지, 언제 아이들이
죽을지, 언제 빵을 구할 수 있을지 다음날을 기약할 수 없게 되는 것.
점령이란 이런 것이다. 오늘이 내일로 이어지지 않고 절망이 희망으로
갈아타지 않는 것. 일찍이 프랑스 식민주의에 저항했던 프란츠
파농(Frantz Fanon)의 말대로 자기 땅에서 유배되는 저주를 받은
사람들이 되는 것이다.

오랫동안 팔레스타인 사람들의 고통과 절망에 주의를 기울였던
영국 작가 존 버거(John Berger)는 다르위시의 부음 소식을 듣고
노구를 이끌고 팔레스타인을 방문하였는데, 이때 이스라엘 검문소에서
경험한 충격에 대해 이렇게 말했다. "검문소에서는 노인이건
아이들이건 상관없이 모든 사람들이 손을 머리에 얹고 발을 내딛을
다음 자리를 잘 살피면서 걸어가야 한다. 정확하게 계산된 보폭으로
자기들을 향한 총구 앞을 지나지 않으면 안 된다. 너무 서두르면 의심을
사게 되고, 너무 쭈뼛거리면 초병들의 오랜 지루함을 덜어줄 게임
욕망을 자극하게 된다." 점령이란 이런 것이다. 두려움에 질린
아이들에게 희망의 약속을 할 수 없고, 어디에서도 하루를 보장해줄
안전하고 평화로운 장소를 찾을 수 없으며, 깊은 절망감에 사로잡혀
살려는 몸부림의 무게조차 빠져나가 저마다 영혼의 무게가 가벼워지는
것이다. 몸과 마음에 깊은 상처를 입은 아이들은 어딘지 성자의 눈빛을

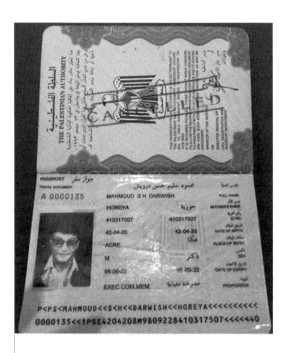

다르위시의 신분증.

"고향이란 말에는 자기 삶이 그 터에
뿌리박고 유구하게 이어진 오래된
끈으로부터 하루아침에 잘려지는 일은
없을 것이라는 믿음이 담겨 있다.
평화란 오늘의 일상이 내일로 이어질
것이라는 믿음이며, 이 믿음을
지켜주는 힘이 바로 정의이다. 난민이
된다는 것은 이 평화와 정의가 삶에서
사라지는 것이다."

띠게 되고, 자라서는 결국 성전(聖戰)에 몸을 던지는 테러리스트가 되는 것이다. 삶의 피륙에서 정의와 평화라는 씨줄과 날줄이 모두 끊어져버리는 것, 그것이 바로 제국주의다.

> 적으시오!
> 나는 아랍인이오.
> 당신들은 내 조상들의 과수원과
> 내가 아이들과 같이 일구었던 땅을 훔쳐갔소.
> 우리에겐 아무것도 남아 있지 않소,
> 이 바위더미 외에는.
> 예전에 그랬던 것처럼 국가는
> 그것마저도 빼앗아갈 테지만!
> 그러니,
> 첫 번째 페이지 맨 위에 적으시오.
> 나는 누구도 미워하지 않고
> 누구 것도 빼앗지 않을 테지만,
> 만일 내가 굶주리게 되면
> 찬탈자의 살이 내 밥이 되리니.
> 조심하시오
> 조심하시오
> 내 굶주림과
> 내 분노를.

「신분증」

초기 시 「신분증」(Identity Card)은 1948년 초대 수상 벤 구리온(Ben Gurion)이 이끈 이스라엘의 건국으로 하루아침에 자기 땅에서 이방인이 된 팔레스타인 난민들의 고통을 읊은 유명한 시다. "적으시오! / 나는 아랍인이라고 / 신분증 번호는 5만 번 / 자식은 여덟"로 시작되는 이 시에서 다르위시는 점령이란 시도 때도 없는 검문으로 시작되는 것임을 일찍이 간파하였다. 몇 걸음 옮길 때마다 신분증 검사를 하는 이스라엘 군인에게 당당하게 "적으시오"라고 외치는 저항적 내용과 반복적인 리듬으로 인해 이 시는 순식간에 팔레스타인 민중 사이에 가장 유명한 저항시로 회자되었다. 물론 1948년 이스라엘의 건국 이후 일상화된 것은 검문만이 아니었다. 1948년 4월의 어느 날, 이스라엘 탱크의 무자비한 폭격 앞에 다르위시 가족처럼 가재도구와 살던 집을 버리고 심지어 자식까지도 데려가지 못할 만큼 절박하게 도망쳐야 했던 바로 그날 이후 팔레스타인 사람들에게는 아랍 버전의 '아우슈비츠'가 시작되었다. 언제든 끌려갈 수 있고, 언제든 감금되며, 언제든 끝장날 수 있는 '삶 아닌 삶'이 시작되었다.

팔레스타인이 낳은 유명한 소설가인 갓산 카나파니(Ghassan Kanafani)는 팔레스타인 땅이 겪게 된 바로 이 불의를 자신의 단편소설 「하이파에 돌아와서」(Returning to Haifa)에서 그렸다. 이스라엘군의 폭격으로 갓난아기마저 집에 두고 도망쳤다가 20여 년이 지난 뒤 다시 자신의 집을 찾아간 아랍인 부부는 이제는 유대인 주인이 고향 땅과 집뿐 아니라 자신의 큰아들까지도 차지해버렸음을 알게 된다. 아랍인이지만 유대인 가정에서 이스라엘 군인으로 자란 큰아들과 20년 뒤 이런 이스라엘의 침략에 맞서 투사가 되려고 집을 떠나는 둘째 아들을 통해 카나파니는 같은 고향 땅에서 같은 형제들끼리 서로 적이 되어 싸우게 된 저주와 비극을 그렸다. 이처럼 시작이자 뿌리부터 삶이 썩어들어 어느 하루도 평화로이 잡아둘 수

없게 되는 것, 삶의 모든 올이 풀려나가는 것, 그것이 바로
식민주의이다.

아우슈비츠의 고통을 기억하는 유대인들이 이번에는 자기들이
점령군이 되어 오래전부터 살고 있던 아랍인들을 내쫓고 그들의
가구와 집과 땅과 아이들까지도 그대로 차지하고 살게 될 때 이런
상황에서 정의란 무슨 의미인가? 카나파니는 자기 땅 안에서 난민이
되어버린 사람들에게 이런 굴종과 종속의 땅 팔레스타인이 어떻게
고향이 될 수 있느냐고 묻는다. 20년 전의 바로 자기 집에서 이제는
유대인 부모와 함께 살며 유대인 군인이 된 한때의 자기 아들을 앞에
두고 늙은 아랍인 아버지 사이드는 아내에게 이렇게 탄식한다. 이런
일이 일어나는 곳은 절대로 고향이 아니다, 고향이라면 절대로 이런
일은 일어나선 안 된다고.

> "여보, 당신은 고향이 뭔지 알고 있어요? 고향이란 이런 일이 일어날
> 수 없는 곳을 말해요. 나는 진짜 팔레스타인을 찾고 있어요. 기억이나
> 공작새 깃털, 아들이나 계단에 박힌 총알의 흔터, 그 이상의
> 팔레스타인 말이오. 나 자신에게 이렇게 물었소. 우리의 둘째 아들
> 칼리드의 입장에서 팔레스타인이란 무엇이냐고. 그 아이는 이 집에
> 있는 저 그림도 계단도 자기 형인 칼둔도 몰라요. 하지만 그 아이에게
> 팔레스타인이란 무기를 들 가치가 있는 것, 그래서 목숨을 바칠
> 가치가 있는 어떤 것이라오. 당신이나 나에게는 그저 기억의 먼지
> 속에 묻힌 뭔가를 찾아보는 거였지만 말이오. 자, 이제 우리가 그 먼지
> 속에서 찾은 게 무엇인지 봐요. 먼지만 더 나올 뿐이오. 고향을 그저
> 과거라고 생각했던 건 우리의 실수였소. 칼리드에게 고향이란 바로
> 미래라오."

129   Mahmoud Darwish

고향이란 시간 저편에 놓인 먼지 쌓인 과거나 희미한 기억이
아니다. 인류는 오랫동안 자기가 태어난 곳을 고향이라 불렀지만 그
말은 그저 생물학적으로 몸이 태어난 곳을 의미하지 않는다. 고향이란
'내 거처가 있는 대지'(homeland)를 의미하기에 여기에는 아직
인생이 여물기 전에 스며든 집과 마을과 동무와 이웃이 모두 담겨 있다.
실제로 얼마나 아름다운 마을이었고 얼마나 좋은 사람들이었는지는
그다지 중요하지 않다. 고향이란 말 속에는 오늘 우리의 삶이 느닷없이
생겨난 것이 아니듯이 앞으로도 느닷없이 끊어지진 않을 것이라는
평화가 담겨 있다. 비록 훗날 고향을 떠나게 되더라도, 심지어 고향
땅을 잃어버리게 되더라도 고향이란 말에는 자기 삶이 그 터에
뿌리박고 유구하게 이어진 오래된 끈으로부터 하루아침에 잘려지는
일은 없을 것이라는 믿음이 담겨 있다. 평화란 오늘의 일상이 내일로
이어질 것이라는 믿음이며, 이 믿음을 지켜주는 힘이 바로 정의이다.
난민이 된다는 것은 이 평화와 정의가 삶에서 사라지는 것이다.

고향은 내가 알던 모든 존재들이 서로 연결된 전일적 공간이자 '나'
이전의 과거만이 아닌 '나' 이후의 미래까지도 연결되는 시간대를
의미하기에 고향의 이런 총체성을 되찾기 위해서는 식민주의에
저항하는 것 외에 다른 방법이 없다. 정의와 평화는 적응이나 순응이
아닌 저항을 통해서만 가능하기 때문이다. 다르위시에게 그와 같은
저항의 시작은 무엇보다도 고향의 사소하고 작은 것들, 가령 어머니의
커피 향이나 푸른 올리브 나무, 아몬드 잎사귀와 마을 처녀들의
웃음소리, 빗소리와 노랫소리를 기억하는 데서 나온다. 1967년 영토
확장을 위한 이스라엘의 침략 전쟁인 '6일 전쟁' 직후 쓴 시 「병사는 흰
나리꽃을 꿈꾼다」(A Soldier Dreams of White Lilies)에서
다르위시는 어서 전투가 끝나 고향 집으로 돌아가기를 꿈꾸는 한

병사를 보며 이렇게 읊었다. "그에게 고향이란 어머니의 커피를
마시고, 저녁이면 무사히 집으로 돌아가는 것이다"라고. 팔레스타인
청년이건 이스라엘 청년이건 모든 어린 병사들에게 고향이란 아침이면
어머니가 만들어준 아라비아커피를 마시고 밤이 되면 안전하게 집에
돌아갈 수 있는 것을 의미한다. 눈으로 흰 나리꽃을 보고, 귀로
새소리를 들을 수 있는 것. 평화란 개념이나 관념이나 이념이 아니라
날마다 온몸으로 보고 듣고 냄새 맡고 느끼는 감각적인 것을 의미한다.

> 나는 흰 나리꽃을 꿈꿉니다,
> 새들 지저귀는 거리와 햇빛 밝은 집을.
> 내가 바라는 건 선한 마음이지 총알 채워넣기가 아니에요,
> 내가 바라는 건 햇빛 맑은 날이지 승리의 순간이 아니에요,
> 광포한 파시즘의.
> 내가 바라는 건 새날을 기뻐하며 미소 짓는 어린아이이지
> 전쟁하는 기계의 한 부분이 아니에요.
> 나는 황혼이 아니라 태양이 떠오르는 시간을 살기 위해 왔지요.
>
> 왜냐하면 그는 흰 나리꽃을 찾고 있기에
> 올리브 나무 가지 위에서
> 아침을 맞이하는 한 마리 새를 찾고 있기에,
> 사물을 이해하기보다는
> 그냥 느끼고 냄새 맡기에.
> 그는, 내게 말하길, 조국을 이해한다고,
> 엄마가 끓여주는 커피를 훌쩍 마시는 것으로.
> 그러니 저녁이면, 무사히, 집으로 돌아가게 해달라고.

131   Mahmoud Darwish

약자에게 평화란 관념이 아니라 감각이며, 머리로 이해하는 것이 아니라 몸으로 느끼는 일상이다. 익숙한 냄새와 맛과 소리와 풍경으로 언제든 돌아가 다시 그 속에서 살 수 있는 것이다. 6일 전쟁으로 이스라엘은 이웃한 이집트, 시리아, 요르단과 싸워 크게 승리했고, 영토는 예전보다 3배나 넓어져 이집트의 시나이 반도와 가자 지구, 시리아의 골란 고원, 요르단 강 서안까지로 확장되었다. 물론 이스라엘의 이런 돌발 행동은 이집트의 수에즈 운하 국유화에 반대한 미국과 영국으로부터 기다렸다는 듯 즉각 국제적 승인을 받음으로써 이스라엘과 영미는 같은 이해관계로 묶인 샴쌍둥이임을 만천하에 알렸다. 이후 미국의 이스라엘 원조는 기하급수적으로 늘었고, 덕분에 이스라엘은 주변의 어느 아랍 국가보다도 막강한 경제력과 군사력을 갖게 되었다. 이 전쟁으로 팔레스타인 해방기구(PLO)는 본격적인 무장 투쟁을 선언했고, 다르위시도 여기에 참여하게 되었다. PLO 가입으로 다르위시는 이스라엘 당국으로부터 그 후 26년 동안 고향 땅 갈릴리에 입국 금지 통고를 받게 되지만 감옥에서건 난민으로 떠돌 때건 시인은 고향 땅 갈릴리의 모습을 잊지 않았다. 그가 감옥에서 보낸 서간시 「불행하게도 그곳은 낙원이었다」(Unfortunately, it was a Paradise)는 그의 시적 저항의 근원이 이렇게 자신의 감각에 새겨진 향수에서 나온 것임을 알려준다.

「불행하게도 그곳은 낙원이었다」 나는 푸른 하늘을 만든 모든 하늘빛 입자들을 사랑한다. 그 하늘빛 속에서 말(馬)들은 유영하고. 나는 우리 어머니의 작은 것들, 가령 어머니가 닭장에 가려고 아침 첫 현관문을 열 때 그분 옷에서 풍기던 커피의 향기를 사랑한다. 나는 가을과 겨울 사이의 들판을 사랑하고, 우리 감옥 간수의 아이들을 사랑하며, 저 멀리 가판에 진열된 잡지도

사랑한다. 나는 우리에겐 없는 그 장소에 대해 스무 편의 풍자적인
시를 썼다. 나의 자유란 저들이 원하는 대로 되는 것이 아니라 내 작은
감옥을 더 늘려 내 노래를 실어 나르는 것이다. 문은 그대로 문이지만
나는 내 안에서 걸어나갈 수 있다. 이런 방식으로.

조국 팔레스타인을 되찾으려는 노력은 결국 자기가 살던 마을의
목초지와 시냇물, 그리고 아랍의 아이들과 어머니의 커피 향을 되찾는
것을 말한다. 다르위시는 팔레스타인의 진정한 자유와 독립은 사람과
사람, 사람과 자연을 서로 묶어주던 이 작은 끈들을 기억하는 데서
시작한다고 보았다. 떨어져나가면 누구나 쉽게 뿌리 뽑히게 된다. 한
공동체의 생존을 위협하는 광풍 앞에서 서로를 단단히 묶어줄 끈은
바로 자기가 태어난 땅과 사람들에 대한 기억과 그 기억을 지키려는
노래에서 시작된다. 이것을 향수라 부르든, 애국심이라 부르든, 혹은
민족주의라 부르든 추상적인 명칭은 그다지 중요하지 않다. 모두가
처음부터 한마음이었다는 사실을 기억하고 그리워하고 지키고자 하는
것, 나아가 집요하게 나누고 가두고 분열시키려는 모든 제국주의적
힘에 온몸의 감각으로 저항하는 것, 그래서 인간으로서의 존엄성과
삶의 아름다움을 끝끝내 놓지 않으려는 것, 그것이 시의 본질이다.

모든 제국은 무너진다, 시간이라는 정의 앞에서

역사상 최초의 제국은 아마도 그리스 시대의 아테네일 것이다.
투키디데스(Thucydides)는 펠로폰네소스 동맹을 이끌던 스파르타와
델로스 동맹을 이끌던 아테네 제국과의 대결인 펠로폰네소스 전쟁사를
쓰면서 사랑하는 조국 아테네가 어떻게 멸망하게 되었는지를
기록하였는데, 그 가운데 등장하는 '멜로스와의 대화'는 흔히 강자의

힘에 굴복하는 것이야말로 약자가 취할 현실주의라는 정치적 측면에서 자주 언급된다. 아테네는 멜로스를 침략한 뒤 약자에게는 강자에게 굴복하든지 아니면 죽든지 두 가지 선택밖에 없으니 멜로스는 자신의 국익이라는 관점에서 실용적이고도 현실적인 선택을 하라고 요구한다. 멜로스가 두 가지 선택을 모두 거부하고 중립을 지키겠다고 나오자 아테네는 중립은 현실적으로 힘이 평등할 때나 가능한 것이며, 지금처럼 힘의 균형이 깨어진 상황에서는 정의란 강자의 것이라고 반박한다. 강자인 아테네의 이익이 우선되어야 하며, 이때 이런 강자의 태도가 도덕적으로 옳은가 하는 윤리적 판단은 현실 정치에서는 당연히 힘의 논리보다 앞설 수 없다고 말한다. 물론 이처럼 힘의 우위에 기반한 강자 지배의 정당성과 이런 지배하에 유지되는 평화와 정의는 사실상 알고 보면 모두 제국주의의 논리이다. 중요한 것은 이처럼 큰소리치던 아테네 제국 역시 투키디데스 생전에 멸망해버렸고, 이 점을 멜로스가 지상 최대의 강대국에 맞섰던 협상 과정에서 정확하게 예언했다는 점이다.

만약 강자가 약자를 지배하는 것이 자연의 정의이고 우주의 섭리라면 약자에게는 끝까지 희망이란 있을 수가 없다. 그렇다면 도대체 희망이란 말은 왜 생겨났을까? 멜로스가 신들이 도와줄지도 모른다는 희망을 품었던 것은 아테네의 생각처럼 이들이 어리석거나 비현실적이어서가 아니라 그것이 실제로 역사의 현실이기 때문이다. 제국의 논리 앞에 멜로스는 공동보호(common protection)야말로 서로에게 이익이 되는 공존의 원리라고 대응한다. 그렇다면 왜 강자는 약자를 보호해야 하고, 나아가 약자를 보호해주는 것이 어떻게 강자에게도 상호 이익이 되는가? 멜로스의 설명에 따르면, 그 어느 누구도 시간의 바퀴 아래 영원히 강자일 수는 없기 때문이다.

옛사람들이 이해한 자연의 원리는 '운명의 수레바퀴'였다. 마치 수레바퀴가 돌듯이 운은 돌고 돌기 때문에 어제의 강자도 내일은 약자가 될 수 있고, 반대로 오늘의 약자도 내일은 강자가 될 수 있다는 것이다. 역사란 언제나 흥망성쇠를 거듭한다는 것, 인생에는 변화무쌍한 우여곡절이 있기 마련이라는 것이다. '영고성쇠'(vicissitude)라는 말의 어원이 '순서'(vicis)라는 라틴어에서 나왔듯이 누구나 다음번에는 자기 차례가 될 수 있다는 것이다.

힘의 논리에 운(fortune)이라는 요소를 추가함으로써 멜로스는 현명하게도 흥망성쇠가 시간의 원리이자 자연의 법칙이며, 운(행운)은 인간의 정의가 아닌 신의 정의임을 천명했다. 만약 오늘 아테네가 멜로스를 보호해준다면 다음날 아테네가 약자가 되었을 때 같은 논리로 보호를 받을 수 있다는 제안이었다. 물론 강자는 언제나 오만한 법이기에 아테네 제국은 굴복하지 않는 멜로스를 절멸로 응징하였다. 그러나 멜로스의 예언대로 다음 차례는 금방 아테네 자신이 되었다. 정치사상가인 더글러스 러미스(Douglas Lummis)가 『래디컬 데모크라시』(Radical Democracy)에서 멜로스인들을 미래를 볼 줄 아는 예언자라고 부른 것도 이 때문이다. 세월의 부침 아래 영원한 강자는 없으며 언제 자신의 차례가 될지 모른다는 것, 힘이란 미약한 인간의 원리일 뿐 인간이 알지 못하는 더 큰 원리인 운 앞에서는 보잘것없다는 것. 조국 아테네가 멸망한 것은 바로 이 점을 보지 못했던 오만 때문이라고 펠로폰네소스 전쟁사를 쓰며 투키디데스는 생각했는지도 모른다. 한때의 멜로스였던 이스라엘이 지금은 아테네가 되어 가장 약자인 팔레스타인 사람들에게 기원전 5세기경과 마찬가지로 힘에 굴복하든지, 아니면 죽음을 택하라고 강압하지만 시간의 수레바퀴가 언제 돌아가 차례가 바뀔지는 알 수 없다. 약자가 항상 약자라면 희망이란 단어가 왜 생겨났겠는가? 멜로스와 아테네의 대화는 약자뿐 아니라 강자에게도 현실적인 생존의 지혜는 절멸이 아닌 공존에 있음을 잘 보여준다. 다행스럽게도 모든 권력에는 수명이 있으며 지금까지 무너지지 않은 강자는 없기 때문이다.

그러나 놀랍게도 강자들은 힘의 정의만 신봉할 뿐 이와 같은 시간의 정의를 믿지 않는다. 제국주의 권력은 항상 오만하고 그래서 도처에서 점령과 절멸은 반복된다. 1937년 영국의 윈스턴 처칠은 팔레스타인 사람들에 대해 이렇게 말했다. 아무리 오랫동안 개가 여물통에 누워 있었다 하더라도 그 여물통을 차지할 최종적인 권리가 개한테 있다는 생각에는 동의할 수 없다고. 아메리카의 인디언이나 오스트레일리아의 흑인과 마찬가지로, 더 강한 인종, 더 수준 높은 인종이 와서 그들의 자리를 차지한 것을 잘못이라고 말할 수 없다고.

1969년 이스라엘의 골다 메이어 총리는 팔레스타인 사람들은 처음부터 그 땅에 없었다고 했고, 베긴 총리는 팔레스타인 사람들을 "두 발 달린 짐승들"로, 샤미르 총리는 "벽에 뭉개야 할 메뚜기들"이라고 불렀다. 물론 이와 똑같은 말을 히틀러는 아우슈비츠의 유대인들에게 했다. "유대인들이 하나의 인종인 것은 틀림없지만 인간은 아니다"라며 이들을 서슴없이 악성 바이러스니 기생충이라고 불렀다. 제국주의 권력 앞에서 약자는 언제나 죽여도 좋은 짐승이나 벌레가 된다. 이스라엘이 팔레스타인에 폭격을 가하면 하마스의 보복 저항은 더 커지고, 레바논에 폭탄을 떨어뜨리면 시아파 무장 집단인 헤즈볼라의 숫자는 더 늘어난다. 악의 축에 경제 봉쇄 정책을 펴면 이라크에서건 시리아에서건 이슬람 근본주의자들은 더욱 강경해지고 이슬람국가(IS)의 입지는 더욱 커지게 된다. 증오와 복수의 악순환은 난민과 테러리스트만 키워낼 뿐이다.

1982년에 있었던 이스라엘의 레바논 베이루트 침공 이후 다르위시는 13년 동안 파리로 망명하게 되는데, 당시의 침공이 얼마나 고통스러운 것이었는지 그 잔혹한 비인간성을 잊지 않고자 장편 산문집『망각을 위한 기억』(Memory for the Forgetfulness)에 기록하였다. "저들은 우리에게 폭탄을 주었지만, 나는 저들에게 기록을 준다"라며 쓴 이 작품은 서정적인 언어를 통해 지중해의 두 진주인 항구 도시 하이파와 베이루트의 풍광, 팔레스타인 땅의 아름다움, 멀리 안달루시아까지 이어지는 아랍의 오랜 역사 등을 서정적 향수로 되살려 마치 한 편의 장편 산문시처럼 읽힌다. 친구가 폭격으로 죽고, 금속성 소음은 아름다운 항구 도시를 뒤덮고, 은빛 제트 폭격기가 지나다니는 인적 없는 거리 한가운데를 걸으며 시인은 이렇게 적었다. "인간은 저 폭격에 저항할 무엇도 할 수 없을 것이다. 저들은 되돌릴 수 없는 운명이다. 인간의 창조성으로 기획되고 최첨단 기술로 이룩된 일찍이 상상할 수 없을 정도로 사악한 발명품들이 이제 우리 몸에 그 성능을 시험해보고 있다."

다르위시는 이스라엘의 점령지 통치 방식이 북미 원주민들을 강제로 이주시켜 인디언 보호 구역에 수용했던 미국의 정책과 같다고 보았다. 세계 어디에서나 제국주의는 동일한 역사를 가지고 있는데 분리 통치가 그것이다. 팔레스타인 땅은 영국 식민지 시절부터 분리되었고, 뒤를 이은 이스라엘과 미국도 분리 정책으로 일관하였다. 미국은 파타 지도자였던 야세르 아라파트가 게릴라 투쟁을 벌이던 때는 소수파인 하마스를 지원했다가 PLO 지도부가 적당히 부패하자 이번엔 파타를 지원하기 시작했다. 2006년 하마스의 선거 승리 이후에는 팔레스타인 자치정부가 있는 서안 우선(West Bank First)

정책을 추진함으로써 팔레스타인 공동체는 내전의 위험에까지 처하게
되었다. 실제로 인구의 70퍼센트가 극빈층인 가자 지구는 유엔의 원조
없이는 생존이 불가능한 데 비해 상대적으로 발전된 서안 지구에서는
속속 경제개발과 외자 유치안이 발표되고 있고, 이스라엘의 군사
공격과 학살에는 저항했던 PLO도 경제개발과 투자 지원에는 순응하기
시작하였다. 제국주의는 회유도 언제나 같은 방식으로 한다.
1999년에서 2003년까지 이스라엘 국회의 대변인이었던 아브라함
버그(Avraham Burg)는 제국으로 치닫고 있는 조국 이스라엘에 대해
더 강한 이스라엘(Greater Israel) 정책은 절대로 민주주의와 공존할
수 없다고 「시오니즘의 종말」(The End of Zionism)이란 글에서
비판하였다.

> 이스라엘의 영토가 더 확장되기를 원하는가? 문제없다. 민주주의를
> 버리면 된다. 여기에 포로수용소와 강제수용소를 건설하고 효율적인
> 인종분리 시스템을 설치하면 된다. 유대인이 다수인 국가를
> 원하는가? 문제없다. 아랍인들을 화물 기차나 버스, 낙타나 당나귀에
> 통째로 실은 다음 추방하면 된다. 아니면 속임수도 쓸 것 없이 우리와
> 저들 사이를 완전히 분리하면 된다. 그러나 민주주의를 원하는가? 이
> 역시 문제없다. 마지막 정착촌, 마지막 기지까지 더 강한 이스라엘
> 정책을 포기하거나 아니면 아랍인까지 포함해서 모두에게 시민권과
> 투표권을 주면 된다. 우리의 수상은 즉각 이런 선택을 제시해야 한다.
> 유대인 인종주의냐 아니면 민주주의냐, 정착촌이냐 아니면 양 국민을
> 위한 희망이냐, 전기 철조망과 자살 테러범이라는 잘못된 전망이냐,
> 아니면 국제적으로 승인된 국경을 두 나라 사이에 만들고 수도
> 예루살렘을 서로 공유하느냐.

버그는 "유대인들이 신무기와 컴퓨터 보안 장치, 요격 미사일의 선구자가 되고자 했다면 지난 2000년간 살아남지 못했을 것"이라며 어떤 국가든 도덕성을 상실하게 되면 몰락한다고 비판하였다. 부도덕한 사회에서는 아이들도 자라며 부도덕해지기 때문이다. 도덕적으로 타락하여 잔인하고 비인간적인 조치들이 판을 치는 곳이라면 어느 공동체건 올바로 뿌리내릴 수 없다.

다르위시는 장군과 시인의 차이에 대해 이렇게 말한 적이 있다. "장군은 죽은 적의 시체를 헤아리지만 시인은 얼마나 많은 생명이 죽었는지 세어본다"라고. 적의 시체까지 슬퍼해줄 시인이 없다면 결국 그 사회는 무너질 수밖에 없다. 어쩌면 제국주의로부터의 해방은 용맹한 군인이 아니라 연민 어린 시인이 존재할 때 가능한 것인지 모른다. 모든 존재는 부서지기 쉬우며 승자건 패자건 누구도 시간의 부침을 피해갈 수 없음을 시인은 알기 때문이다. 나와 이웃을 이어줄 공동체의 끈은 바로 이런 시적 정의에서 시작된다. 디아스포라의 삶을 종결짓고 대지에 뿌리내리기 위해서는 가족과 친구, 나무와 바람, 가축과 논밭 같은 일상의 평화를 끊임없이 기억하고 공유하려는 시적 저항이 절실하다. 제국주의는 어떻게 무너질 것인가? 흔히 제국주의 전쟁이라 불리는 1차 세계대전의 소용돌이 속에서 영국 작가인 토머스 하디(Thomas Hardy)는 결국 전쟁과 같은 힘의 역사는 장구한 일상의 시간 앞에서 무너지게 된다고 예언하였다. 하디 역시 강자들의 패전 다툼인 1차 세계대전의 공포 앞에서 결국 시간의 힘을 견디는 것은 강한 권력이 아니라 다음과 같이 소소한 일상임을 천명한다.

반쯤은 졸음에 겨워
비틀거리며 고개를 끄덕이는 늙은 말과

그 곁에서 느린 걸음으로 말없이
흙을 고르고 있는 사람만이.

개밀 풀 거름 더미에서
불길도 없이 피어오르는 옅은 연기만이.
이런 것만이 언제까지나 계속되리라
설령 왕조들은 사라지더라도.

저 건너편에 처녀와 총각
서로 속삭이며 지나가네.
전쟁의 연대기들은 어두운 밤 속으로 흩어지리라
저 연인들의 이야기가 끝나기도 전에.

늙은 말을 몰며 흙을 고르는 농부와 겨울 동안 풀밭에 쌓아놓은
거름 더미, 그리고 외진 들길을 거닐며 사랑을 속삭이는 처녀와 총각들,
노동과 사랑은 동서양 어느 곳 어느 시대에서건 한결같은 가장
기본적인 삶의 모습이다. 살며 일하고 사랑하는 일상의 시간은 설령
제국은 무너지고 왕조는 소멸해도 절대로 사라지지 않을 것이며, 이
평화에 대한 믿음이야말로 세계대전의 악몽을 이겨낼 정의인 것이다.

시가 우리를 구원하리라

다르위시는 2004년 암스테르담에서 열린 한 시상식에서 이렇게
말했다. "태어나는 건 한 곳에서만 가능하지만 죽는 건 다른 장소에서
몇 번에 걸쳐 죽을 수 있다. 감옥이나 추방지, 혹은 거기가 아니라면
점령과 억압으로 악몽이 된 고향 땅에서도 죽을 수 있다. 시는 매혹적인

환상을 키워낼 방법을 가르쳐준다. 자신에게서 벗어나 어떻게 계속
다시 태어날 수 있는지, 더 나은 세상을 만들려면 어떻게 언어를
사용해야 하는지, 그리하여 이 허구적 세계 속에서 삶과 어떻게
포괄적이고도 영원한 평화 협정을 맺을 수 있는지.”

　　마침내 26년간의 난민 생활을 끝낸 시인은 팔레스타인 민중의
뜨거운 환대를 받으며 시 낭송회를 열었다. 다르위시의 목소리는
단단하고 서정적이면서도 저음 속에 오래된 슬픔과 낮은 연민이 깔려
있어 아랍어를 모르는 사람이 들어도 가슴이 뭉클해지는데, 이 늙은
시인의 노래를 듣고자 중동 각지에서 무려 2만 5000명의 청중이
베이루트 스타디움을 찾아왔다. 평화와 정의에 대한 절박한 갈증으로
그의 시는 희망을 일구는 위대한 예언이 되었고, 난민들의
아우슈비츠였던 팔레스타인은 모든 아랍인들에게 되찾아야 할 고향이
되었다. 다 함께 시를 낭송함으로써 팔레스타인의 오랜 역사를
기억하고 서로를 이어줄 연대의 그물망을 다시 짜게 되었다. 아랍
세계에서 낭송은 농부와 택시 기사, 나아가 문맹자들까지도 즐길 수
있는 공통의 민중문화로 남아 있을 정도로 아랍 문화의 오래된
특징이다. 온몸의 감각을 사용하는 낭송은 묵독보다 훨씬 큰 힘을
지니며 이것은 사실 전통적으로 시가 맡아온 역할이기도 하다. 시인이
담금질해준 아름다운 언어로 역사의 흥망성쇠를 장장하게 읊을 때
모든 제국주의적 힘에 대한 일상의 저항은 지속되고 다른 날은 꼭
오리라는 희망도 되살아난다.

　　다른 날은 올 것이다, 여성적인 그런 날이
　　메타포로는 희미해도 존재로서는 완벽한,
　　다이아몬드와 방문하는 행렬,

가벼운 그림자와 함께 밝고 부드러운 그런 날이.

아무도 느끼지 못하리라, 자살이나 떠날 욕망을.

과거 밖에서는 모든 것이 자연스럽고 실제이기에

원래의 특성과 비슷해지리라.

마치 시간이 휴가차 잠이라도 잔 듯.

너의 아름다운 시간을 늘려라. 너의 은빛 가슴의 햇살 속에서

일광욕을 하고, 좋은 징조가 나타날 때까지 기다려라.

나중에는 우리도 늙어갈 것이다. 우리에겐 오늘 이후에도 늙어갈

시간은 충분하다.

또 다른 날은 올 것이다, 여성적인 그런 날이

율동 속에 노래하는 듯, 반기는 가운데 말 속에 보석이 있는 듯.

과거 밖에서는 모든 것이 여성적이 될 것이다.

물은 바위의 가슴에서 흘러내릴 것이다,

먼지도 가뭄도 패배도 없이.

그리고 비둘기는 버려진 전쟁 탱크 위에서

오후 내내 낮잠을 잘 것이다.

마치 연인의 침실에서는 작은 둥지를 찾지 못한 듯이.

「다른 날은 올 것이다」(Another Day Will Come)

다르위시는 힘과 권력, 탱크와 자살 테러가 아니라 모든 여성적인
것들이 우리를 구원하리라고 예언한다. 그에게 구원이란 사물이
저마다 원래의 본성으로 되돌아가는 것이다. 밝고 부드러운 햇살이
비추고, 맑은 물이 여성의 젖가슴 같은 바위 사이로 흘러내리고,
비둘기가 돌아오고, 처녀 총각들은 다시 침실로 들어가 사랑을 나누는
그런 아름다운 날이 다시 시작될 것이라고 다르위시는 노래한다.

시인들이 아름다운 언어로 저항의 노래를 불러주지 않는다면 약자들에게 희망이라는 행운은 찾아오지 않는다. 왜냐하면 정치가들은 혀의 말을 하지만 작가들은 심장의 말을 하기 때문이다. 존 버거가 사랑한 팔레스타인의 시인 다르위시는 이렇게 읊었다. "내 말이 밀알일 때 나는 대지가 되고, / 내 말이 분노일 때 나는 폭탄이 된다. / 내 말이 바위일 때 나는 강물이 되고, 내 말이 꿀로 변할 때 내 입은 파리 떼로 덮이게 된다."

마흐무드 다르위시   마흐무드 다르위시는 에드워드 사이드
Mahmoud Darwish   (Edward Said), 갓산 카나파니와 함께
세계적으로 널리 알려진 팔레스타인
작가이자 평생 팔레스타인 난민들의
고통과 저항을 노래했던 민족시인이
다. 다르위시는 1941년 당시 영국의
식민 지배 아래 놓여 있던 팔레스타인 갈릴리 지방의 알-비르와(al-Birwah)
에서 수니 이슬람교도의 아들로 태어났다. 다르위시가 여섯 살이 되었을 때
이스라엘은 팔레스타인 땅 안에서 건국을 공표하며 침략 전쟁을 시작하였고,
이에 그의 가족은 느닷없는 폭격을 피하고자 레바논으로 피난을 떠났다. 유
엔 추정으로 당시 130만 명의 팔레스타인 사람들 가운데 약 100만 명이 이스
라엘의 공격을 피해 그야말로 겨우 몸만 빠져나와 피난길에 올랐다. 영국이
팔레스타인 땅에 이스라엘의 건국을 약속한 밸푸어 선언 이후 점차 팔레스타
인 지역으로 돌아오는 유대인 숫자가 늘어나자 마침내 급진적 시온주의자들
은 1947년 건국을 공표하며, 당시 유엔이 약속한 팔레스타인 거주 지역까지
차지하고자 일방적인 전쟁을 시작하였다. 물론 팔레스타인은 영국의 오랜 식
민지 탄압과 분열 정책으로 군대도 민중의 저항력도 모두 전무한 상태였다.
이날부터 다르위시를 포함한 대다수 팔레스타인 사람들은 자기 땅에서 유배
되었고, 평생을 준(準)전시 상태의 난민으로 살게 되었다.

그리하여 1948년은 디아스포라의 대명사였던 이스라엘인들에게는 꿈
에 그리던 시온주의 국가가 탄생한 해가 되었지만, 반대로 팔레스타인들에게
는 언제 끝날지 알 수 없는 새로운 디아스포라의 시작을 알리는 대재앙 나크
바의 해가 되었다. 다르위시 가족은 피난 간 지 1년 만에 다시 비밀리에 갈릴
리로 돌아오지만 이미 400여 개의 마을은 모두 폭격으로 사라지고, 그 자리에
는 귀환한 이스라엘인들을 위한 정착촌이 속속 들어서 있었다. 고향으로 돌
아가지 못한 다르위시 가족은 결국 임시 난민촌에 정착하지만 이것은 일종의

불법 체류였다. 왜냐하면 이스라엘 정부는 건국 직후 남아 있던 팔레스타인 사람들을 '팔레스타인아랍'으로 등록하였는데 다르위시 가족을 비롯한 대다수의 난민들은 등록 당시 피난을 가고 없었기에 어떠한 법적 신분증도 얻지 못했기 때문이다. 재등록 기간에 비로소 신분증을 얻게 된 다르위시 가족은 이후 하이파에 정착하였다.

다르위시는 성년이 되자 이스라엘 공산당에 가입하고 첫 시집인 『날개 없는 새들』(Wingless Birds)을 출판하였다. 이후 공산당 기관지와 문학잡지의 편집에 관여하면서 연속하여 『올리브 잎새』(Leaves of Olives), 『팔레스타인에서 온 연인』(A Lover from Palestine), 『새들, 갈릴리에서 죽다』(Birds are Dying in Galilee)와 같은 시집을 발표하였고, 1969년에는 로터스상을 수상하였다. 서정적이고도 힘찬 리듬의 아랍어로 쓴 시들이 널리 애송되면서 다르위시는 팔레스타인 민중의 분노를 대변하는 대표적인 저항시인으로 부상하였다. 물론 이스라엘은 거주 제한 조치를 통해 수시로 다르위시의 자유를 제한하고 그의 동정을 감시하였다. 10여 년간 팔레스타인을 떠날 수 없었던 다르위시는 1970년이 되어서야 모스크바에서 유학 생활을 하면서 난생처음으로 유럽과 서방을 경험하였다. 그러나 모스크바 체류는 기대와는 거리가 먼, 억압적인 공산주의 체제에 눈뜨게 만들었고, 이후 그는 점차 마르크스주의로부터 멀어지게 되었다.

그 사이에 이스라엘은 1967년에 있었던 이집트, 시리아, 요르단과의 '6일 전쟁'에서 승리함으로써 영토는 예전보다 3배나 넓어져 이집트의 시나이 반도와 가자 지구, 시리아의 골란 고원, 요르단 강 서안까지로 확장되었다. 그러나 이와 같은 무력적인 영토 확장 이후에도 이스라엘이 팔레스타인 점령지 내에 이스라엘인들을 위한 정착촌인 키부츠 건설을 계속 추진하자 다르위시는 야세르 아라파트가 이끌던 팔레스타인 해방기구(PLO)에 가입하고 본격적인 팔레스타인 해방운동에 참여하기 시작한다. 물론 PLO 가입으로 다르위시는 이스라엘 당국으로부터 26년 동안 고향 땅 갈릴리에 입국 금지 통고를 받게 된다. 모스크바에서 카이로로 간 다르위시는 이집트에 머무는 동안 나중에 노벨문학상을 수상한 나기브 마푸즈(Naguib Mahfouz)를 비롯한 대표적인 아랍권 작가들과 교류하였고, 그 후 10여 년 동안 지중해의 진주로 불리는 레바논의 베이루트에 거주하면서 PLO의 집행위원과 대변인을 역임하며 팔레스타인 독립선언문을 작성하였다. 1981년에는 선구적인 문학잡지인『알 카르밀』(al-Karmil)도 창간하였다. 시집이 100만 부 넘게 팔려나가면서 다르위시는 소설가 갓산 카나파니와 함께 팔레스타인을 대표하는 시인으로 세계적인 주목을 끌게 되었다.

1982년에 있었던 이스라엘의 레바논 공습으로 다르위시는 이후 13년 동안 다시 파리로 망명하였다. 베이루트에서 활약하던 PLO를 축출하고자 이스라엘은 공습을 시작했지만 이 전쟁으로 무고한 민간인들이 죽어나가고, 팔레스타인 난민촌에서도 대규모의 학살이 자행되자 전 세계적으로 이스라엘에 대한 항의가 빗발쳤다. 당시의 침공이 얼마나 고통스러운 것이었는지는 이스라엘 공습과 점령하의 베이루트 거리를 시적으로 기록한 장편 산문집『망각을 위한 기억』에 잘 담겨 있다. 다르위시는 1996년에야 비로소 갈릴리로 돌아갈 수 있었는데, 26년간의 난민 생활을 끝낸 시인은 팔레스타인 민중으로부터 뜨거운 환대를 받았다. 라말라의 한 극장에서 시 낭송회가 열렸을 때는 1000명이 넘는 팔레스타인 사람들이 몰려들었고, 얼마 뒤 베이루트 스타디움에서 열렸을 때는 중동 각지에서 무려 2만 5000명의 청중이 그의 시 낭송을 듣기 위해 찾아왔다.

독자들로부터는 열광적인 환대를 받은 다르위시였지만 개인적인 삶은 이런 환대와는 거리가 멀었다. 다르위시는 작가였던 첫 번째 부인과의 이혼에 이어, 번역가였던 두 번째 부인과도 이혼하게 되는데 두 결혼 모두 아이가 없었다. 이혼으로 끝난 두 번의 결혼 외에도 슬픈 영화 같은 연애를 남겼는데, 그의 유명한 시「리타와 총」(Rita and the Rifle)에 등장하는 리타라는 여성과의 이루어질 수 없는 사랑이 그것이다. 리타는 다르위시가 하이파에서 이스라엘 공산당원으로 활동하던 젊은 시절에 만난 같은 공산당원이며 유대인 기혼 여성으로 알려져 있다. '총'으로 상징되는 두 나라 사이의 적대적 관계가 점차 리타와 그 사이에 들어서게 되면서 리타와의 이념적 동지애는 결국 결혼으로 이어지지 못하고 끝난 것으로 알려져 있다. 이혼 이후 요르단의 암만과 라말라를 오가며 혼자 고독하게 살았던 다르위시는 지병인 심장병 수술 끝에 67세의 일기로 타지인 미국에서 사망하였다. 그의 장례식은 2004년 아라파트의 죽음 이후 가장 성대하게 치러졌고, 팔레스타인 사람들은 물론이고 전 세계에 흩어져 있는 많은 아랍인들도 큰 슬픔에 잠겨 바로 자신들의 불의한 운명을 일평생 노래했던 노시인의 죽음을 애도하였다.

눈을 돌리면 다른 풍경이 보인다

존 버거

열 살 무렵에 서울로 올라오기 전까지, 내 기억이 시작된 이래로 살았던 곳은 부산의 변두리 부둣가였다. 변두리가 으레 그렇듯이 시골의 정겨움도 도시의 세련미도 없는 데다 방정맞은 어른들의 이런저런 바람기로 조용할 날이 없던 그저 그런 동네였지만, 어린 마음에도 그곳을 떠날 수 있다는 생각은 받아들이기 어려웠다. 부산을 떠나 서울 끄트머리에 정착한 뒤 나는 서울에는 강만 있고 바다가 없다는 사실에 너무나 놀랐는데, 당연한 지형적 변화를 내 몸이 받아들이지 못한 탓에 꽤나 오랫동안 시시하나마 바다가 보이던 부둣가를 그리워하게 되었다. 친구들과 뛰어다니던 골목길과 무덤이 즐비하던 학교 뒷산과 비릿한 부둣가를 그리워하며 나는 점차 글에 의지하게 되었다. 아직도 서울 언저리를 떠돌고 있지만 그때 이후로 문학은 잃어버린 그날의 바닷가를 대신하여 내 마음속에 해원(海原)이 되어주었다.

　　사람도 마치 나무처럼 뿌리를 내려야 마음을 붙일 수 있게 된다. 뿌리 없는 나무가 스스로 설 수 없듯이 사람도 자신의 뿌리를 잃어버리면 설 수 없다. 뿌리가 뽑혀 이리저리 뒹굴며 보는 삶의 풍경이 한자리에서 보는 풍경과 같을 수 없음은 물론이다. 1970년대부터 시작된 산업화로 시골에서 도시의 변두리로, 지방에서 서울로 사람들이 몰려들었지만 대부분은 도시의 빈민이나 노동자가 되어 일자리를 따라 떠돌며 팍팍한 삶을 이어가야만 했다. 물론 이런 이농 현상은 18세기 산업혁명 이후 영국 농촌을 필두로 전 세계 어디든 산업화를 추진한 곳이면 모두 다 겪는 일이었다. 현재 미국은 전체 인구의 2퍼센트 정도만 농민인데, 이는 다른 산업국가의 경우도 크게 다르지 않다. 인구의 80퍼센트 이상이 농부였던 시절에서 2퍼센트만이 농부인 세상으로 바뀌는 데 고작 200년도 걸리지 않았지만 그로 인한 삶의 풍광은 실로 어마어마한 변화를 겪었다. 도시는 기본적으로 자립할 수 없는 곳이다. 식량과 녹지와 유휴 노동력을 제공하는 배후지로서의 농촌이 존재해주지 않는다면 도시의 삶은 금방이라도 생존이 불가능하다. 그 많던 농부들이 도시로 흘러들어 노동자가 되어주지 않았더라면 지금과 같은 도시의 번성은 없었을 것이다. 농촌이 그 많던 농지를 개발 정책에 넘겨주지 않았더라면 지금과 같은 도시의 팽창도 없었을 것이다. 시골이 도시가 되고, 농부가 노동자가 되는 것을 흔히 근대화라고 부르지만 그런 개발이 다른 한편 폭력적인 힘으로 인간의 심성과 자연의 풍광을 망가뜨렸다는 점에 주의를 기울이기는 어렵다.

본다는 것의 정치적 의미

영국 작가인 존 버거(John Berger)는 눈을 아래로 돌려 평생을 이런 폭력에 주목하였다. 어디를 보느냐에 따라 같은 그림도 다르게 보이는 법이다. 눈을 들어 도시의 화려함과 중산층의 세련된 삶을 보는 것과 눈을 돌려 비루한 곳에서 그림자로 살아가는 빈민과 이주민들의 삶을 보는 것은 다를 수밖에 없다. 전자는 쉽게 눈에 들어오지만 후자는 보이지 않기에 보는 법을 새롭게 익혀야만 보인다. D. H. 로렌스 이후 버거만큼 보고 듣고 만지는 감각의 힘을 통해 삶을 이해하려 했던 영국 작가는 없을 것이다. 신사연하는 중산층의 속물근성과 탐욕스런 계급의식에 질려 조국을 등졌던 로렌스와 마찬가지로 버거 역시 계급, 인종, 젠더, 관습과 같은 인간이 만든 모든 인습의 막을 걷어내고 예술과 자연의 맑은 눈으로 세상을 보기 위해 알프스의 시골로 내려갔다.

버거는 발터 벤야민과 함께 스피노자를 존경했는데, 스피노자가 안경 렌즈를 가는 일로 생계를 꾸려나갔다는 것은 잘 알려져 있다.

스피노자는 그림에도 식견이 풍부하여 언제나 스케치북을 가지고 다니며 암스테르담의 부둣가에서 드로잉 작업을 했는데 이상하게도 사후에 이 스케치북은 온데간데없이 사라져버렸다. 버거는 스피노자의 사라진 이 스케치북을 상상하며 자신의 글과 그림을 묶어『벤투의 스케치북』(Bento's Sketchbook)이란 책을 내는데, 이 책에 대해 "세상의 오늘을 들여다보고 그 속에 살고 있는 수백만 명의 희망과 절망을 다 같이 받아들이려는 시도"라고 말했다. 다시 말해 정치적인 책이라는 것이다. 예술과 정치를 구분하는 것은 무용수와 무용을 구별하려는 시도만큼 어리석은 일이리라.

버거가 자연과 예술이라는 두 렌즈를 갈고닦아 명징하게 보고자 한 것은 희망과 절망이라는 두 날실과 씨실로 짜여진 현실이었다. 쳐다보는 것은 누구나 할 수 있지만 들여다보는 것은 의지가 필요하며, 이렇게 의지로 바라보게 되면 사물에 대해 어떤 관점을 갖게 된다. 아래로부터의 관점이든 위로부터의 관점이든 한 가지 관점을 견지한다는 것은 정치적인 행위이다. 버거는 이렇게 말했다. "우리는 앞으로도 갈 수 있고 뒤로도 갈 수 있지만 양쪽을 다 편들 수는 없다"라고. 우리가 어느 편에 서느냐에 따라 보이는 풍광이 달라지는 것은 물론이다. 이렇듯 본다는 것은 정치적인 행위이기에 우리는 성찰해야 한다. 살면서 무엇을 보고 어떻게 볼 것인지를.

현실을 바로 보기 위해선 무엇보다 먼저 바른 렌즈가 필요한 법이다. 버거는 런던 토박이였지만 대도시를 떠나 알프스의 몽블랑에서도 50킬로미터나 떨어진 산골에 자리를 잡고 여생을 보냈는데, 아이러니하게도 이렇게 자연의 눈을 갖게 됨으로써 현실을 더 잘 보게 되었다. 언젠가 버거는 예술에 정치를 끌어들인 것이 아니라 예술이라는 렌즈를 통하니 정치가 잘 보였다고 한 적이 있는데 그것과

존 버거가 정착한 퀸시의 풍경.

"현실정치로부터 가장 멀리 떨어진 자연 속에서, 또
자본주의와 가장 거리가 먼 시골 농부에게서 버거는
올바른 렌즈 연마법을 배웠다. 자연의 눈은 예술의
눈과 마찬가지로 감각 기관의 모든 세포를 열어 우리의
감각을 살아 있게 만들어준다."

같은 이치이다. 그가 정착한 퀸시는 주민이 100명 정도밖에 안 되는
정말 작은 시골이었으며 대부분은 목동이자 농부인 노인들이었다.
그러나 현실정치로부터 가장 멀리 떨어진 자연 속에서, 또 자본주의와
가장 거리가 먼 시골 농부에게서 버거는 올바른 렌즈 연마법을 배웠다.
자연의 눈은 예술의 눈과 마찬가지로 감각 기관의 모든 세포를 열어
우리의 감각을 살아 있게 만들어준다.

　　자연은 같은 자리에서 항상 한결같으면서도 동시에 언제나
시시각각 달라지기 때문에 우리의 렌즈를 갈고닦지 않으면 제대로 볼
수가 없다. 친숙한 산도 같은 모습으로 반복되지 않는다. 언제나 그곳에
있기에 거의 무궁할 것 같은 자연이라도 같은 모습을 또 볼 수는 없기에
자연 속에서는 우리의 감각이 예민해질 수밖에 없다. 도시에서는
시간의 흐름과 계절의 변화를 느낄 재간이 없지만 농촌에서는
무엇보다 감각으로 접하게 된다. 자연에서는 시간을 알려면 더 자주
하늘을 올려다봐야 하고, 계절을 알려면 더 자주 나무를 쳐다봐야 한다.
북풍은 겨울이 임박했음을 알려주고 남풍은 여름이 시작됨을
알려주며, 바람에 물기가 묻어 있으면 우기가 시작되고 바삭거리면
건기가 시작된다. 식물이건 동물이건 해마다 반복해서 찾아오기에
시골에서는 낯선 것들은 금방 알아차릴 수 있다. 목동은 똑같이 생긴
수십 마리의 양들을 알아보고 농부는 먼 이웃의 소들까지도 모두
꿰뚫는다. 자연은 보고 듣고 느낄 수 있는 우리의 감각을
연마시켜주기에 정치와 가장 멀리 떨어진 장소에 살면서도 가장
명징한 눈으로 현실을 직시할 수 있는 것이다.

　　「장소에 관한 열 가지 전보」(Ten Dispatches About Place)에서
버거는 자본주의란 이렇듯 친숙한 장소를 없애는 것이라며 고요한
퀸시의 풍경 한가운데서 마주친 당나귀와의 교감을 들려주는데, 바로

자연이 주는 친숙함이 그의 감각을 일깨워 존재의 다른 면을
알아차리게 했다. 버거는 새끼 두 마리와 함께 어미 두 마리가 풀을
뜯고 있는 것을 보고 사과나무 아래에 앉아 당나귀들을 바라보았다.
이들은 유독 몸이 작은 종자였는데 어미들은 매일 무거운 짐을 싣고
오가는 들길에서 풀을 뜯고 있었고, 새끼의 어깨에도 등짐을 묶을 끈이
벌써 달려 있었다. 버거를 쳐다본 당나귀들은 나무 아래로 다가왔고,
새끼는 이때구나 하고 어미젖을 물었다. 지척에 고요히 서 있는 어미와
젖을 문 새끼들을 바라보며 버거의 명징한 눈은 바로 자본주의의
본질을 알아차린다. 바로 당나귀들의 다리를 통해서이다.

> 햇살 아래 네 마리의 당나귀에 둘러싸여 나는 당나귀의 발에
> 주목하였다. 열여섯 개의 다리 전부를. 가늘고 얇은 다리들, 힘을
> 쟁여놓는 동력원이자 보증서인 다리들. 여기에 비하면 말의 다리는
> 히스테릭하다. 당나귀의 네 발은 말이 오르지 못하는 산을 넘나들고,
> 그 무릎과 종아리, 관절과 비절, 정강이뼈와 발목과 발굽으로 봤을
> 때는 도저히 상상도 할 수 없는 무게를 실어 나른다. 당나귀의 다리들.
> 당나귀들은 여기저기 어슬렁거리며 머리를 숙인 채 아무것도 놓치지
> 않으려는 듯 귀를 쫑긋거리고 풀을 뜯고 있었다. 나는 눈이 빠지도록
> 바라보았다. 당나귀들이 한낮에 내 동무가 되어 거기에 서 있어준,
> 말하자면 우리는 이런 교환을 서로 주고받고 있었는데, 그 기층에는
> 그저 고맙다는 말밖에는 달리 할 말이 없는 무엇이 있었다.
> 2005년 유월, 들판에는 당나귀 네 마리.

그렇다, 나는 모든 걸 떠나 아직도 마르크스주의자이다.

「장소에 관한 열 가지 전보」

버거가 당나귀와 서로 말없이 바라보는 가운데 교감하고 존재의
고마움을 느낄 수 있었던 것은 당나귀가 짊어진 노고와 생의 무게를
알아차렸기에 가능했다. 이런 알아차림은 무엇보다 당나귀의 네 발을
집중해서 들여다봄으로써 일어났다. 교감은 상대에게 집중할 때
일어나고, 집중에는 시간이 필요하다. 버거는 이 에세이에서 "여전히
마르크스주의자인가?"라는 질문을 놓고 열 개의 장소에 대한 사유를
통해 답을 내리는데, "그렇다, 나는 모든 걸 떠나 아직도
마르크스주의자이다"라고 정치적 관점을 명확히 하게 만든 마지막
장소가 바로 당나귀의 네 발과 마주친 들판이었다.

동물에 대한 다른 에세이 「왜 동물을 바라보는가?」(Why look at
animals)에서도 버거는 자본주의의 본질을 동물에 대한 사유로
풀어낸다. 산업혁명 초기에는 동물을 기계처럼 부려먹었고
후기산업사회인 지금은 일종의 먹거리로서 동물이 제조되지만,
과거에는 동물을 이렇듯 기계적으로 취급하고 경제적 관점에서만
다루지 않았다. 인류 최초의 그림은 동굴에 그린 동물 벽화였고, 이때의
물감은 동물의 피였을 것이며, 언어에서 최초의 비유도 역시
동물이라는 것이다. 우리의 12간지와 마찬가지로 그리스에서는 열두
시간의 각 상징이 동물이었고, 힌두교에서는 지구가 코끼리 등에 타고
있는 것이라 상상했다. 동물이 인간의 언어와 문화에서 차지하는
비유와 상징과 신화와 의미는 실로 엄청나지만 자본주의가 시작된
이래 지난 200년 동안 모든 야생동물들은 빠른 속도로 사라지고 있다.
반면에 흔히 애완동물로 불리는 펫(pet)의 숫자는 늘어가는데 가축이
집안 내에서 아무 일도 하지 않으면서 인간과 더불어 살게 된 것도
버거는 일종의 현대 소비주의 문화의 일부라고 보았다. 과거에는 개나
고양이조차도 양을 몬다거나 쥐를 잡는 것과 같은 자신의 맡은 바

임무가 있었지만, 핵가족화되어 협소한 사적 공간만이 유일한
거주지가 되면서 펫 역시 다른 가축이나 장소와 교감하지 못한 채 오직
주인의 취향이나 성향을 닮아가며 일종의 상품화의 길을 걷게
되었다는 것이다. 문제는 버거가 보기에 동물에 대한 이런 약탈과
착취와 상품화가 그대로 노동자들에게로 이어졌다는 것이다.

삶이 고통으로 바뀔 때

지구화 시대가 되면서 가난한 제3세계의 농부가 부유한 제1세계로
이주하여 위험한 현장을 담당하는 저임금 노동자가 되는 것은 생존의
중요한 방편이 되었다. 농촌에서의 삶은 적어도 두 가지 점에서
노동자의 삶과 다르다. 하나는, 오늘 일하다가도 내일은 일자리가
사라지는 그런 일은 적어도 농사에는 없다는 것이다. 농촌에는 비록
생계를 걱정할망정 생계의 순환이 끊어지는 일은 없다. 다른 하나는
오랫동안 입에서 입으로 전해 내려온 친밀한 이야기들이 농촌에는
있다는 것이다. 돌과 나무에도 사연이 있고, 양과 소도 자기들끼리의
관계가 있다. 사람들도 저마다 기억하는 과거가 있고, 물려줄 내력이
있다. 전승되는 이야기로 인해 아이들은 오래전에 마을을 떠난 사람에
대해서도 친밀감을 느끼게 되고, 노인들은 매일 만지던 흙과 익숙한
손들에 둘러싸여 순순히 죽음을 맞이하게 된다. 농적(農的)인 삶에서는
정의니 정직이니 하는 윤리적 규범들을 따로 따질 필요가 없다. 일상의
친숙함 덕분에 사람들은 서로 직감적으로 믿게 된다. 자발적 정직이란
서로 알고 지낼 때 나오며, 이런 정직한 친밀감이 모든 존재의 뿌리가
된다.

삶이 고통으로 바뀌는 것은 존재가 이런 친밀감으로부터 뿌리
뽑히게 될 때이다. 내 모습, 내가 사용하는 말, 나를 응시하는 너, 네가

사용하는 말이 모두 낯설어질 때 우리의 몸은 마치 차가운 지표 위로 뿌리를 드러낸 풀처럼 쓰러질 수밖에 없다. 이농, 이주, 이산, 감금, 분리, 격리가 난무하는 시대에 풀처럼 뿌리 뽑힌 사람들이 어떤 고통을 겪는지를 깊이 들여다보려는 노력은 버거의 전 작가 생활을 관통해온 한결같은 정치적 입장이었다. 1982년에 쓴 에세이 「시의 시간」(Time of Poetry)은 오래전 칠레의 피노체트 정권이 아직 한창일 때의 이야기지만 놀랍게도 2003년 미국의 이라크 침략이 한창일 때 쓴 「우리는 어디에 있는가?」(Where Are We?)의 문제의식과 크게 다르지 않다. 20년을 한결같이 그는 존재가 뿌리 뽑히는 고통스런 이야기들에 귀를 기울였다. 「시의 시간」을 보면 우리 존재는 친숙한 근원으로부터 폭력적으로 분리될 때 그 뿌리가 뽑힌다. 이때의 근원이란 나를 둘러싼 가족, 이웃, 흙, 바람, 돌과 같은 모든 친밀한 일상을 말한다. 그리고 이것을 위협하는 폭력이란 고문, 감금, 전쟁을 말한다.

아옌데 대통령의 당선과 빅토르 하라의 노래로 대표되던 칠레 민주주의는 1973년 9월 11일 피노체트의 쿠데타로 끝났고, 그때부터 1988년 피노체트가 대통령직에서 물러날 때까지 일반 국민들을 상대로 한 국가의 폭력과 고문은 15년간 지속되었다. 수천 명의 칠레 사람들이 낮에는 일터에서 밤에는 집에서 소리 없이 불려나갔고, 한번 문밖으로 나간 사람들은 대부분 다시 돌아오지 못했다. 사라진 사람들이 살아 있을 것이라고 믿는다면 그건 가족들에게 커다란 고통을 안겨주는 것이었다. 왜냐하면 이들의 하루하루가 모진 고문으로 간신히 유지됨을 알았기 때문이다. 만약 이들이 죽었을 것이라고 믿는다면 그건 그렇게 끌려 나간 사람들을 배반하는 짓이었다. 왜냐하면 이들은 모진 고문 속에서도 살아서 고향 땅으로 돌아가리라는 희망을 간직했을 것이기 때문이다. 결국 살아남아 기다리던 사람도, 죽어가며 희망을 걸었던 사람도 모두 존재가 뿌리 뽑히는 고통을 겪은 것이다. 희망을 거는 것도 희망을 접는 것도 모두가 고통이던 시절이었다.

버거는 고문이란 결국 타자와의 분리를 전제로 한 신체적·정서적 폭력이라고 비판한다. 내 존재는 너와 다르고, 내 몸은 네 몸과 서로 다르다는 것이 전제되어 있다는 것이다. 그러므로 같다고 우기는 저항이란 곧 내게 거짓말을 하는 짓이다. 고문은 이런 거짓말에 대한 정당한 처벌 행위이자 내 존재가 너와 다르다는 것을 증명함으로써 고문하는 나를 죄의식으로부터 구원하려는 행위이기도 하다.

물론 고문의 고통은 모든 언어의 존재 근간을 뒤흔든다. 왜냐하면 언어란 존재의 외견은 서로 달라도 근원은 분리될 수 없기에 결국 사람들끼리의 의사소통이 가능하고 서로 이해될 수 있다는 믿음 위에서만 성립되기 때문이다. 버거가 보기에 언어란 "인간의 유일한 보금자리이자 인간에게 적대적일 수 없는 유일한 삶의 터전"이지만 고문은 언어를 인간 경험에 적대적으로 만들거나 아니면 적어도 무관심하게 만든다. 고문으로 내 말은 내 진실과 분리되고, 내 몸은 내 영혼으로부터 분리된다. 타인이 내게 가하는 고통으로 내 존재는 나를 둘러싼 일상의 친밀감으로부터 분리되고, 결국은 뿌리 뽑혀진다. 낯선 지표 위로 내던져진 존재의 뿌리는 결국 황폐해질 수밖에 없다. 우리가 망가지는 것은 고문의 육체적 고통 때문이 아니라 존재의 뿌리가 뽑혀짐으로써 이런 친숙한 세상에 대한 믿음을 포기하게 되기 때문이다. 물론 고문의 고통은 피노체트의 죽음에서 끝나지 않았다. 세계 도처에서, 가령 이라크를 점령한 미군이 아브그라이브 수용소에서 포로들에게 자행한 학대와 고문부터 이스라엘이

팔레스타인에 행한 체포와 구금, 고문으로 이어지는 고통에
이르기까지 우리 시대의 고통은 여전히 살아 있다.

그러나 신체에 가하는 고문의 고통보다 더 광범위하게, 존재가
분리되는 고통이 신자유주의와 함께 나타났다. 1980년대 민주화의
봄으로 아시아에서건 라틴아메리카에서건 이제 정치적 고문은 거의
사라졌지만 사람들은 여전히 날마다 존재의 분리를 경험한다.
이번에는 정치적 독재 때문이 아니라 경제적 독점 때문이다. 부의
독점과 불평등으로 비인간적인 경쟁은 더욱 심화되고, 한편에만
쌓이는 극도의 빈곤과 다른 한편의 탐욕스러운 소비로 인해 우리의
친밀한 일상은 알아볼 수 없게 뒤틀려버렸다. 오늘날 영혼과 영성을
지닌 것은 더 이상 인간이 아니며, 전지전능한 힘도 더 이상 신에게서
나오지 않는다. 소비주의 문화가 맹위를 떨치면서 오직 상품만이
영성과 영혼을 지니게 되었고, 극심한 빈부 격차로 오직 돈만이 모든
것을 좌지우지할 수 있는 힘을 지니게 되었다. 9·11 사태 이후 곳곳에서
일어나는 테러에 대해 버거는 "테러리즘이란 가난한 자들의 전쟁이고,
전쟁이란 부유한 자들이 벌이는 테러리즘이다"라고 말했다.

2002년『크로니클』과 가진 인터뷰에서 버거는 변모하는 사건들에
대해 자신의 정치적 입장이 오랜 세월 놀랍도록 한결같다는 물음에
이렇게 대답했다. "본능적으로 저는 정치적 강자들에게 가깝다고
느껴본 적이 없습니다. 제가 어느 정도 그쪽에 있을 때나 그들이 제
쪽에 있을 때조차도 말입니다. 저는 항상 힘이 없는 사람들,
임시방편으로 자기 삶을 꾸려가야 하는 사람들이 이들을 지배하는
사람들보다 삶에 대해 더 많이 안다고 생각해왔습니다." 지배자보다
지배당하는 사람들이 더 많은 삶의 지혜를 알아차린다고 보았기에
버거는 언제나 약자의 편에 서기를 주저하지 않았다. 가난한 농부들,

빈곤한 노동자들, 더 빈곤한 이주민들의 삶은 배부른 전문가들이 세계화, 포스트모더니즘, 커뮤니케이션 혁명, 자유주의 경제, 이런 용어들을 동어반복하는 동안 더욱 산산이 부서지고 있다. 하지만 정치인들은 우리가 어디에 서 있는지 관심조차 없다. 극성스런 정글의 법칙과 돈에 대한 탐욕이 그 어느 때보다도 우리의 존재를 뿌리째 뽑고 있지만 정치인들은 앵무새처럼 진보와 발전만을 말할 뿐이다. 이제 우리는 과거와도 이웃과도 자연과도 모두 분리되어 근원적인 친밀감으로부터 빠르게 멀어지고 있다. 저마다 혼자이다 보니 더 쉽게 뿌리 뽑힌다. 버거가 생애 마지막에 세계화 문제와 맞섰던 것은 지금의 신자유주의는 그 어떤 용어로 미화해도 결국은 인간과 자연을 총체적으로 위협하는 완전히 고삐가 풀린 극단적이고도 광신적인 자본주의라고 보았기 때문이다. 베를린 장벽은 무너졌지만 무너진 장벽은 서독의 큰 파편은 40마르크에, 동독의 작은 파편은 10마르크에 전 세계로 팔려나갔다. 맥도날드와 켄터키 프라이드 치킨은 모스크바에도 천안문 광장에도 문을 열었다. 이제 자유시장은 세계 어디에나 존재하며, 탐욕은 경쟁력 있는 인간의 상징이고, 빈곤은 현실 부적응자의 상징이 되었다.

「영혼과 조작자」(The Soul and the Operator)

> 우리 시대의 가난은 이전의 가난과 다르다. 예전의 가난과 달리 우리 시대의 가난은 자원의 희소성 때문에 생긴 것이 아니다. 그것은 부자들이 나머지 모든 세상에 일련의 우선순위를 부여했기 때문에 생겨났다. 따라서 현대의 가난은 개인에 따라 예외는 있어도 더 이상 연민의 대상이 아니다. 오직 쓰레기로 분리된다. 20세기의 소비 경제는 거지를 역사상 최초로 보이지 않는 존재로 가리키는 문화를 만들어내었다.

베를린 장벽은 무너지고 세계는 개방되고 통합되고
민주화되었지만 우리의 영혼이 우리 손에 달려 있지 않기는 아직도
매한가지다. 그것은 지금과 같은 빠른 변화를 초래한 에너지가 결국은
자본주의에서 나왔기 때문이다. 지금은 개인의 사리사욕이 부끄러운
미혹으로 생각되기보다는 영웅적 행위로 간주되는 시대이다. 이제는
정치적 고문이 아니라 절대적 혹은 상대적인 물질적 빈곤으로 존재가
뿌리 뽑힌다. 미국의 이라크 전쟁도 시리아의 난민 행렬도 모두 돈에
대한 탐욕의 결과이다. 지금 돈이 없다는 것은 삶의 고통거리가 아니라
존재의 사멸을 가져오는 절대 조건이기 때문이다. 돈이 없으면 아무런
과거도 역사도 없는 쓰레기로 분류되고, 수거되어도 기억하는 사람이
없다. 세계화 시대의 민주주의 체제에서 거지란 자유시장 한켠에 쌓인
쓰레기에 지나지 않는다. 문제는 일단 쓰레기가 되면 보이지 않게
된다는 것이다. 전 세계의 절반 이상의 사람들이 하루 2달러 미만으로
살아가지만 이런 가난한 사람들은 보이지 않는다. 보이지도 않는데
부자들은 이들을 차단하기 위해 벽을 쌓는다. 이스라엘은 지상 최대,
최장의 벽을 쌓아 팔레스타인 쓰레기들을 분리시켰고, 이를 본받은
미국도 멕시코 쓰레기들을 막기 위해 벽을 쌓기 시작했다.

지구화 시대의 독재자는 돈이며, 돈이 없다는 이유로 일상의 가장
기본적인 필요조차 구할 수 없는 것이 바로 고문이다. 물론 빈민과
빈곤국은 이런 가난을 극복하기 위해 열심히 뛰지만 마치 러닝머신
위를 달리는 것처럼 한발도 앞으로 나아가지 못한다. 민주주의의
원칙에 입각하여 따라잡을 자유는 보장되지만 출발부터 다른 이들은
결코 경쟁자들을 따라잡지 못한 채 제자리 뛰기만 할 뿐이다. 이런
점에서 민주주의란 선택의 원칙이 아니라 양심의 원칙을 따라야
한다는 버거의 주장은 정말로 귀를 기울일 만하다.

민주주의는 정치적 요구이다. 하지만 진정한 민주주의는 그 이상이다. 민주주의는 어떤 기준으로 행위의 옳고 그름을 결정할지를 판단할 개인의 권리에 대한 도덕적 요구이다. 민주주의는 '양심'의 원칙에서 탄생되었다. 민주주의란 오늘날 자유시장이 우리에게 그렇게 믿으라고 강요하는 것처럼 '선택'이라는 상대적으로 보잘것없는 원칙 ─ 그런 원칙이라도 있다면 ─ 에 의해 탄생된 것이 아니다.

민주주의가 선택의 자유를 보장하는 것이 아니라 올바름에 대한 양심의 원칙을 따라야 한다는 생각은 정치를 도덕의 문제로 이해한 것이다. 아니, 산다는 것의 의미를 도덕의 문제로 바라본 것이다. 인습이나 편견, 관습으로 치장된 도덕을 말하는 것이 아니라, 우리의 삶을 보다 생기 있게, 공평하게, 평화롭게 만들어줄 정의로움과 올바름, 바로 양심을 말한다. 양심이란 개인적 차원의 것이 아니다. 영어로 양심은 '함께 안다'(con-science)라는 말이다. 양심이란 개인의 도덕심이 아니라 집단의 도덕심이며, 양심으로서의 민주주의란 일종의 집단적 도덕이기에 정의에 토대를 둬야 한다는 뜻이다. 민주주의가 선택의 원칙에 머무는 한 약자들의 슬픈 역사는 반복될 뿐이다.

버거는 장 모르(Jean Mohr)와의 협업을 통해 『제7의 인간』(A Seventh Man)을 출간했는데, 독일과 같은 강대국으로 흘러들어간 이주노동자들의 처참한 삶에 대한 진술은 비록 1970년대의 일이지만 지금 읽어도 조금도 낯설지 않다. 1970년대나 신자유주의의 2000년대, 아니면 최근 일어난 시리아 난민들의 대이동은 모두 같은 주제의, 일종의 변주곡일 뿐이다. 가령 국경을 건너 부유한 서유럽으로 가려면 예나 지금이나 이들을 건네주려는 조직에 돈을 지불해야 한다. 비공식적 이주일수록 몸값은 비싸고 안전은 보장되지 않는다.

공식적으로 국경을 넘었다고 큰 차이가 있는 것도 아니다. 신체검사를 받아야 하고 합격하면 도축장이나 석면 공장처럼 제일 힘들고 보수가 적으며 위험한 일자리만 기다리고 있기는 마찬가지다. 농촌이라면 한 번에 열 마리 이상의 가축을 잡아야 하는 일은 마을 전체에 일대 사건이 되겠지만 대도시에서는 한 시간에도 수백 마리씩 도축한다. 버거는 과거와 달리 왜 지금의 이주노동자들의 삶이 뿌리내리기 어려운지를 이렇게 설명한다.

> 이러한 이주가 과거의 것들과 구분되는 점은 이번의 것은 일시적이라는 점이다. 일단 건너온 나라 안에서 영주권이 허락되는 노동자들은 극소수에 지나지 않는다. 그들의 노동 계약은 보통 1년 동안이거나 아니면 기껏 해야 2년이다. 이민노동자들은 노동 인력이 부족한 곳으로 자기의 노동력을 팔러 온다. 그는 어떤 한 가지 종류의 일을 하도록 허락받는다. 그에겐 아무런 권리도 주장도 없으며, 그 일자리를 채우는 것밖에는 현실조차도 존재하지 않는다. 그가 그 자리를 채우고 있는 동안은, 돈도 받고 숙소도 제공된다. 더 이상 그것을 안 할 때에는, 그는 처음에 출발한 곳으로 되돌려 보내진다. 이민을 가는 것은 인간들이 아니라 기계 관리 인부, 청소부, 땅 파는 인부, 시멘트 섞는 인부, 세탁부, 공원 따위이다. 이것이 임시 이주의 의미일 뿐이다. 인간(남편·아버지·시민·애국자)으로 재생되려면 어떤 이민자이든 고향에 돌아가야 한다. 그에게는 아무런 장래가 없어서 그가 떠나왔던 고향으로.

「제7의 인간」(차미례 옮김, 눈빛, 2014)

노동력을 팔려고 고향을 떠나는 순간 가난한 사람들은 기계처럼 사물이 된다. 힘이 떨어지거나 쓸모가 없게 되면 다른 기계로 대체된다.

삶을 이렇게 대해서는 안 되지 않겠는가? 버거가 그의 책 제목인
『영원한 레드』(Permanent Red)처럼 언제나 마르크스주의자였던
것도 이런 이유에서이다. 그가 존재를 뿌리 뽑고 시적 감수성의 빈곤을
초래하는 자본주의에 반대한 것은 자본의 눈으로 보면 삶의
경이로움이 보이지 않기 때문이다. 버거가 인도 작가인 아룬다티
로이에 대해 "비록 끔찍한 사건들과 현장을 묘사할 때조차도 로이는
삶에 경이로운 것이 존재한다는 인식을 잃지 않는다"라고 감탄한 것도
자본의 눈을 감을 때에야 비로소 자연의 눈이 떠지기 때문이다. 그는
이렇게 말했다. "작가는 지금 이 순간 여기에 존재하는 이야기를
들려주려고 합니다. 예술은 인간 삶의 수수께끼를 들려주고, 그 의미를
찾으려는 격렬한 반응입니다. 이것은 이야기를 들려주거나 조토의
프레스코 벽화에 관해 글을 쓰는 것으로도 할 수 있습니다. 아니면
달팽이 한 마리가 어떻게 벽을 타고 올라가는지를 관찰하는 것으로도
할 수 있습니다."

모든 것을 소중히 간직하라

삶과 예술의 뿌리는 같다. 진정한 삶이 사라진 땅에서 진정한 예술이
피어날 수는 없다. 물질적 삶이 전부인 곳에선 오직 경쟁력 있는 상품만
넘쳐나게 될 뿐이다. 버거는 진정으로 인간적인 삶과 예술의 근원은
바로 땅에 뿌리내린 존재의식에 있음을 알고 있었다. 그것은 바로
존재의 고향에 대한 기억이자 향수이다. 자기가 태어나고 자란 땅을
그리워할 줄 아는 것, 존재의 뿌리에 대한 이런 감각을 잃지 않는 것,
이것이 바로 예술의 근원이자 정치의 시작임을 버거는 「이 시대를
산다는 것의 고통」(The Pain of Living in the Present World)이란
글에서 작곡가 안토닌 드보르자크(Antonin Dvořák)를 통해 보여준다.

세계적으로 유명한 드보르자크의 〈신세계 교향곡〉은 그가 미국의 한 음악원 교장으로 있을 때 작곡되었다. 이 곡은 여러 세대 동안 미국이라는 신천지를 찾아온 전 세계의 이민자들에게 자신들이 꿈꾸는 미래에 대한 신념과 약속이 되었다. 1893년 〈신세계 교향곡〉이 카네기홀에서 초연되었을 때 많은 사람들은 이 곡이 존중받는 삶을 구하고자 고향을 떠나 미국으로 이주해온 자신들의 열망을 대변한다고 생각했다. 그러나 뜻밖에도 드보르자크에게 이런 시적 영감을 준 것은 신천지인 미국도, 또 뉴욕도 아니었다. 그것은 바로 자기가 태어나고 자랐던, 멀리 두고 온 고향 마을이었다. 구불구불 흐르는 능선에는 양떼들이 놀고, 저 멀리 하늘에는 뭉게구름이 느릿느릿 흘러가는 곳, 오랜 세월 체코 농부들의 삶과 애환이 담긴 보헤미아 지방의 지평선과 구릉이었다. 드보르자크가 꿈꿨던 '신세계'는 결국 자기 고향 마을이었던 것이다. 드보르자크는 미국 음악의 장래를 묻는 음악평론가들의 질문에 미국의 작곡가들은 인디언과 흑인의 음악에 귀 기울여야 한다고 대답했다. 인디언과 흑인도 체코의 농부들과 마찬가지로 폭력적으로 자신들의 친밀한 고향으로부터 쫓겨난 사람들이다. 버거는 자신을 미술평론가가 아닌 이야기꾼으로 봐달라고 말한 적이 있는데, 그는 평생을 바로 이런 이야기에 헌신했다. 픽션과 논픽션을 넘나들고 다양한 매체와 장르를 섭렵하면서 그가 일관되게 지향한 것은 삶의 이야기를 듣고 그것을 독자에게 들려주는 것이었다. 그의 이야기는 지적 모호함이나 추상적 상념에 빠지는 법 없이 언제나 놀랍도록 시적 은유가 풍부한 감각적인 서정성 속에 구현되었다.

우리 사회는 지금 그 어느 때보다도 심각한 시적 빈곤에 시달리고 있다. 적어도 시란 세상의 무관심과 잔인함에 맞서고, 이 세상의 근원을 찾아내어 우리 존재의 총체성을 은유적으로 보여주는 언어라는 버거의 견해에 따르자면 지금 우리 주변의 빈곤함은 시대의 빈곤과 맥을 같이하는 것이리라. 그렇다면 우리의 시적 빈곤은 어디에서부터 비롯되었을까? 동시에 시적 풍요로움은 어디에 뿌리를 두고 있는 것일까? 살아 있음을 알아차리지 못하는 것, 나처럼 너도 소중한 생명임을 알아차리지 못하는 것, 삶이란 저 혼자 살아내는 것이 아니라 함께 사는 것임을 알아차리지 못하는 것, 이런 무지와 무감각이 바로 빈곤의 원천이자 우리 시대를 산다는 것의 가장 큰 고통이다.

　　물론 시가 상실된 삶을 보상해주는 것은 아니다. 하지만 시는 우리 삶의 여러 모순들이 사실은 신비로운 근원을 서로 공유하고 있으며, 따라서 이런 분리될 수 없는 근원을 찾아내어 삶의 총체적 신비를 재조립하는 것이 시의 노동임을 보여준다. 가령 우리 몸이란 한편으로는 언어적 소통으로부터 분리되어 고문의 대상이 되기도 하지만, 다른 한편으로는 언어로 표현할 수 없는 것까지도 담아내는 경이로움의 대상이기도 하다. 그렇다면 우리 삶을 시적으로 되살려낼 방법은 무엇일까? 위를 바라보던 눈을 감고 아래로 더 아래로 눈을 돌릴 때 비로소 우리의 두 눈은 우리를 감싸고 있는 자연의 작은 생명체들을 볼 수 있을 것이다. 본다는 것은 바로 이런 것들을 껴안는 것을 의미한다. 힘껏 바라보고 단단히 알아차리고 그리하여 꽉 껴안지 않으면 이런 소중한 것들은 금방 사라지기 때문이다. 버거는 개러스 에번스(Gareth Evans)의 시를 인용하여 자신의 구십 평생이란 부서지기 쉬운 작은 삶을 조금이라도 더 껴안으려는 헌신이었음을 이렇게 시적으로 비유하였다.

마치 오후의 벽돌이 장밋빛 여정의 열기를 간직하듯이

마치 장미가 숨 쉬려 녹색 틈으로 싹을 내고
바람처럼 꽃을 피우듯이

마치 가지치기 중인 자작나무들이
트럭에 탄 급한 사람들에게
바람의 은빛 이야기를 속삭이듯이

마치 울타리의 이파리들이 한순간 잃어버렸다고 생각했던
그 빛을 간직하듯이

마치 그녀의 손목 맥박이 아침 공기 속의
굴뚝새의 심장처럼 고동치듯이

마치 대지의 합창단이 창공에서 자신들의 눈을 찾아내어
쏟아지는 어둠 속에서 서로에게로 눈을 뜨게 하듯이

모든 것을 소중히 간직하라.

존 버거
John Berger

존 버거는 1926년 런던의 평범한 가정에서 태어났다. 헝가리 이민자 출신인 그의 아버지는 원래는 신부가 되려 했으나 1차 세계대전이 터지자 보병으로 전쟁에 참가하게 되었고, 그 후로는 신앙심이 사라져 신부가 될 수 없었다. 버거의 어머니는 하층계급 출신으로 아들의 비싼 사립학교 학비를 대느라 언제나 일을 해야 했고, 아들이 작가로 성공하기를 바랐지만 실제로는 버거의 작품을 거의 읽지 않았다. 버거는 열여섯 살에 학교를 자퇴한 뒤 화가가 되기 위해 런던에 있는 첼시 예술학교를 다녔는데 그의 미술 교육은 예상치 못한 2차 세계대전으로 중단되었다. 전쟁으로 징집되었을 당시 아일랜드의 벨파스트에서 접한 하층계급의 삶은 이후 1974년부터 이주해 살기 시작한 알프스 산자락의 농부들의 삶과 함께 평생에 걸쳐 버거의 정치적 입장에 큰 영향을 주었다.

전쟁 후 학업을 마친 버거는 학생들을 가르치고 예술평론을 쓰고 작품도 전시하면서 예술가의 꿈을 키워나갔다. 1952년부터 시작한 영국 BBC의 방송작가 일은 1972년에는 30분짜리 텔레비전 시리즈물 제작으로 이어졌는데, 버거는 이 프로그램에 직접 출연하여 첫 장면부터 보티첼리의 명화 속에 등장하는 여성의 얼굴을 직접 잘라내는 충격적인 퍼포먼스로 관심을 끌었다. 예술과 문화를 바라보는 서구 남성중심적인 정치적 시각에 반대하고 계급, 인종, 젠더 등을 포함한 새로운 관점의 '보는 방법들'을 제시한 총 네 편의 시리즈물은 상당한 인기를 끌었고, 같은 제목으로 출간된 책 역시 큰 반향을 일으켰다. 1960년에는 그동안 연재했던 평론을 모아 첫 에세이집 『영원한 레드』를 출간했는데 예술의 사회적 역할에 대한 고민이 담긴 이 책은 미국에서는 좌파적 색채의 제목 대신 『현실을 향하여: 보는 방법에 관한 에세이』(Toward Reality: Essays in Seeing)로 출간되었다.

버거는 1960년대의 대표적인 좌파 지식인이자 예술평론가로 활동했지만 교조적인 공산주의자는 아니었다. 2001년『텔레그래프』와 가진 인터뷰에서 버거는 "많은 사람들이 그럴 거라고 생각했지만 저는 실제로 공산당 당원이었던 적은 없습니다. 권력과 핵무기 규제에 대한 지구적 투쟁에서는 모스크바 편이었지만, 예술과 사상에 대한 모스크바의 정책과 관련해서는 저는 항상 반대편이었습니다"라고 말했다.

자본주의에 대한 깊은 반감은 미술평론에서뿐 아니라 소설에서도 이어졌다. 1972년에 출간된『지』(G)는 1차 세계대전 이전의 과거 유럽 사회를 배경으로 여성 편력을 펼치던 주인공의 정치적 각성을 그린 작품인데, 버거는 이 작품으로 부커상을 수상하였다. 하지만 그는 이 상의 설립자인 부커 가문이 카리브 지역에서 저지른 착취 무역을 비판하며 상금의 절반을 흑인차별 반대 운동 단체인 블랙 팬서(Black Panther)에 기부하였다.『지』와 함께 소설가로서의 그의 역작은 프랑스 농촌으로 이주한 뒤에 집필된 삼부작 '그들의 노동에 함께 하였느니라'(Into Their Labours)를 꼽을 수 있다.『기름진 흙』(Pig Earth),『옛날 옛적 유럽에선』(Once in Europa),『라일락과 깃발』(Lilac and Flag)로 구성된 이 삼부작은 과거 땅에 뿌리박고 살던 농부들의 삶에 대한 묘사로 시작하여 근대화로 인한 실향(失鄕)의 과정, 그리고 트로이라고 불리는 가명의 거대 도시로 흘러들어가 거기서 빈곤한 이주민으로 끝난 농부들의 인생 여정을 차례로 그린 작품이다. 이처럼 땅에 뿌리박고 살던 농부에서 도시의 빈곤한 노동자가 되거나 아니면 더 빈곤한 해외 이주민으로 전락해가는 삶에 대한 슬픔으로 버거는 '영원한 레드', 즉 마르크스주의자로 남게 되었다.

평론가와 소설가로 명성을 떨치기 시작하던 1974년에 버거는 아내 비벌리 뱅크로프트(Beverly Bancroft)와 함께 제네바를 거쳐 프랑스 알프스 지역의 농촌 마을 퀸시로 이주하였고, 그곳에서 여생을 보냈다. 버거는 자신의 진정한 교육은 퀸시에서 시작되었다고 말하는데, 가난하고 늙은 이웃 농부들은 그의 스승이 되었고, 퀸시의 사계(四季)는 도시에서 배우지 못한 계절의 변화와 삶의 감각을 키워주는 학교가 되었다. 농사를 지으며 버거는 흙에 뿌리박은 이웃들의 노동을 글과 그림으로 담아냈고, 칠레의 피노체트 정권에 항의하는 글을 쓰거나 멕시코의 농민운동인 사파티스타의 지도자 마르코스와 서신을 나누기도 하였는데, 이 모든 글쓰기가 그에겐 다르지 않았다. 그 뒤에는 9·11 사태로 불거진 미국의 침략 전쟁에 분노하는 글을 발표하기도 하였고, 팔레스타인 문제에 대해 이스라엘을 비판하거나 신자유주의로 더욱 가속화된 소비주의 문화를 비판하는 글을 쓰기도 하였다.

미술평론가이자 시인, 극작가, 소설가이기도 한 그의 이력에서 한 가지 더 주목할 만한 작업은 사진작가인 장 모르와의 협업이다. 부커상 상금의 일부로 시작된 유럽 내 이주노동자들의 삶에 대한 연구는 장 모르의 탁월한 사진과 함께 『제7의 인간』으로 출간되었다. 경제가 급속히 팽창하던 서유럽으로 유럽의 낙후된 지역의 많은 사람들이 돈을 벌기 위해 흘러들어오는데, 이주민이란 그때나 지금이나 같은 과정을 거치게 됨을 이 작품은 보여준다. 저임금과 위험한 작업 환경, 부당한 처우와 비인간적인 멸시, 그리고 상시적인 추방 위협에 시달리는 이들은 생애 처음으로 농부에서 노동자가 되어 순진무구하게도 가장 부유한 사회를 떠받치는 가장 밑바닥 노동을 떠맡게 되었다. 제네바 대학에서 경제학을 공부하고 이주민과 난민의 삶에 관심이 많았던 장 모르는 스물여섯 권의 사진집을 출간했는데, 그 가운데 다섯 권을 버거와 함께했고 한 권은 에드워드 사이드와 함께했다. 모르와의 평생에 걸친 우정을 통해 버거의 관심사는 이주민에서 난민으로, 다시 팔레스타인 사람들에게로 확장되었다.

이외에도 버거의 관심사는 다양하여 그는 동물에 대한 시선, 에이즈에 대한 문제의식 등을 다룬 에세이와 소설도 썼으며, 2008년에 쓴 소설 『A가 X에게』(From A to X)로 다시 한 번 부커상 후보가 되었다. 평생을 마르크스주의자로 자처했던 버거는 수잔 손택, 아룬다티 로이, 에드워드 사이드, 마흐무드 다르위시와 마찬가지로 오래 살던 땅에서 쫓겨나 핍박받는 사람들의 편에 서는 것을 언제나 주저하지 않았다. 2016년에 영화배우 틸다 스윈턴과 함께 만든 다큐멘터리 〈퀸시의 사계: 존 버거에 관한 네 편의 초상〉(The Seasons in Quincy: Four Portraits of John Berger)은 버거의 평생에 걸친 이런 헌신을 기리는 작업이었다. 두 번 이혼을 하고 세 번 결혼을 한 버거는 2013년 노년을 함께한 아내 비벌리가 사망하자 추모집인 『아내의 빈 방: 죽음 후에』(Flying Skirts: An Elegy)를 출간하였다. 버거는 2017년 1월 2일 예술과 자연과 이웃에게 바친 90년 동안의 성실한 헌신을 끝으로 영면하였고, 이 슬픈 소식은 팬들에게 깊은 상실감을 주었다.

Arundhati Roy

1961. 11. 24. –

"우리는 때때로 책에서 눈을 들어 우리를 둘러싼 세상을 볼 수 있어야 한다.
우리가 스위치를 켜서 불을 밝히고 냉방을 하고 목욕을 즐길 수 있도록
누군가가 먼 곳에서 어떤 희생을 치르고 있는지를 볼 수 있어야 한다."

보이지 않는 것을 보는 법

아룬다티 로이

삶이 신비로운 것은 눈에 보이는 것만으로는 세상을 알 수 없기 때문이다. 삶이란 보이지 않는 실타래들이 서로 복잡하게 얽힌 거대한 그물망이기에 구석진 곳에서 시작된 미미한 움직임도 줄을 타고 이리저리 퍼져나가 전체 그물망에 큰 변화를 초래할 수 있다. 생의 줄은 약하고 서로를 이어주는 그물망은 망가지기 쉽다는 것을 우리는 시간이 지나간 후에야 비로소 알아차리게 되지만, 지나간 것은 돌이킬 수 없기에 뒤늦은 깨달음은 언제나 비극적이다. 현대인에게 '운명'이란 촌스럽고 구태의연한 말이거나 그저 자조적 탄식으로 내뱉는 단어일 뿐이지만, 먼 옛날 고대인들에게는 보이지 않게 얽힌 삶의 신비를 느끼고 공생의 불가피성을 받아들이는 것을 의미했다.

아직 인류가 어둠 속을 헤매던 시절, 도처에서 벌어지던 잦은 전쟁과 일상적 죽음, 가난한 농민들의 결실을 쉴 새 없이 약탈해가는 권세가들의 횡포, 무서운 흑사병과 그보다 더 무서운, 약자에게 너무나 가혹했던 형벌에 이르기까지 운명은 대부분 인간의 손을 떠나 있었고, 조금도 예측할 수 없었다. 고대 영시에 빈번히 등장하는 '우비 순트'(ubi sunt, 함께했던 이들은 지금 어디에 있는가)라는 오래된 물음은 옛사람들의 삶의 여정이 얼마나 고달프고 험난했는지를 잘 보여준다. 고대 영시에서 셰익스피어에 이르기까지 인간으로서는 도저히 알 수도, 피할 수도 없는 이런 복잡한 삶의 그물망을 신의 섭리로 이해하려던 노력이 바로 운명이다. 고대 영어로 운명을 뜻하는 단어 wyrd는 모든 존재가 동시에 서로 영향을 주고받는 성스러운 힘이란 뜻에서 나왔다. 다시 말해 운명을 받아들이는 것은 보이지 않는 존재를 보려는 노력이자 자신을 낮추고 공생의 불가피성에 순응하겠다는 의지였다. 따라서 신이 나눠준 운명을 자기 혼자서 좌지우지하겠다는 오만이야말로 인간이 저지를 수 있는 가장 큰 불경죄였다.

　　그리스 신화에 등장하는 운명의 여신은 모두 세 명인데, 이들은 각기 실을 잣는 일, 실의 길이를 재는 일, 그리고 실을 자르는 일을 한다. 옛사람들이 운명을 '실'이라는 은유로 상상한 것은 운명의 덧없음과 함께 운명이란 서로 얽히고설킨 그물망 같은 것임을 알았기 때문이다. 헤아릴 수 없는 수많은 끈이 현재와 미래를 이어주고 한 영혼과 다른 영혼을 이어준다는 생각, 인간이 텅 빈 우주 속에 홀로 떠도는 것이 아니라 알 수 없는 신비로 이렇게 서로 얽혀 있다는 생각, 이런 생각에서 도덕심은 나온다. 문제는 우리 시대가 인류 역사상 거의 처음으로 이런 운명에 대한 도덕적 성찰을 멈춘 시대라는 점이다.

　　셰익스피어의 유명한 비극인『햄릿』(Hamlet)은 운명의 그물망과 그 앞에 선 인간의 고결한 망설임을 그린 작품이다. 햄릿은 선왕을 살해하고, 자신의 어머니를 아내로 맞아들인 숙부 클로디우스의 악행이 만연한 곳에서 어떤 길을 택하는 것이 영혼의 고결함을 지키는 것인지를 저 유명한 독백에서 물어본다. "죽느냐, 사느냐, 이것이 문제로다. 가혹한 운명의 돌팔매와 화살을 참고 견디는 것이 더 고결한 정신인가, 아니면 무기를 들고 고난의 바다에 대항하여 끝장을 내는 것이 더 고결한 정신인가?" 운명에 맞서는 것이 더 고결한지, 아니면 운명을 견뎌내는 것이 더 고결한지에 대한 햄릿의 물음은 지금도 답하기 어렵다. 왜냐하면 한 존재는 언제나 다른 존재로, 현재의 원인은 언제나 예측할 수 없는 미래의 결과로 이어지기 때문이다.

　　햄릿이 신속히 복수를 하지 못하고 망설이는 것은 이렇듯 모든 존재가 시간과 공간 속에 인과관계로 공존할 수밖에 없다는 생각, 즉 보이지 않는 '거대한 존재의 사슬'(The Great Chain of Being)에 함께 묶인 운명의 그물망을 인식했기 때문이다. 비록 햄릿의 망설임은 많은 무고한 죽음을 야기하고 오필리아라는 한 순결한 영혼마저도 파멸시키지만, 그럼에도 불구하고 그 망설임이 고결한 것은 다른 존재와 필연적으로 얽힌 생의 그물망을 고통스러울 정도로 깊이 성찰했기 때문이리라. 『햄릿』을 영화로 만들고 싶어 했던 구소련의 영화감독 안드레이 타르코프스키(Andrei Tarkovsky)는 일기집 『시간 속의 시간』(Time Within Time)에서 "영혼의 위대성을 갈망하지 않는 자는 무가치하다. 사람들이 빵에 관해 생각하고, 오로지 빵만을 생각하면서 그러한 생각이 오직 죽음으로 이끌 뿐이라는 사실을 깨닫지 못한다는 것은 참으로 유치하고 가련한 일이다"라고 말했다. 다른 존재의 운명에 대해 깊이 생각하는 것, 이 능력을 잃어버리게 되면 결국 인간은 모든 것을 잃게 될 테니까.

보이지 않는 운명의 그물

그렇다면 보이지 않는 운명의 끈을 어떻게 볼 수 있을까? 앞서 존 버거가 본다는 것이 정치적 행위임을 설명했다면 인도 작가인 아룬다티 로이(Arundhati Roy)는 그물망의 가장 보이지 않는 고리에 주의를 기울인 작가라고 할 수 있다. 별이 쏟아지는 광활한 밤하늘을 올려다보며 모래알처럼 미미한 자신의 존재를 되짚어본 사람이라면 운명의 불가해성과 신비로움에 대해 오로지 알 수 없다는 탄성을 질러본 적이 있을 것이다. '나'라는 한 작은 존재가 얼마나 무수히 많은 다른 존재들과 함께하고 있는지, 그 작은 저마다의 운명이 어떻게 서로 연결되어 있는지, 그리고 여전히 우리 존재의 의미는 얼마나 불확실한지, 또 존재들 간의 연결 고리는 얼마나 부서지기 쉬운지 감탄한 적이 있을 것이다. 어떤 존재건 일단 깊이 들여다보게 되면 우리와 연결된 고리를 쉽게 잘라낼 수 없다. 가령 맑은 강물을 깊이

들여다본 사람이라면 그 물 속에 시멘트를 쏟을 수 없을 것이다. 나무가 자라는 것을 두고두고 지켜본 사람이라면 그 나무를 베어내지 못할 것이다. 또 죽어가는 동물의 눈을 오래 들여다본 사람이라면 결코 덫을 놓을 수 없을 것이다. 보이지 않는 고리를 본 뒤에는 결코 다른 존재의 고통과 슬픔에 대해 눈을 감을 수 없게 된다. 로이는 바로 이처럼 보이지 않는 연약한 존재의 연결 고리들을 놀랍도록 뛰어난 마술적 상상력으로 볼 수 있게 해준 작가이다.

　　1997년 『작은 것들의 신』(The God of Small Things)이라는 첫 소설의 성공으로 일약 세계적인 명사가 되었지만, 로이는 3억 인구가 문맹인 나라에서 이른바 유명 작가가 된다는 것이 미심쩍은 영예임을 알았다. 비폭력 사상가인 마하트마 간디를 배출하고 그 반세기 뒤에 핵실험을 하는 나라에서 작가로 존재한다는 것이 가혹한 시련임을 알았다. 개발이라는 이름으로 시민들에게 선전 포고도 없이 수시로 전쟁을 거는 나라에서 작가가 된다는 것은 본인이 원하든 원치 않든 정치적인 행동이 될 수밖에 없음을 알았다. 소설 속 보이지 않는 작은 존재들이 은행 계좌의 숫자로 교환되는 동안 자신의 작가적 상상력의 원천이었던 아름다운 땅과 강이 수백만 달러를 쏟아붓는 인도 정부의 핵실험으로 죽어가고 있음을 알았다. 로이는 신분제로 인한 대량 학살과 핵실험, 노예 노동과 디지털 혁명, 여아 살해와 나스닥 증권 시장, 지참금 문제로 아내를 태워 죽이는 남편들과 세계미인대회에 나가는 여성들의 소식을 늘 동시에 겪는 인도의 부조리한 현실에 대해 눈을 감지 않았다. 또 그녀는 아프가니스탄과 이라크에 폭탄으로 민주주의를 심어주겠다는 미국의 제국주의적 자세와 쇼 비즈니스처럼 전쟁 광고에 열을 내는 소위 자유 언론들, 또 이 전쟁에 쇠파리처럼 날아든 군산복합체의 다국적 기업들, 그리고 마침내 제국의 시녀로 전락한 유엔에 대해서도 눈을 감지 않았다.

로이에 따르면 작가란 평화롭게 보이는 모습 한가운데서도 상실과 슬픔, 감각의 마비, 불확실성, 두려움, 감정과 꿈의 죽음, 절대적으로 냉혹하고 끝없이 반복되는 이 세계의 불공정함, 그리고 이러한 상실감이 개인에게 주는 보이지 않는 의미들을 봐야 하는 존재이다. 물론 일단 그것을 본 다음에는 말을 하는 것도, 침묵을 지키고 아무 말을 하지 않는 것도 모두 정치적인 입장이 된다. 그녀가 보기에 지금 작가들은 역사상 그 어느 때보다도 자유롭게 말할 권리를 보호받고 있지만 실제로는 작가들이 마땅히 해야 할 말이라도 그 말이 팔리지 않는 경우에는 스스로 눈을 감거나 입을 다물고, 그런 강요를 받기도 한다는 것이다. 하지만 가정과 땅, 일자리와 존엄성 그리고 삶에서 과거와 미래를 잃는 게 어떤 의미인지를 들여다보고 말하는 것, 전문가의 언어가 아니라 보통 사람들의 언어로 보이지 않는 그 연결 고리를 보여주는 것, 로이는 작가로서의 자신의 사명은 여기에 있다고 보았다.

이탈리아의 유명한 마르크스주의 혁명가였던 안토니오 그람시(Antonio Gramsci)는 무솔리니의 파시스트들이 정권을 잡자 1926년 서른다섯 살의 젊은 나이에 체포되어 그 후 죽을 때까지 10년간을 감옥에서 보냈다. 혁명의 좌절과 투옥이라는 절망적인 상황, 가족과의 생이별, 그리고 몸을 끊임없이 괴롭히던 질병과 고통 속에서 결국 그람시는 1937년 끝내 죽음을 맞이하게 되는데, 그런 그람시가 옥중에 있을 때 태어난 어린 아들에게 남긴 편지가 있다. 보지도 못한 아들에게 아버지는 고향 마을인 사르데냐에 대해 다음과 같이 아름다운 동화를 들려준다.

한 아이가 우유병을 곁에 둔 채 잠이 들었는데,

그만 생쥐 한 마리가 우유를 마셔버렸습니다.

잠에서 깨어난 아이는 우유가 없는 것을 보고 울음을 터뜨렸습니다.

엄마도 울기 시작했습니다.

생쥐는 절망하며 머리를 벽에 박았지만 그건 아무 소용이 없었습니다.

그래서 생쥐는 염소에게로 달려가 젖을 좀 달라고 했습니다.

염소는 풀을 먹을 수 있다면 젖을 줄 수 있다고 말했습니다.

생쥐는 풀을 구하러 들에게 달려갔습니다.

그러나 물이 없어서 풀은 모두 말라버리고 없었습니다.

생쥐는 다시 분수대로 갔습니다.

그러나 분수는 전쟁으로 부서져 물이 새나가고 없었습니다.

다시 석공에게 달려갔지만 석공은 돌이 있어야 한다고 했습니다.

생쥐는 산에게로 달려가 산과 이야기를 나눴습니다.

그러나 산은 투기꾼 때문에 나무는 죄다 벌목되고

흙은 무너져 해골처럼 황폐해져 있었습니다.

생쥐는 산에게 약속했습니다.

나중에 아이가 자라 어른이 되면

산에다 벚나무도 심고 떡갈나무도 심고 소나무도 심을 것이라고요.

그러자 산은 돌을 내어주었고,

아이는 얼굴을 적실 만큼 우유를 실컷 먹을 수 있었습니다.

아이는 잘 자랐고, 어른이 된 후에 산에다 나무를 심었습니다.

그러자 모든 것이 달라졌습니다.

신선한 흙이 생기자 산에는 헐벗은 모습이 사라졌고,

나무가 물기를 빨아들이자 비의 양은 규칙적이 되었고,

급류로 들판이 쓸려가는 일도 사라졌습니다.

이 동화는 혁명의 꿈은 사라지고, 가족과 동지는 모두 흩어지고, 몸은 병들어가던 극도의 공포와 절망적인 상황 속에서 쓴 것이라고는 도저히 믿을 수 없을 만큼 아름답게 희망을 얘기하고 있다. 평생을 저항운동에 바쳤던 그람시는 어린 아들에게 모든 존재가 얼마나 신비롭게 연결되어 있는지, 그리고 왜 다른 존재의 고통과 슬픔이 덜어지지 않고서는 나의 운명도 나아질 수 없는지를 뛰어난 시적 상상력을 통해 설명해준다.

그람시의 고향인 사르데냐 섬은 원래는 숲이 울창한 곳이었다. 하지만 19세기 동안 벨기에와 프랑스의 기업들이 돈벌이를 위해 광물자원을 마구 약탈하고, 이탈리아 본토의 공업화에 따른 목재 수요가 늘어나면서 점차 황폐해지게 되었는데, 이런 자연의 황폐는 물론 사르데냐 주민들의 상황이 억압적인 처지로 바뀌는 것과 동시에 일어났다. 자연이 착취당하는 곳에서 인간의 운명인들 무사하겠는가? 그람시는 이성으로는 비관적이어도 의지로는 끊임없이 낙관한다고 했는데, 그의 이런 낙관주의는 땅과 나무와 물과 인간이 모두 같은 운명임을 알아차릴 수 있는 시적인 상상력에서 나왔다고 생각된다. 죽음을 앞둔 그람시가 아들에게 심어주고 싶었던 희망은 결국 자신과 운명을 나누고 있는 다른 존재에 대한 사랑만이 공멸을 막을 수 있다는 것이었으리라. 타르코프스키도 자신의 일기에서 이런 말을 한 적이 있다. "전면적인 파괴에 저항할 수 있는 유일한 것은 사랑과 아름다움이다. 나는 사랑만이 세계를 구원할 수 있다고 믿는다. 사랑 없이는 모든 것이 끝장이다. 그런데 이미 그런 일이 시작되고 있다."

다른 존재를 향한 도덕심은 깊은 집중에서 나온다. 오래 집중해서 들여다보면 그 존재를 이해하게 되고, 이해하게 되면 우리의 태도를 정할 수 있다. 나무를 베는 사람이 있는가 하면 나무를 심는 사람도 있다. 물을 막는 사람이 있는가 하면 물길을 터주는 사람도 있다.
상처를 내는 사람이 있는가 하면 상처를 돌봐주는 사람도 있다.
약자들을 밀어내는 사람이 있는가 하면 그들의 약한 운명을
지켜내려는 사람도 있다. 본 대로 쓰고 쓴 대로 행동한다고 말했던
로이에게는 어느 쪽에 서야 하는지가 너무나도 분명했다.

그물은 찢어지고

놀랍게도 로이가 작가로서 처음 목격한 아픈 현실은 경제개발의
척도이자 근대화의 상징인 댐 건설 현장이었다. 1999년 인도대법원이
나르마다 강에 거대한 사다르 사로바르 댐 공사 재개를 결정하자
로이는 주민들과 연대하여 바로 댐 건설 반대 운동에 나섰다. 가슴까지
차오르는 강물 속에서 며칠이고 저항하는 가난한 농부와 어부를
보면서 그녀는 3200개의 댐 건설이란 결국 나르마다 강에 생존을
의지하던 무수한 약자의 삶이 무너져내리는 것임을 알아차렸다.
국가가 제시하는 개발의 청사진이란 가장 가난한 사람들에게 싸움을
걸어 이들이 보이지 않도록 그물망 밖으로 밀어내는 것임을
알아차렸다. 구자라트 주의 도시 산업 부문의 기득권층을 위해
나르마다 유역에 수백 년간 삶을 의탁했던 가난한 주민들이 결국은
쫓겨나야 하는 것임을 알아차렸다. 쫓겨날 수십만 명의 주민들은
지금까지는 설령 가난하더라도 자신의 고향에서 살 수 있었다. 강에서
물고기를 얻고 숲에서 땔감과 약초를 얻으며 자급자족의 생계를
유지할 수 있었다. 그러나 이제 그들의 운명은 싸구려 농업 노동자가
되거나 아니면 도시의 판자촌으로 굴러가 빈민으로 전락하는 것
이외엔 다른 길이 없었다. 한번 개발의 광풍이 불면 약자들은 계속해서
이곳저곳으로 쫓겨다니게 된다. 댐 건설로 쫓겨나면 우라늄 광산

때문에도 쫓겨난다. 도시 정비로 쫓겨나면 다시 택지 개발로 쫓겨나고, 나중엔 군사기지 이전으로 또 쫓겨난다. 가난한 생은 한번 구르기 시작하면 멈추어 쉴 곳이 없다.

에세이 「전쟁이 평화」(War Is Peace)에서 로이는 결국 기업이 주도하는 세계화 시대에는 빈곤이 범죄고, 더 빈곤해지는 것에 항의하면 바로 테러리스트가 된다고 말한다. 국가의 눈으로 보면 희생해야 할 자들이 마땅히 희생자가 되기를 거부할 때 이들은 테러리스트가 되는 것이다. 결국 삶의 터전을 내놓으라는 주민들의 항의에 경찰은 어린이와 여성들이 포함된 4000명의 시위대에게 발포를 하였고, 이들은 즉시 무장 반란군으로 보도되었다. 물론 그들에겐 무기가 있었다. 부엌칼 몇 개와 벌들이 들어 있는 비밀 봉지가 발견되었다고 한다.

지금 우리는 전쟁과 개발을 구별하기 어려운 시대에 살고 있다. 한쪽은 파괴이고 다른 한쪽은 재건이지만 궁극적으로는 양쪽 다 약자를 뿌리째 뽑아버리는 속성이 있기 때문이다. 존재의 거대한 그물망에서 보기 싫은 무언가를 뽑아버릴 수 있다는 생각은, 앞서 카슨도 지적했듯이 그 제거 대상이 테러리스트이건 해충이건 간에 동일한 전체주의적 발상에서 시작된다. 민주적인 전쟁이 있을 수 없는 것처럼 민주적인 개발지상주의도 실제로는 거의 불가능하다. 인간과 자연을 봐주면서는 개발 이익을 극대화할 수 없기에 총력전과 전면전을 벌이는 방식이 더 효율적이기 때문이다. 경제성장의 기적을 원한다면 어쩌면 최적의 통치체제는 히틀러나 무솔리니 같은 전체주의적 체제일지도 모른다. 민주주의 방식으로 고도의 경제성장을 이룩하겠다는 것은 항구적인 전시체제로 평화를 구축하겠다는 생각만큼이나 모순된 논리이다. 왜냐하면 어느 한쪽의 고도성장은 다른 한쪽의 약탈과 착취 없이는 불가능하기 때문이다.

부패한 정권이 내거는 개발 시나리오는 언제나 비슷하다. 나르마다 강에 최초로 건설된 댐인 바르지 댐은 1990년에 완공되었는데, 원래 예산보다 10배나 더 많은 돈이 들어갔고, 수몰 지역은 예상보다 3배나 넓었으며, 쫓겨난 사람들은 11만 명을 넘어섰지만, 완공 후 10년이 지나도록 관개가 가능한 땅은 개발자들이 주장했던 면적의 겨우 3퍼센트에 불과했다. 전문가들은 눈 하나 깜짝하지 않고 해결책으로 추가로 댐을 더 건설해야 한다고 주장했다.

먼 나라 먼 과거 이야기가 아니다. 우리 사회의 4대강 개발도 정확하게 이런 시나리오를 밟았다. 예산은 언제나 밑 빠진 독에 물 붓기처럼 늘어나고, 개발 전문가들이 제시했던 청사진은 언제나 근거 없는 헛것으로 드러난다. 수십조의 돈을 쏟아붓고도 수질은 더 나빠지고, 해결 방법은 더 많은 돈을 들이는 것밖에 없다는 식이다. 지난 두 정부가 강을 향해 선전 포고도 없는 개발 전쟁을 벌이면서 지금까지 평화롭게 흐르던 한강, 낙동강, 금강, 영산강은 느닷없이 대토목 공사 현장이 되었다. 물론 이 총성 없는 전쟁은 '한반도 대운하 사업'에서 '4대강 살리기 사업'으로 친근하게 개명되었지만 그렇다고 정체가 바뀐 것은 아니었다. 마치 4대강이 지금까지 죽어 있기라도 한 것처럼 4대강을 살리자며 강을 모두 수심 6미터 깊이로 파내고, 물을 가둬둘 총 16개의 콘크리트 보와 96개의 중소 규모의 댐을 잇달아 만드는 것에는 변함이 없었다. 22조에 이르는 돈을 불과 3~4년 만에 그야말로 폭포수처럼 4대강에 쏟아부은 결과 수질은 녹차라테 수준으로 악화되었고, 여의도 면적의 22배가 넘는 농지는 사라졌으며, 바다까지 흘러가는 데 20일이 걸리던 낙동강은 200일이 걸리게 되었다. 물론 쫓겨나는 자가 있으면 이득을 보는 자도 있기 마련이다.

하지만 경제개발을 빙자한 단군 이래 최대의 이 거대한 사기극으로
누가 개발 이익을 챙겼는지, 누가 그물망에서 떨어져나가 보이지 않게
되었는지, 그러한 진실이 전문 용어와 회계 수치 뒤에 가려져 보이지
않게 된 것은 나르마다 댐과 마찬가지였다.

　　로이가 인도 정부의 개발 정책과 함께 분노를 터트렸던 두 번째
일은 미국의 이라크 침공이었다. 2003년 3월 20일 새벽, 미국의 부시
정권은 바그다드 남동부에 대규모 미사일 폭격을 감행하는데, 이
‘이라크 해방 작전’의 동원 병력은 30만 명에다 작전 참가 군인만 12만
5000명이었다. 이 전쟁을 다룬 에세이 「메소포타미아, 바빌론,
티그리스와 유프라테스」(Mesopotamia, Babylon, The Tigris and
Euphrates)에서 로이는 약 20만 명의 이라크인들이 1차 걸프전으로
죽어갔다고 추정한다. 이후 다시 수십만 명이 경제 제재 조치로 죽었고,
또 다시 2차 걸프전으로 집계도 못 할 정도로 사람들이 죽어갔다.
이라크는 불량 국가가 되었고, 그 후 무슬림은 테러리스트를 의미하게
되었다. 조지 부시 정권과 토니 블레어 정권은 이라크의 석유를 다시
이라크인들에게 돌려주고 민주주의를 심어주기 위해서라고
주장했지만, 이라크 전쟁은 다시 아프가니스탄으로 지금은 시리아로
이어지고 있다. 열화우라늄탄, 스마트폭탄, 전자기펄스탄, 소프트폭탄,
토마호크, 파쇄성폭탄에 이어 일명 모든 폭탄의 어머니로 불리는 공중
폭발 대형 폭탄까지, 한 나라가 이토록 엄청난 폭탄을 맞고도 과연
재건이 가능할까? 나무가 죽고, 강도 죽고, 땅도 죽고, 빗물을 마신
아이들마저 죽어가는데 과연 어떻게 생명의 그물망을 재건할 수
있을까? 그람시의 동화에서처럼 아기에게 줄 우유를 얻으려면
이번에는 어디로 뛰어가야 할까?

　　2004년 11월 7일 호주의 시드니 평화재단이 올해의 평화상

수상자로 로이를 선정하자 로이는 자기 같은 싸움쟁이가 평화상을 받는다는 소식에 친구들이 놀라워한다고 전했다.「평화와 새로운 기업해방신학」(Peace and the New Corporate Liberation Theology)이라는 제목의 수락 연설문에서 로이는 미국이 폭격으로 잿더미가 된 이라크를 재건시켜주겠다는 기획이란 바로 이라크 경제의 알짜배기들을 모두 민영화하여 자유롭게 다국적 기업에게 매각하고, 이들이 이윤을 100퍼센트 국외로 빼내갈 수 있도록 만들어주는 '기업해방신학'이라고 주장한다. 이젠 전쟁도 마치 개발처럼 비즈니스가 되었다. 전쟁은 창고에 오래 쌓인 재고 물량을 단숨에 처리하고, 새로 개발된 신형 무기들을 실험하는 강대국들의 독점적인 판촉 시장이 되었다. 상공을 가르는 신형 전투기와 야간 폭격의 섬광은 대대적인 나이키 광고와 함께 텔레비전으로 생중계되고, 이를 쳐다본 세계 전역의 아이들은 새 비디오 게임을 사달라고 조르지 않게 된다.

전쟁 비즈니스는 여기서 끝나지 않는다. 가장 수지맞는 재건 사업이 남아 있다. 이라크에서 돈이 될 만한 것은 다국적 기업에게 모두 팔려나갔다. 만약 매각 이윤이 충분하지 않으면, 700만 달러를 보상받은 벡텔처럼, 만신창이가 된 이라크를 상대로 전쟁 배상금과 이익손실 청구 소송까지 제기할 수 있다. 침략당하고 점령당했던 이라크는 할리버튼, 쉘, 모빌, 네슬레, 펩시, 켄터키 프라이드 치킨 같은 다국적 기업들의 이익손실에 대해서도 2억 달러의 배상금을 지불해야 한다. 물론 민영화와 구조조정을 위해 국제통화기금(IMF)에 손 벌리도록 강요받아 생긴 국가부채 1250억 달러는 별도로 갚아야 한다. 이러고도 이라크는 과연 재건할 수 있을까? 이런 결과는 전쟁이건 개발이건, 파괴건 재건이건 모두가 결국은 돈을 위한 것임을 잘 보여준다. 무한한 탐욕이 필요에 따라 개발의 카르텔을 만들기도 하고 전쟁의 카르텔을 만들기도 한다. 내 이익을 위해 무엇이든 해도 된다고 생각할 때, 다른 존재의 운명이 나와는 무관하다고 생각할 때 거대한 공생의 그물망은 망가진다. 로이는 소설이 성공한 이후에도 왜 작가가 댐 건설과 같은 문제에 관심을 갖는가에 대해 이렇게 답했다. "우리는 때때로 책에서 눈을 들어 우리를 둘러싼 세상을 볼 수 있어야 한다. 우리가 스위치를 켜서 불을 밝히고, 냉방을 하고, 목욕을 즐길 수 있도록 누군가가 먼 곳에서 어떤 희생을 치르고 있는지를 볼 수 있어야 한다"라고.

공멸로 이끄는 병, 불안감

지금 우리 사회를 지탱하는 근간은 불안이다. 지금 사람들은 직장이 있어도 불안하고 없어도 불안하다. 건강해도 불안하고 건강하지 못해도 불안하며, 성공해도 불안하고 성공하지 못해도 불안하다. 집이라도 한 채 있으면 있는 대로, 없으면 없는 대로 하루하루가 불안하다. 왜냐하면 우리 사회가 가족도, 친구도, 이웃도, 스승도 없이 각자도생에만 올인하는 끝없는 경쟁체제로 바뀌었기 때문이다. 돈이 없으면 끝이라는 생각은 우리 시대의 종교적 깨달음이 되었고, 투기와 구별되지 않는 투자는 수행 방법이 되었다. 우리 시대의 불안은 과학 지식이 없던 시절 인류가 자연과 우주에 대해 막연히 느꼈던 신비로운 두려움과는 근본적으로 다르다. 또한 우리 시대의 불안은 자본주의 초기에 등장한 프롤레타리아트의 계급적 두려움과도 다르다.

우리 시대의 불안감은 단결할 노조도 없고 계급적 당파성조차 모호한 무한 계약직, 혹은 임시 비정규직인 프리케리아트(precariat)가 경제 분야의 절대다수가 되면서 시작되었다. '불안한'(precarious)과 '프롤레타리아트'(proletariat)가 합쳐진 프리케리아트라는 말은 신자유주의 시대에 일시적·유동적·간헐적·비공식적 노동 조건이 널리 퍼지면서 그에 따른 정신적·정서적 불안이 전반적인 삶의 조건이 된 사람들을 의미한다. 이들은 이전의 노동계급보다 훨씬 더 전방위적으로 자본의 공격에 노출돼 있지만 사회 안전망은 더욱 파편화되어 이젠 혼자 힘으로 버텨야 한다. 사실 신자유주의가 진정으로 세계화하는 데 성공한 것은 연일 확산일로에 있는 이들 프리케리아트일지도 모른다.

원래 '불안한'(precarious)이라는 말은 '기도에 의해 얻어지는' 이란 뜻의 라틴어에서 나왔다. 이 단어에는 인간의 힘으로 어찌할 수 없는 생의 근원적 위험과 불확실성을 오직 기도로 이겨내려는 종교적 열망이 담겨 있었다. 하지만 지금의 프리케리아트는 원래의 종교적 의미와 멀어진 채 오직 끝없는 경쟁체제 속에서 상대적 빈곤과 박탈감에 시달리며 불안해하는 약자를 뜻한다. 사람은 자신의 미래가 자기 손을 떠났다고 느낄 때 절망감에 빠지게 된다. 하지만 기도에 의지해서라도 고해(苦海)를 건널 수 있다고 믿던 시대는 그나마 행복한 시절이었다. 게오르크 루카치(Georg Lukacs)가 토로했듯이 밤하늘의 별을 보며 길을 찾던 시대는 얼마나 행복했던가! 지금 우리 시대는 강을 건널 배도 없이, 밤하늘의 별자리를 읽을 눈도 없이 무작정 생존의 바다에 뛰어들어야 하기에, 차라리 사람의 운명이 신의 은총에 달려 있다고 믿었던 시대가 어쩌면 덜 불안했을지도 모른다.

인간의 힘으로 알 수 없는 세계가 존재하고, 인간이 마음대로 지배할 수 없는 영역이 있다는 믿음은 적어도 근대 이전까지의 전통사회가 공통적으로 지녔던 감수성이다. 오래된 모든 문화에는 인간의 오만과 탐욕을 제어하는 금기와 터부가 존재했다. 가령 초월성에 도전한 인간 전형으로서의 파우스트의 몰락은 구전(口傳)

전통 속에서 자주 되풀이되는 모티프였다. 16세기의 영국 희곡 작가인 크리스토퍼 말로(Christopher Marlowe)의 「파우스투스 박사」 (Doctor Faustus)를 보면 무한한 지력(智力)을 얻는 대신 자신의 영혼을 저당 잡힌 파우스트가 악마인 메피스토펠레스를 향해 "어찌하여 당신은 지옥 밖으로 나왔습니까?"라고 묻는 장면이 나온다. 그러자 악마는 "아니, 여기가 바로 지옥이다. 나는 지옥에서 나온 것이 아니다"라며, "지옥에는 한계가 없다. 어느 한 장소로 경계선을 그을 수 없다. 천국이 아닌 곳은 모두 지옥이 될 것이다"라고 답한다. 말하자면 인간이 자신의 한계를 모르고 욕심을 부리면 어느 곳이든 지옥이 된다는 뜻이다. 파우스트처럼 유한한 인간으로서의 운명을 거부하고 무한한 권력과 부를 탐한다면 어디든 바로 지옥이 시작된다. "지옥에는 한계가 없다"라는 악마의 설명은 일차적으로는 지리적 장소로서의 지옥이란 경계가 따로 없다는 뜻이지만 따지고 보면 자신의 한계를 모르는 탐욕스러운 인간의 내면을 암시하기도 한다. 이 논리로 보자면 인간이 할 수 있는 일과 할 수 없는 일을 구별하지 못한 채 무한 경쟁, 무한 개발, 무한 소비, 무한 축적을 추구하는 바로 우리 시대가 한계가 없는 장소, 말 그대로 지옥이 되는 셈이다.

아일랜드의 시인인 브렌던 케널리(Brendan Kennelly)도 생존 경쟁에 빠져 다른 생명에 대한 경이로움이 사라지는 순간 인간은 무슨 짓이든 다 할 수가 있고, 따라서 세상은 지옥이 될 것이라고 하였다.

지옥이란 경이로움이 모두 발가벗겨져 익숙해지는 것.
세상에 대한 경이로움이 내 눈에서 사라진 적이 있었던가?
내가 우정을 당연히 여긴 것이 언제였던가?
내가 살해에 대해 익숙하게 생각한 것이 언제였던가?

내 육체가 더 이상 감탄스럽지 않은 것이 언제였던가?

내 정신이 늙어 덤덤해진 것이 언제였던가?

나는 안다, 그런 순간이면 언제나

내가 무슨 짓이든 다 할 수 있음을.

나는 세상도 바꿀 수 있으리, 더 이상 푸른 하늘을 꿈꾸지 않기에.

나는 신도 배신할 수 있으리, 길거리에 퍼지는 소녀의 노랫가락과

수수밭에 내리는 햇살의 은총도 듣지 못하기에.

사람이 무슨 짓이든 다 할 수 있는 곳이 바로 지옥이라면 로이는
경제지상주의 체제인 신자유주의 시대야말로 그렇다고 비판한다. 물론
경제지상주의의 동력은 불안감이다. 공동의 그물망이 끊어져 저마다
혼자서 운명에 맞서야 할 때 불안은 시작된다. 물론 정부와 기업은 적하
효과(trickle down)를 들먹이며 불안감에 약간의 희망이라는 군불을
때주는 것을 잊지 않는다. 즉 세금을 줄여주고 규제를 풀어주면
부자들이 더욱 활발하게 경제 활동을 하게 되고, 그 효과는 낙숫물처럼
아래로 떨어져 가난한 사람들도 덕을 보게 된다는 식이다. 현재의
임금을 불평하면 언제나 더 많은 미래의 파이를 약속한다. 하지만
미래의 파이는 결코 낙숫물이 되어 이들에게로 떨어지지 않는다.
왜냐하면 신자유주의 경제는 극도의 탐욕과 경쟁을 무한정 용인하기에
필연적으로 빈부 격차는 커지게 되고, 성장의 혜택이 떨어지기 전에
풍요의 거품이 먼저 터지기 때문이다. 지금은 희망이 고문이 되는
시대이다. 돈이란 신자유주의 경제학자들이 말하듯이 위에서 아래로
떨어지는 것이 아니라 오히려 물을 빨아올리는 사이펀(siphon)처럼
아래에서 위로 빨려 들어가는 것일지도 모른다. 그렇지 않고서야 세계
경제가 역사상 유례없이 풍요로워졌음에도 불구하고 세계 곳곳에서

점점 더 빈부 격차가 벌어지는 것을 어떻게 설명할 수 있을까? 만약 사이펀이 빨아올린 양만큼 다시 낙숫물이 되어 떨어지는 것이라면 그런 순환 구조 속에서 어떻게 갑자기 금융위기와 같은 버블이 나올 수 있겠는가?

작은 것이 아름답다

공생의 그물망은 과잉과 독점이 아니라, 민중의 오랜 지혜인 절제와 호혜라는 씨실과 날실로 엮어진다. 작가로서의 로이의 최대 역작은 역시 『작은 것들의 신』이라 할 수 있는데, 이 소설은 영국의 식민지 지배 시절부터 신자유주의 시대의 경제개발에 이르기까지 3대에 걸쳐 몰락하는 가족사를 통해 이런 공생의 그물망이 어떻게 망가지는지를 그린 수작이다. 인도는 왜 영국의 식민지가 되었을까? 인도 독립의 아버지인 마하트마 간디는 이 질문에 대해 영국인들이 가진 힘 때문이 아니었다고 말한다. 동인도 회사가 처음 설립될 때 인도인들도 돈을 벌러 온 영국인들과 마찬가지로 단숨에 돈을 벌고 싶어 영국 상인들을 맞아들였다는 것이다. 간디에 따르면, 영국 군대는 이 상업 활동을 보호하기 위해 뒤따라왔을 뿐 인도를 영국에 넘겨준 것은 물질적 성공이나 산업 발전 같은 영국적인 것을 바라는 욕망이었다. 영국처럼 산업 강대국이 되길 바라면서 동시에 영국이 물러나길 바란다면 인도 독립이란 그저 지배자의 깃발만 바뀌는 것일 뿐 약자의 입장에서는 달라지는 것이 없다. 우리가 호랑이는 원치 않으면서도 호랑이의 본성을 갈망하는 한, 결국 힘없는 작은 것들이 끊임없이 약탈과 탐욕의 먹잇감이 될 수밖에 없다. 영국의 식민지였던 아일랜드의 시인 예이츠는 독립운동을 하며 이렇게 말한 적이 있다. "만약 아일랜드가 영국과 같은 대공업국이 되고자 한다면 결국 아일랜드는 망할 것이다.

인도 케랄라 주를 흐르는 강.

"강에 기대어 생계를 이어갔던 어부들은 잘 알고 있었다.
아무리 익숙하고 잘 안다고 생각해도 대자연의 힘은
인간의 운명보다 더 원대하다는 것을. 그러나 23년이 지난
지금 그 미네컬 강은 산업문명이 쓰다 버린 농약과 오물을
바다로 운반하는 거대한 쓰레기장으로 변하고 말았다."

진정한 독립과 행복은 공장의 굴뚝 연기가 아니라 늦가을 가을걷이 하는 곳에서 나온다."

간디와 예이츠의 혜안이 믿기지 않는다면 『작은 것들의 신』에 등장하는 실제 역사를 한번 보면 된다. 소설의 배경이 되는 케랄라 주는 영국 제국주의에 저항하고자 인도 전역에서 공산주의 운동이 가장 활발했던 곳이다. 하지만 독립 이후 케랄라에서 민주적 선거로 정권을 잡은 공산당 정부가 처음 한 일은 놀랍게도 대규모 레이온 공장을 세워 오래된 대나무 숲을 파괴하고, 강을 오염시키고, 공장 노동자들의 암 발생률을 높이고, 수십만 명의 생활 터전을 망가뜨린 것이었다. 실제로 인도 기층민을 착취한 것은 영국만이 아니라 카스트와 같은 전통적인 신분제, 가부장제, 권력화한 공산주의 운동, 힌두교, IMF와 세계은행 등과 같은 여러 종류의 호랑이들이었으며, 이들의 끊임없는 공격으로 벨루사와 같은 불가촉천민들, 아무와 같은 이혼한 여성들, 아무의 쌍둥이 자녀이자 아비 없는 자식인 에스사와 라헬과 같은 작은 것들을 붙잡아주던 그물망은 망가지게 되었다. 아이러니하게도 독립된 인도에서 강물은 더욱 오염되었고, 약자들은 더욱더 내몰렸고, 신성한 것은 모두 상품화되어갔다.

소설의 중심 장소가 되는 미네컬 강은 도도하게 흐르며 이 모든 변화를 지켜본 증인이다. 과거의 미네컬 강은 아빠 없이 자라던 쌍둥이가 벨루사에게 낚시질을 배운 곳이자 아이들에게는 고요와 기다림을 가르쳐주고 아무와 벨루사에게는 카스트 신분을 뛰어넘는 사랑의 용기를 불어넣어준 곳이다. 미네컬 강은 약자를 감싸 안는 모성적인 존재이기도 하고 동시에 누구든 갑자기 목숨을 앗아가는 숭고함과 위엄을 갖춘 부성적인 존재이기도 하다. 강에 기대어 생계를 이어갔던 어부들은 잘 알고 있었다. 아무리 익숙하고 잘 안다고 생각해도 대자연의 힘은 인간의 운명보다 더 원대하다는 것을. 그래서 어부들은 미네컬 강이 언제 무엇을 낚아채버릴지 모르기에 강에 나갈 때마다 기도를 하며 대자연에 대한 오래된 경외감을 전승하였다. 그러나 23년이 지난 지금 그 미네컬 강은 산업문명이 쓰다 버린 농약과 오물을 바다로 운반하는 거대한 쓰레기장으로 변하고 말았다.

　　소설의 주인공인 벨루사는 불가촉천민이라는 가장 비천한 신분으로 가장 큰 고통을 당하는 약자 중의 약자지만 영국이나 부자나 권력자에 대한 선망도 자의식도 질시도 분열도 없는 가장 건강하고 주체적이며 자립적인 존재이자, 아무와의 사랑, 쌍둥이와의 우정, 그리고 자연의 모든 피조물에 대한 돌봄으로 공생의 그물망을 지켜준 '작은 것들의 신'이었다. 이 작품의 마지막을 장식하는 아무와 벨루사의 짧은 사랑은 인간이 만든 모든 사회적 차별과 경계가 대자연 속에서는 얼마나 시시한 것이며, 인간이 무한히 욕망하는 모든 권력과 부와 명예도 살아 있는 작은 생명들의 아름다움 앞에서는 얼마나 하찮은 것인지를 보여준다. 부드러운 강물 속에서 결합한 두 남녀, 그것을 지켜보는 미네컬 강, 내려앉는 어스름과 달빛, 촉촉한 밤공기, 마음속에서 큰 것들이 모두 물러나자 비로소 눈부시게 아름다운 작은 것들이 보이기 시작한다. 두 사람의 엉덩이에 난 개미 물린 자국, 잎에서 미끄러져버리는 재바르지 못한 애벌레, 뒤집힌 자기 몸을 바로 세우지 못하는 풍뎅이, 헤엄치는 벨루사만 따라다니며 깨무는 작은 물고기 한 쌍, 양손을 맞들고 경건히 기도하는 사마귀, 사랑하는 남녀는 자기들보다 더 작은 존재들과 이렇게 하나가 되어 서로를 바라보며 웃는다.

　　사랑은 어느 길로 오는가? 큰 것만 쳐다보던 눈을 들어 더없이 작은 것들에게로 눈길을 돌릴 때, 그 작은 존재들이 내 운명과 이어져 있음을 보게 될 때, 그리하여 우리도 역시 거대한 그물망의 일부임을 알게 될 때 이 존재들을 이어주는 작은 고리를 타고 내려온다. 큰 것들에 떠밀려 어디로 가야 할지 길을 잃어버린 시대에 로이는 뛰어난 상상력으로 들려준다. 우리가 삶에서 놓친 것은 돈과 권력이 아니라 실은 바람에 흔들리는 나뭇잎, 천천히 기어가는 애벌레, 빗방울이 떨어지는 강물, 푸르른 창공을 날아가는 새, 별빛과 달빛, 이런 작은 것들임을.

아룬다티 로이
Arundhati Roy

아룬다티 로이는 1997년 서른여섯 살에 쓴 단 한 편의 소설 『작은 것들의 신』으로 그해 최고의 영연방 작가에게 주는 맨부커상(Man Booker Prize)을 수상하면서 일약 세계적인 작가로 떠올랐다. 로이는 방글라데시와 국경을 접하고 있는 인도 북동쪽 고산 지대인 메갈라야 주의 실롱에서 태어났다. 그녀에게 많은 영향을 끼친 어머니 메리 로이는 케랄라 주 출신의 시리아 기독교도로 여성 인권과 교육에 관심이 많았고, 아버지 라지브 로이는 캘커타 출신의 벵갈 힌두교도로 차 농장의 매니저였다. 두 살 때 부모가 이혼하자 로이는 어머니와 함께 인도 남서쪽의 케랄라 주로 돌아가 외가에서 어린 시절을 보냈다. 케랄라 주는 인도에서 가장 개방적인 문화와 높은 교육열을 지닌 지역으로 사회주의와 공산주의 이념이 아직도 강하게 남아 있는 곳이다. 그런 곳임에도 불구하고 로이는 이혼녀의 자식이라는 이유로 힘든 어린 시절을 보냈다. 로이는 델리에 있는 건축학교 SPA(School of Planning and Architecture)에 진학하면서 가족으로부터 완전히 독립하였고, 거기서 첫 남편이자 지금은 유명한 건축가인 제라드 다 쿤하(Gerard da Cunha)를 만나 어린 나이에 결혼하였다. 하지만 건축 일도 적성에 맞지 않고 남편과도 헤어지게 되자 로이는 다시 델리로 돌아와 에어로빅 강사를 하며 자립으로 생계를 꾸려 나가게 된다.

최하층계급과 함께 슬럼가에 살며 자전거를 타고 다니던 로이를 본 독립영화 감독인 프라디프 크리센(Pradip Krishen)의 제안으로 그의 영화에 출연하고 영화 대본도 집필하면서 로이는 작가의 길로 들어섰다. 두 번째 남편이 된 크리센과 함께 영화와 텔레비전 시리즈물을 작업하는 한편, 1992년부터 5년 동안 첫 소설인 『작은 것들의 신』을 집필하였다. 케랄라 주의 아예메넴을 배경으로 이프(Ipe) 가문의 3대에 걸친 이야기를 담은 이 반(半)자전적인 소설은 뛰어난 문체와 놀라운 상징과 다층적인 서술 기법으로 출간 즉시 맨부커상을 수상하며 큰 반향을 불러일으켰다. 소설이지만 한 편의 시처럼 아름다운 문장과 감각적인 묘사와 절묘한 아이러니는 얽히고설킨 인도 현대사의 질곡을 마치 신비로운 공예품처럼 빚어내었다. 첫 소설이 단번에 400만 부나 팔리면서 로이의 표현을 빌리자면 마치 세상의 모든 돈이 돌아가는 파이프에 구멍이라도 뚫린 것처럼 돈이 쏟아지기 시작했고, 그녀는 사교계 최고의 만찬에 초대하고 싶은 국가적인 마스코트가 되었다. 그러나 이런 상업적 성공과 문학적 명성에도 불구하고 로이는 자신을 작가로 만들어준 인도의 현실에 눈을 감지 않았고, 상업주의가 자신을 소설 공장처럼 취급하도록 내버려두지 않았다.

오히려 로이는 맨부커상 수상 이후 자신의 뛰어난 재능을 다음 소설이 아니라 인도 정부의 개발 정책, 미국의 이라크 침략, 신자유주의, 불평등과 같은 매우 정치적이고도 급박한 문제들을 통렬하게 비판하는 데 바침으로써 노엄 촘스키, 하워드 진과 함께 세계적으로 가장 주목받는 지성인이자 반세계화 활동가가 되었다. 나르마다 강에 3200개의 댐을 건설하고 핵실험을 하는 인도 정부와 이라크 침공을 강행하여 50만 명의 무고한 민간인 사상자를 낸 미국 정부를 맹렬히 비난하는 일련의 정치 에세이들을 통해 로이는 강자와 약자 간의 거리, 다시 말해 의사 결정자와 그런 부도덕한 결정으로 고통받아야 하는 약자들 간의 거리가 더욱 벌어진 슬픈 현실에 주목하였다. 그녀의 작가적 관심은 늘 쫓겨나 이리저리 굴러다녀야 하는 가난한 사람들, 파괴와 약탈의 현장이 되어버린 아름다운 자연을 향해 있었고, 부패한 관료와 이들과 결탁한 국제기관과 다국적 기업들 간의 거대한 탐욕의 카르텔이 어떻게 약자의 권리와 존엄성을 짓밟는지를 놀랍도록 명징하게 폭로하였다.

물론 작은 것들에 대한 그녀의 예민한 감수성은 케랄라 주의 아름다운 자연에 대한 깊은 애정에서 비롯되었다. 로이는 건축 일을 그만둔 후 "대학에서 학생들에게 맑은 강물을 들여다보며 거기에 시멘트를 쏟아부으라고 가르치는 것이 문명이냐"라고 반문한 적이 있는데 이런 놀라운 감수성은 무엇보다 산과 강으로부터 사랑받는 작가가 되고 싶다는 결심으로 이어졌다. 로이는 세계 최대의 억만장자를 낳은 인도의 눈부신 성장이 댐 건설로 쫓겨난 20만 명의 빈민과 자살로 생을 마감한 25만 명의 농민들 위에 세워진 것임을 알아차렸다. 또한 힌두교도에 의해 학살된 무슬림들과 삶의 터전을 지키고자 무장 게릴라가 된 토착 원주민들의 희생 위에 세워진 것임도 알아차렸다. 더 큰 개발 계획과 더 많은 경제성장이 전 세계적으로 더 많은 약자와 더 가혹한 자연의 희생을 초래하는 것임을 알아차렸다.

이리하여 로이는 첫 소설 이후 지난 20년간 많은 분량의 논픽션을 발표하며 인도와 세계 전역에서 반세계화 활동을 벌였는데, 이런 헌신에 대한 공로로 2004년 시드니 평화상을 비롯한 여러 개의 상을 수상하였다. 논픽션 가운데 『보통 사람들을 위한 제국 가이드』(The Ordinary Person's Guide to Empire), 『아룬다티 로이, 우리가 모르는 인도 그리고 세계』(Listening to Grasshoppers), 『9월이여, 오라』, 『생존의 비용』(The Cost of Living)이 우리말로 번역되어 있다.

이리하여 로이는 인도의 자랑거리에서 인도의 골칫거리가 되었지만 반세계화 활동가로 찬사를 받는 것도 불편하게 생각하였다. 매우 정치적인 작가이자 세계화를 반대하는 활동가이지만 로이는 '반세계화 활동가'라는 말이 마치 '소파 겸용 침대'처럼 들리는 엉터리 딱지라고 보았다. 왜냐하면 로이는 그저 자기가 본 대로 쓸 뿐이고, 쓴 대로 행동할 뿐이기 때문이다. 작가라면 아무리 눈이 아파도 절대로 눈을 돌리지 말고 바라봐야 하고, 일단 본 것은 잊지 말아야 한다고 생각하였다. 이런 로이이기에 정부의 개발 정책에 맞서 서벵골 지역에서 무장 투쟁을 벌이던 마오주의자들의 초대를 거절할 수 없었다. 로이는 인도 정부가 테러리스트로 지목한 이 무장 게릴라들의 초대를 기꺼이 받아들이고 함께 몇 주를 지내는데, 이때의 경험을 『부서진 공화국』(Broken Republic)에 기록하였다. 여기에 실린 「동지들과 함께 걸으며」

(Walking with the Comrades)와 같은 아름다운 에세이는 이 마오주의자들이 실제로는 인도의 가장 약자인 토착민들이며, 무장 저항을 하는 이유도 개발에 맞서 자신의 터전을 지키기 위한 것임을 들려준다. 인도 최대의 천연자원 매장 지역인 '붉은 회랑'(Red Corridor)의 강과 숲이 보크사이트와 철광석 개발 딱지로 바뀌어 전 세계로 팔려나가게 되자 강은 붉게 오염되고, 숲은 벌목지가 되고, 농지는 마구 파헤쳐지게 되는데, 로이는 사진만큼이나 강렬한 언어로 강과 숲이 내지르는 절규를 들려준다.

지난 20여 년간의 삶을 반세계화 운동에 바친 로이에게 생전에 친구였던 존 버거는 얼른 델리로 돌아가 두 번째 소설을 쓰라고 권유했지만 독자들이 그토록 기다리던 두 번째 소설 『최상의 행복』(The Ministry of Utmost Happiness)은 2017년에야 나왔다. 작가가 된 이후 지금까지 이 세상의 가장 약한 존재들과 함께 걸어가기를 조금도 주저하지 않은 로이는 영화감독이자 열렬한 환경운동가인 두 번째 남편과 더불어 인습에 얽매이지 않는 독립적인 방식의 결혼 생활을 유지하고 있으며, 둘 사이에 자녀는 없다.

"삶이란 너무도 소중한 것이기에 나는 삶이 아닌 것은 살고 싶지 않았고,
적어도 불가피한 경우가 아니라면 체념을 익힐 생각도 없었다."

나는 꿈꾼다, 고로 저항한다

헨리 데이비드 소로

일생을 평화롭게 살려면 과연 얼마만큼의 경제성장이 필요할까? 언젠가 독일 그린피스의 의장을 지낸 볼프강 작스(Wolfgang Sachs)에게서 다음과 같은 우화를 들은 적이 있다. 어느 날 한 관광객이 목가적인 풍경을 찍으러 해변에 나갔다가 어부가 고깃배에서 꾸벅꾸벅 졸고 있는 모습을 보았다. 그는 어부에게 날씨는 좋고, 바다에 고기도 많은데 왜 이렇게 누워서 빈둥거리느냐고 물었다. 어부가 필요한 만큼 고기를 다 잡았기 때문이라고 대답하자 관광객은 만약 어부가 하루에 서너 차례 더 바다에 출항한다면 서너 배는 더 많은 고기를 잡을 수 있고, 그러면 1년쯤 뒤에는 배를 한 척 살 수 있을 것이라고 말했다. 한 3년이 지나면 작은 선박 한두 척을 더 사게 될 테고, 그러면 결국에는 어선 여러 척을 지휘하며 물고기 떼를 추적할 헬기를 장만하게 되거나, 아니면 잡은 고기를 대도시까지 싣고 갈 트럭을 여러 대 살 수 있을 것이라고 말했다. "그러고 나면요?" 어부가 묻자 관광객은 의기양양해져서 말했다. "그러고 나면, 당신은 멋진 해변에 편안히 앉아 아름다운 바다를 조용히 바라보게 될 겁니다!" 그러자 어부가 말했다. "그게 바로 당신이 여기 오기 전까지 내가 하고 있었던 거잖소!"

이 우화는 풍요와 발전에 관한 우리의 모순적인 생각을 잘 보여준다. 만약 사람들이 시공간적 풍요와 평화를 얻고자 끊임없이 재화를 더 많이 획득하는 것이라면, 결국 부자들은 가난한 농부와 어부가 자연 속에서 누렸던 그 소박한 상태를 얻으려고 평생 고생하는 셈이 된다. 지금 부자들이 추구하는 유기농 밥상과 전원주택, 운동으로 다져진 건강한 육체와 여유로운 슬로 라이프란 바로 한때 자연과 더불어 살았던 가난한 사람들이 실제로 누렸던 삶이기 때문이다. 너도나도 부자가 되려는 이유가 바로 가난한 사람들이 자연 속에서 누렸던 그런 풍요와 행복을 얻기 위해서라면 지금 우리는 돌아도 너무 돌아서 그 길을 가고 있는 셈이다. 게다가 부자 관광객의 맹신과 달리 더 많은 경제성장으로 자연 속에서 누리는 그런 자유가 가능할지도 확실하지 않다. 어쩌면 반대로 가난한 어부처럼 더 소박한 경제여야만 자연 속에서 평화로운 오후를 느긋하게 즐길 수 있는 것인지도 모른다. 왜냐하면 "(남들보다) 더 잘살고 싶다"라는 욕망이야말로 자연을 파괴하고 약자를 착취하는 지금과 같은 경쟁과 성장 체제의 동력이기 때문이다.

오늘날 우리 국토의 크기와 자원의 규모를 고려할 때 세계 10위권 내외의 경제력이면 이미 충분할 터인데도 사람들은 끊임없이 성장을 요구한다. 마치 목마름의 천형에 시달리는, 그리스 신화의 탄탈로스처럼 대박을 향한 갈증으로 사람들은 더 잘살게 해달라고 아우성이다. 경제 전문가들도 시장에 모든 권력을 넘겨주기만 하면 누구나 부자가 될 수 있는 것처럼 야단이다. 하지만 과연 그런가? 삶의 터전인 지구가 유한한데도 경제는 무한히 성장할 수 있는가? 부자가 된다는 것이 아름다운 해변을 그저 혼자서 독차지하는 데 지나지 않을 뿐, 오후에 누리는 그 풍요와 여유는 가난한 어부의 것과 마찬가지라면 저마다 혼자서만 그런 아름다운 땅을 소유하고자 그토록 몸부림쳐야 하는가? 당장 전례 없는 환경 오염과 기후변화로 그야말로 침몰 직전인 타이타닉 호에서 서로 일등석을 차지하려고 아우성치는 게 무슨 의미가 있는가?

이제 긴 이야기를 마치면서 나는 이 책의 마지막 장을 19세기 미국의 철학자이자 사상가인 헨리 데이비드 소로(Henry David Thoreau)에게 헌정하는 것으로 결말을 맺고자 한다. 물론 소로는 앞서 소개한 일곱 명의 위대한 생태작가들이 한결같이 존경하고 흠모했던

작가였다. 하지만 그보다 더 중요한 이유는 소로는 우리가 행복하게
사는 데 필요한 자유와 평화란 실은 작고 소박한 자립경제 위에서도
충분히 가능하다는 것을 너무나도 명징하게 몸소 입증해보였기
때문이다. 소로의 경제실험은 2년 2개월에 걸쳐 이어졌는데, 소로는
마치 과학자처럼 가설을 세우고, 실제 실험으로 자신의 가설을
입증하고, 그 결과를 빠짐없이 기록하였다. 그 가설이란 다름 아닌
1년에 단 6주간의 육체노동만으로도 얼마든지 가난한 어부가 즐겼던
자유롭고도 평화로운 삶을 누릴 수 있다는 것이다. 물론 이와 같은
결과를 위해 가장 필요한 것은 자연이다. 부자들의 사유지로 전락하지
않은 자연이 도처에 있어준다면 예전의 우리 마을이 그랬던 것처럼
작은 경제력으로도 얼마든지 자연 속에서 행복하게 살 수 있을 것이다.
소로의 경험을 통해 우리가 전혀 불가능한 것을 꿈꾸는 것이 아니며, 또
그런 변화를 위해서는 무엇보다 모든 개인의 생각이 혁명적으로
바뀌어야 한다는 것을 기억하기 위해 마지막 장을 소로에게
헌정하고자 한다.

노예란 미래를 사는 삶

대학을 마치고 고향으로 돌아온 소로는 놀라운 일을 목격하였다.
그것은 고향 마을 사람들이 하루 종일 열심히 일을 하는데도 평생
허덕거리며 경제적 고통을 면치 못하는 것이었다. 작은
오두막집이라도 사려면 부양가족이 없는 노동자라도 10년 정도 돈을
모아야 했다. 다시 말해 자기 인생의 상당 시간을 고스란히 바쳐야만
겨우 거처를 마련할 수 있었다. 물려받은 땅이 있다고 사정이 나아지는
것도 아니었다. 왜냐하면 큰 농장을 경작하려면 여러 마리의 가축을
사육해야 하고, 그러면 가축을 위한 축사와 사료 창고를 지어야 하고,

이것은 다시 늘어나는 은행 대출로 이어졌다. 그러다가 흉년이라도 들면 물론 빚은 순식간에 불어났다.

소로가 살펴본 콩코드의 농부 가운데 아무 부채 없이 자신의 농장을 소유한 사람은 불과 열 명 남짓이었는데, 실제로 콩코드의 농부는 노동자보다 잘사는 처지였음에도 불구하고 대부분은 20년에서 40년씩이나 농장 때문에 진 빚을 갚기 위해 힘겹게 일해야 했다. 이렇듯 농장을 소유한 농부는 그것 때문에 더 부유해지는 것이 아니라 가난해질 뿐이어서 오히려 집이 사람을 소유한 꼴이 되어버렸다. 마을 사람들은 소로에게 나중에 큰 병이라도 걸리게 되면 돈이 많이 필요하기 때문에 고생스럽게 일한다고 말하지만 실제로 돈을 버느라고 정말로 큰 병에 걸리게 되었다. 소로의 말대로 우리는 나중에 아홉 바늘의 수고를 막기 위해 오늘 한 바늘이 아니라 천 바늘을 꿰매고 있는 셈이다. 소로는 이런 마을 사람들을 바라보며 우리가 정말 문명사회에 살고 있다면 어떻게 미개사회에서보다 더 큰 희생을 치르고서야 겨우 살 집을 구할 수 있는 것이냐고 반문한다.

> 미개사회에서는 모든 가정이 저마다 최고의 주거지를 갖고 있었으며, 그 집들은 단순하고 소박한 필요를 만족시키기에 충분했다. 하늘의 새에게도 둥지가 있고, 여우에게도 굴이 있으며, 미개인에게도 저마다 자기 오두막이 있었는데도 불구하고, 오늘날의 문명사회에서는 자기 집을 가진 가정이 절반도 되지 않는다고 말해도 과언이 아니다. 문명화가 엄청 진전된 대도시의 경우에는 특히나 자기 집을 지닌 사람들의 숫자가 전체의 극히 일부분에 지나지 않는다. 나머지 사람들은 여름이든 겨울이든 없어선 안 될 필수품이 되어버린 이 겉옷 때문에 매년 세를 내게 되는데, 인디언 마을을 통째로 살 수도 있는 이

『월든』(Walden)

| 　돈으로 인해 살아 있는 동안 계속 가난에 시달리게 된다.

　농사의 규모가 커질수록 은행 빚에 더욱 허덕이게 되고, 집이라도 한 칸 장만하면 도리어 그 집 때문에 더욱 가난하게 되는 현상을 어떻게 설명할 것인가? 소위 미개사회에서도 저마다 누렸던 소유의 즐거움을 문명사회에서는 절반의 가정도 누리기 어려울 뿐 아니라 그나마도 집을 소유하려면 미개사회에서보다 더 장시간 노동을 해야 한다는 것은 이상하지 않은가? 자연 속의 그 어떤 생명체도 단지 살 거처를 마련하느라고 평생을 낭비하지는 않는다. 하지만 인간은 빚을 내어 집과 땅을 사고, 그 뒤엔 여생을 융자금을 갚느라 고된 노동에 시달리게 된다. 소로가 살던 시대만 해도 10여 년이 걸렸지만 지금은 그야말로 평생 벌어서도 집을 갖기 어렵게 되어버렸다. 만약 새들이 둥지를 짓는 데 전 생애를 쏟아야 한다면 언제 자유롭게 허공을 날아다니고 짝짓기도 하고 노래를 부를 수 있겠는가? 이러고서도 문명사회라 할 수 있는가? D. H. 로렌스는 우리도 새처럼 공짜로 집을 가질 수 있어야 한다고 하였다.

　돈을 없애라, 사라지게 하라.
　돈이란 변태적 본능이자 은닉된 궁리,
　우리의 뇌와 피, 뼈와 핵, 영혼을 썩게 하네.

　이제는 당신의 마음을 정하라,
　사회는 지금까지와는
　다른 원칙 위에 세워져야 한다고.

「돈을 없애라」(Kill Money)

우리는 용기를 내어 서로를 신뢰해야 한다.

우리는 겸허하게 단순한 삶을 살아야 한다.

누구나 새처럼 공짜로 집과 먹을 것과 불을 가져야 한다.

자본주의 사회를 살면서 우리가 받는 냉대와 멸시의 대부분은 돈 때문이다. 돈이 사회의 유일한 근간이 되면 돈이란 많으면 많은 대로, 적으면 적은 대로 마음의 고통이 된다. 저마다 돈 때문에 불안한 마음과 병든 영혼이 있는 곳에서 좋은 삶, 좋은 가정, 좋은 사회가 꽃필 수 없음은 물론이다. 이렇듯 불안한 상태에서는 누구도 타고난 자연스러운 기질과 성향에 맞춰 자신의 재능을 계발할 수 없다. 모두가 오로지 한 방향만 바라보며 평생 달리기 경주를 해야 하기 때문이다. 사람들이 평생의 노동을 다 바쳐야 겨우 쉴 곳을 마련하게 되는 이유는 바로 끊임없는 경쟁과 무한한 성장을 부추기는 경제체제의 모순 때문이다.

소로는 남부의 노예제와 문명 발전의 최대 상징인 철도 주변에 늘어선 판잣집이야말로 바로 미국이 추구한 '현대적 개선' 때문에 생긴 결과임을 알아차렸다. 남부의 흑인 노예와 철로 변에 사는 아일랜드 사람들의 비참한 상태는 빈곤이 문명과 공존할 뿐 아니라 나아가 어느 한쪽의 빈곤이야말로 다른 한쪽의 발전에 기여함을 보여준다. 흔히 경제성장 하면 초고층 빌딩만 떠올리지만 그 마천루와 함께 존재하는 슬럼 역시 경제성장의 산물이다. 성장의 탑이 높을수록 희생의 그림자는 길어지고, 빈곤은 서로 나누지 않는 한 더 많은 성장으로도 사라지지 않는다. 빈곤이란 성장이 아닌 분배의 문제이기에 해결 방법은 경제가 아니라 정치에 있기 때문이다. 만일 빈곤이 경제의 문제라면 전 지구적으로 지난 200년간 줄기차게 경제가 성장 일로에

있었는데도 어째서 빈부 격차는 점점 더 벌어지겠는가? 미래를 위해
비참한 현재를 살고 있는 고향 사람들을 보면서 소로는 고된 노동과
은행과 정부에 얽매이지 않는 진짜 자유인으로서의 삶을 살아보고자
월든 숲으로 들어갔다. 그러고는 마르크스가 꿈꾼 대로 아침에는 땅을
일구고, 낮에는 낚시를 하고, 저녁에는 독서와 명상을 하는 그런 삶이
실제로 가능하다는 것을 직접 입증하였다.

　　소로는 자급의 삶을 위해 땅은 얼마나 필요한지, 노동은 얼마나
해야 하는지 실험하는데, 그에 따르면 자급자족을 위해 0.3에이커(약
350평) 정도의 땅에 1년에 6주의 노동이면 일용할 양식을 얻을 수
있다. 물론 일용할 양식 이상을 원할 경우에는 불가능하리라. 하지만
우리가 일용할 양식 이상의 불필요한 소비를 원하지 않는다면 현재를
즐길 충분한 시간과 평화를 얻을 수 있다. 소로의 집은 손수 지은 한
칸짜리 작은 오두막에 책상 하나, 침대 하나, 의자 세 개를 놓고도
저녁이면 찾아오는 여러 명의 친구들을 맞기에 부족함이 없었다.
자연을 관찰하고, 마을 사람들과 사귀고, 책을 읽고, 글을 쓰는 데는
그리 큰돈이 들지 않았다. 소로는 "너도밤나무로 만든 그릇에 족하던
시절에는 사람들이 전쟁으로 고통받지 않았다"라고 말했다. 왜냐하면
전쟁이란 자급을 넘어선 생산과 잉여가 원인이기 때문이다. 잉여는 더
많은 소비로만 해결될 수 있고, 더 많은 소비는 결국 더 많은 시장을
독점해야만 가능하다. 따라서 현대 경제학처럼 시장에서의 생산과
소비를 중심으로 성장을 평가하게 되면 친구들을 사귀고, 새소리를
듣고, 시를 낭송하는 것은 성장과는 아무런 관계가 없는 것이 된다.

　　하지만 달과 별이 돈이 되지 않는다고 해서 이것을 가릴 것인가?
소로가 월든 호숫가에서 마주쳤던 새끼 들꿩, 겁 많은 너구리,
종종거리는 도요새 한 마리, 겨울나무를 스치는 바람, 수확이 미진한

월든 호숫가에 있던 소로의 오두막을 복원한 모습.

"좋은 삶이란 주식 배당이나 재무 수치를 들여다보는 데
있는 것이 아니라 땅을 돌보고, 이웃들과 사귀고,
새소리와 물소리를 듣고, 책을 읽으며 평화로운 하루를
보내는 데 있다. 작은 오두막은 소로가 지닌 물질의
전부였지만 그곳에서의 정신 활동과 육체 활동은 그
누구보다도 풍성했다."

콩밭, 호수 위에 떨어지는 빗방울들, 갑자기 찾아온 낯선 손님. 비록 국민총생산에는 들지 못해도 이런 존재들이 없다면 우리는 도저히 인간답게 살지 못할 것이다. 경제성장에만 몰두하여 돈이 안 되는 존재들을 모두 내팽개친다면 우리의 낮은 얼마나 미친 듯이 돌아갈 것이며, 우리의 밤은 얼마나 쓸쓸하고 적막할 것인가! 그렇다고 이런 존재들을 모두 시장으로 내몰아 경제성장에 포함시켜버리면 상품과 돈으로 둘러싸인 우리의 일상은 얼마나 비인간적이 될 것인가!

좋은 삶이란 주식 배당이나 재무 수치를 들여다보는 데 있는 것이 아니라 땅을 돌보고, 이웃들과 사귀고, 새소리와 물소리를 듣고, 책을 읽으며 평화로운 하루를 보내는 데 있다. 작은 오두막은 소로가 지닌 물질의 전부였지만 그곳에서의 정신 활동과 육체 활동은 그 누구보다도 풍성했다. 소로는 월든 근처의 자연을 면밀히 관찰하여, 계절에 따른 수량의 변화, 주변 호수들의 생태적 특징, 어류와 조류의 번식과 행동 양식, 삼림 현황과 농부들의 농사일까지 자연과학자처럼 자세히 기록하였다. 저녁이면 호메로스의『일리아스』를 읽고, 예기치 못한 손님들을 맞이하고, 명상을 하며 하루하루를 보냈다. 그리하여 약 2년간의 실험을 통해 우리가 단순하고 검소하게만 산다면 이승에서 한 사람이 먹고사는 일이란 그토록 힘겨운 노동이 아니라 유희나 다름없다는 것을 몸소 입증하였다.

자유란 현재를 누리는 삶

월든 호수로 들어간 이유에 대해 소로는 이렇게 말했다.

내가 숲에 들어간 이유는 삶의 본질적인 진실만을 대면하기 위해 한번 의도적으로 살아보고 싶어서였다. 삶에서 배워야만 하는 것을 과연

내가 배울 수 있는지 보기 위해서, 그래서 죽음의 순간에 이르러 내가
제대로 살지 못했다는 생각이 들지 않도록 하기 위해서였다. 삶이란
너무도 소중한 것이기에 나는 삶이 아닌 것은 살고 싶지 않았고,
적어도 불가피한 경우가 아니라면 체념을 익힐 생각도 없었다. 나는
깊이 있게 살면서 삶의 정수를 모두 흡입하고 싶었고, 삶이 아닌 것은
모조리 없애버리기 위해 엄격하고도 강인하게 살고 싶었다.

삶의 본질을 영위하려면 하루하루를 단순하고 간소하게
생활함으로써 생계를 위한 노동은 줄이고 그 대신 자연의 변화를
감상하고 책을 읽고 명상을 하는 자유의 시간은 늘려야 한다. 다시 말해
낭비와 과시를 위한 소비가 없는 삶을 살아야 한다. 이것은 말년에
뉴잉글랜드의 온화한 기후 속에 편안히 살고자 먼 타지까지 가서 10년,
20년씩 일을 하는 삶이 아니다. 또한 당시 800달러 정도였던 오두막집
한 채를 장만하기 위해 10년 이상이나 시간을 바쳐야 하는 그런 삶도
아니다. 더 나아가 노예제를 고집하고 멕시코와 영토 전쟁이나 벌이는
미국 정부에 충실한 납세자가 되고자 열심히 돈을 버는 그런 삶도
아니다. 소로는 더 많은 안락과 조악한 물건이나 얻자고 전 생애를
물질적 성공에 바치는 식의 절제와 지성이 없는 삶을 살기에는 우리의
현재가 너무나도 소중하다고 생각했다. 현재란 고된 노동 속에 지레
체념하기에도, 미래의 안녕을 위해 유보하기에도 너무나 아까운
시간이기 때문이다.

퓨리라는 인디언 부족은 어제, 오늘, 내일을 뜻하는 단어가
하나밖에 없어서 어제를 말할 때는 손을 뒤쪽으로, 내일을 말할 때는
앞쪽으로, 그리고 오늘은 머리 위를 가리키는 방식으로 말을 하는데,
소로는 정확하게 그 인디언 방식대로 어제와 내일이 없는 오직

현재만을 충실히 살고자 하였다. 소로는 남부의 노예 감독보다는 북부의 노예 감독 밑에서 일하는 게 더 힘들고, 북부의 노예 감독인 공장주보다는 자기 자신이 노예 감독일 때가 더 힘들다고 말한다. 자본주의 경제체제에서 어쩌면 가장 지독한 고용주는 농장주도 공장주도 아니라 바로 물질적 성공을 끊임없이 갈망하는 자신의 경제적 욕망인지도 모른다. 소로는 사람이 새들처럼 자기 손으로 집을 짓고 손수 소박하고 정직한 방식으로 먹을 것을 마련한다면 새들이 집을 짓고 먹이를 구할 때 늘 노래하듯이 시적 능력이 계발되지 않겠느냐고 묻는다. 새처럼 자유롭게 노래하는 시적인 삶을 살려면 결국 무엇보다 "단순하게, 단순하게, 단순하게 살아야 한다!"라는 것이다.

앞만 보고 달리는 경주를 멈추고 가만히 주위를 둘러보면 우리가 사는 방식은 참으로 부자연스럽다는 것을 알게 된다. 우리는 단순하게 현재를 사는 것이 아니라 미래의 무엇인가를 위해 현재를 산다. 10대는 대학을 가기 위해 중고등학교를 다니고, 20대는 취업을 위해 대학을 다닌다. 30, 40대는 내 집 장만을 위해 직장에 다니고, 50, 60대는 노후 생활을 위해 장만한 집으로 재테크를 궁리한다. 이렇게 적금이다, 보험이다, 부동산이다, 주식이다 하며 모두 저마다의 방식으로 미래를 준비하지만 미래는 저축될 수 있는 시간이 아니다. 미래는 저축 (saving)으로 구원(save)되는 것이 아니기에 돈을 아무리 모아도 언제나 충분하지도 안전하지도 않다. 이렇듯 미래를 위해 살게 되면 현재는 언제나 부족과 결핍에 시달려 불만스럽고, 알 수 없는 미래는 걱정과 근심으로 두렵다. 저축을 넘어 축적까지 한다 한들 이런 마음에 평온이 찾아올 것인가? 아니면 반대로 소로처럼 자연 속에서 소요하고 배회하면서 밝은 햇살과 여름날을 몽땅 누릴 수 있는 시간 부자가 되어

그 시간을 아낌없이 사용할 때 찾아올 것인가? 삶의 정수를 흠뻑
마시려면 필요한 것은 시간이지 돈이 아닐 것이다.

　에너지 넘치는 직업적 산책가였던 소로는 월든 호수 근처를 매일
답사하며 자연이 주는 최고의 부(富)를 맛보았다. 콩밭에 비가 내리면
빗방울이 떨어지는 소리를 들으며 작은 오두막을 둘러싼 자연과의
감미로운 친교를 나누었고, 눈이 펑펑 쏟아지는 긴 겨울밤에는
이따금씩 찾아오는 손님과 사과주를 나누며 차가운 바람 소리를
들었다. 심심한 날이면 호수 한가운데에 작은 배를 세워두고는 푸른
하늘과 맑은 물결을 한없이 쳐다보며 하늘의 거울이자 물의 들판인
호수의 아름다움을 원 없이 만끽하였다. 소로가 누린 마음의 평화와
평온함은 미래를 위해 은행에 쌓아둔 저축이 아니라 당장 오늘 누리는
자연과의 친교, 계절과의 우정, 고독과의 조우에서 나온 진정한 부
덕분이었다. 다음 시처럼 월든 호수는 소로에게 몸과 마음의
안식처였다.

> 글 한 줄 장식하는 게
> 내 꿈이 아니라네.
> 월든 곁에 사는 일이야말로
> 하느님과 천국에 가까이 다가가는 것.
> 나는 조약돌이 빛나는 물가이자,
> 그 위를 지나는 산들바람이라네.
> 내 텅 빈 두 손에는
> 호수 물과 모래가 담겨 있고,
> 내 생각 속에는 드높이
> 저 호수의 가장 깊은 안식처가 담겨 있다네.

월든의 물이 되고 바람이 되는 합일의 경험을 통해 소로는 깊은 풍요와 평화를 얻게 되며, 이런 평온으로 삶의 감각은 되살아나고 마음은 평정을 되찾게 된다. 소로는 말한다. "남아도는 부로는 없어도 그만인 것들만 살 수 있다. 영혼의 필수품을 사는 데는 돈이 필요 없다." 실제로 돈 많은 부자들이 제일 좋아하는 멋진 자동차나 요트, 파티, 별장, 사치품 등은 없어도 그만인 것이자 낡아지면 내다버릴 쓰레기일 뿐이다. 남아도는 많은 돈으로 할 수 있는 것이란 이렇듯 영혼의 성장과는 아무 상관이 없는 시시한 것들이다. 하지만 눈부신 5월의 호숫가에 히코리나무, 단풍나무, 떡갈나무와 봄을 노래하는 쏙독새, 갈색개똥지빠귀, 멧딱새, 돼새, 푸른 울새, 그리고 땅 위로 이제 막 고개를 내밀기 시작하는 황새풀, 부들개지, 물레나물, 터리풀과 같은 야생초와 책을 읽는 발밑까지 찾아와 저희들끼리 찍찍거리는 날다람쥐들의 아름다움을 저 물건들과 바꿀쏜가? 소로는 숲에 들어와 가장 좋았던 것은 무엇보다 봄이 오는 모습을 느긋하게 지켜보며, 대지가 온통 되살아나 생기를 띠는 경이를 가만히 누리는 것이었다고 말한다. 대지를 깨우는 봄의 징후를 이렇듯 느긋하게 즐길 수 있다면 이것을 어떻게 돈하고 바꿀쏜가!

만약 마을 둘레에 미개척지인 숲과 초원이 없다면 마을에서의 삶은 답답했을 것이다. 우리에게는 야생이라는 강장제가 필요하다. 이따금씩 알락해오라기와 뜸부기가 숨어 있는 늪지를 건너거나 도요새의 큰 울음소리를 듣기 위해서. 또, 좀더 야생적이고 혼자 다니는 새들이 둥지를 틀고, 밍크가 배를 대고 땅 위를 기어다니는 곳에서 자라며 소곤대는 사초의 향내도 맡기 위해서. 우리는 모든 것을 진지하게 탐색하여 배우고자 하는 한편, 동시에 모든 것이 전부다는 탐색되지 않고 신비롭게 남아 있도록 해야 한다. 육지와 바다란 본디 측정될 수 없는 것이므로 탐사되거나 측량되지 않은 채 끝까지 야생으로 남아 있어야 한다. 인간은 족할 정도로 자연을 가질 수는 없다.

소로는 산업경제로 인한 야생지의 파괴를 한탄하며 자연 보호 지역의 창설을 주장하기도 했다. 곰이나 표범이 자기들 천성대로 너르게 살 수 있는 자연, 문명에 의해 원래의 모양이 흐트러지지 않은 자연, 무의미한 오락거리나 운동거리가 아니라 우리에게 영감과 평온을 선사하는 그런 야생의 자연을 왜 가져서는 안 되는지 반문했다. 하지만 야생지가 필요한 것은 비단 자연만이 아니다. 진짜 자유인이 되기 위해서는 우리의 정신세계에도 야생지가 남아 있어야 한다. 경쟁과 교육에 순치되지 않은 타고난 본성 그대로의 야생지가 마음 어딘가에는 남아 있어야 한다. 산업경제의 이런저런 성장의 수치가 모조리 오르고 또 올라갈 때 우리의 아이들이 떠밀려 추락하지 않으려면 그런 조류에 휩쓸리지 않을 야생의 힘이 필요하다. 대표적인 생태시인인 게리 스나이더(Gary Snyder)도 이렇게 읊었다.

통계표의
솟구치는 구릉과 경사,
우리 앞에 놓여 있네.
모든 것은
가파른 상승, 오르고,
오르네,
우리 모두는

하강하는데.

사람들이 말하기를,
다음 세기나
아니면 그다음 세기에,
골짜기나, 초원이나,
어디서든 평화로이 만날 수 있다고
우리가 성공만 하면.

다가오는 이 성공의 가도를 오르려는
그대에게,
그대와 그대의 아이들을 위해 한마디,

함께 머물고
꽃을 배우며
가벼이 가라

"아니오"라고 말할 수 있는 힘

한번은 월든 호수에서 낚시를 하다가 비를 만났다. 다급해진 소로는
가까이 있던 작은 오두막으로 몸을 피했는데, 그곳에는 아일랜드에서
이민 온 존 필드라는 가난한 농부가 가족과 함께 살고 있었다. 존은
비록 몸은 중노동으로 힘들어도 미국에서는 차와 커피와 고기를 매일
먹을 수 있기 때문에 자신이 미국에 건너온 것은 잘한 일이었다고
말했다. 하지만 소로는 바로 그와 같은 삶의 양식을 유지하기 위해 결국
미국이 멕시코를 침략하고, 인디언을 학살하고, 흑인들을 노예로

부리게 되었다고 생각한다. 참다운 미국은 그런 것 없이도 살아갈
생활양식을 추구하는 나라여야 하고, 나아가 노예제나 전쟁을 국민이
지지하도록 강요하고 거기에 직간접으로 초래되는 쓸데없는 비용까지
세금으로 부담시키는 그런 일이 없는 나라여야 한다고 말한다. 그래서
소로는 사람을 사고파는 국가에는 세금을 낼 수 없다며 미국 정부에
6년 동안 인두세를 내지 않았다. 그리고 법을 어겼다는 이유로 감옥에
갇히게 되었는데, 들어가서 보니 아이러니하게도 마을 전체에서
사람들이 시를 짓는 유일한 장소가 바로 감옥의 벽이었다. 하룻밤 감옥
생활이었지만 이때의 경험으로 소로는 정부에 대한 시민의 의무,
정의에 대한 법의 의무, 그리고 다른 사람에 대한 인간의 의무에 관해
깊이 성찰하게 되었다.

물론 전쟁과 노예제를 막을 방법은 지금이나 그때나 의회에 있지
않았다. 유일한 해결책은 각자가 '한 사람으로서 다수'가 되어 자신의
양심에 따라 "아니오!"라고 말하는 것뿐이었다. 소로는 「시민 불복종」
에서 이렇게 말한다. "나는 이것만은 알고 있다. 이 매사추세츠 주
안에서 천 사람이, 아니 백 사람이, 아니 내가 이름을 댈 수 있는 열
명의 정직한 사람이, 아니 단 한 명의 정직한 사람이라도 노예를
소유하기를 그만두고 실제로 노예제도의 방조자적 입장에서 물러나 그
때문에 형무소에 갇히게 된다면 미국에서 노예제도가 폐지되리라는
것을 말이다."

미국의 멕시코 침략은 서부를 개척하고 태평양까지 영토를 넓히는
것이야말로 신이 미국에 부여한 명백한 운명(Manifest Destiny)
이라는 이른바 미국식 팽창주의 때문에 일어났다. 미국 이민자들이
많았던 텍사스가 공화국을 선포한 뒤 멕시코에서 독립하여 연방의
스물여덟 번째 주가 되자 미국과 멕시코 간의 영토 분쟁은

본격화되었다. 영토 확장과 노예제 유지를 주장한 쪽과 전쟁 반대와 노예제 폐지를 주장한 쪽으로 국론은 갈라졌는데, 1848년 미국이 무력으로 멕시코 영토의 거의 절반을 차지하기 전까지 이 전쟁은 끝나지 않았다. 멕시코 대통령도 한탄했듯이 멕시코는 신에게서는 너무 멀고, 미국과는 너무 가까운 곳에 있었다.

소로는 미국 시민이기 이전에 인간으로서의 의무를 다하기 위해, 다시 말해 법이 아닌 양심과 정의를 따르기 위해 미국 정부에 저항하기로 결심했다. "우리는 시민이기 이전에 먼저 인간이어야 한다. 법에 대한 존경심보다는 정의에 대한 존경심을 먼저 개발해야 한다. 언제든지 내가 옳다고 생각한 것을 행할 수 있는 권리가 내가 지닌 유일한 의무이다"라며 누구든 자신의 양심에 따라 저항하는 사람을 부당하게 가두는 정부 밑에서 의인(義人)이 갈 곳은 감옥밖에 없다고 주장했다. 비록 선거로 정권을 잡은 합법적인 시민 정부라 할지라도 국가가 전쟁을 벌이거나 노예제와 같은 비인간적인 폭력을 휘두를 때는 여기에 저항하는 것이 시민의 의무임을 분명히 했다.

「매사추세츠 주의 노예제」(Slavery in Massachusetts)라는 글에서 소로는 "지금 시급한 것은 다수결의 결정이나 헌법보다도 더 상위의 법을 인지할 수 있는 인간의 고결성이다"라며 양심과 도덕을 국가의 법보다 더 우위에 놓았다. 톨스토이와 간디에게 큰 영향을 끼친 소로의 시민 불복종 정신은 국가 권력마저도 보편적 인권에 예속되는 것으로 보았다는 점에서 그야말로 획기적이다. 정부나 국가체제를 절대적인 법으로 생각하는 통념에 반하는 급진적인 민주주의 사상이었다. 소로는 일순간이라도 왜 사람들이 자신의 양심을 입법자들에게 위임해야 하느냐며, 그렇다면 도대체 왜 모든 사람들이 양심을 가지고 있느냐고 반문했다. 양심이란 서로 물어보지 않아도 인간이면 누구나 잘 알고 있는 공통된 생각을 말한다. 인간 공동체가 모든 행위의 판단 기준으로 오랫동안 의지해온 공통의 지혜가 바로 양심이기에, 양심이란 마치 개별적인 판단처럼 보여도 실상은 사회 내에서 보편적인 도덕적 잣대로 작동할 수 있는 것이다.

사람을 사고파는 짓이나 남의 나라를 침략하는 짓은 사실 오직 맹목적으로 이윤만 추구하는 상업주의적 팽창 때문에 생긴 것이기에, 소로는 「원칙 없는 삶」(Life Without Principle)에서 온 세상이 전부 비즈니스로 뒤덮여 있다며 한탄한다. "나는 철학과 시, 아니 나아가 삶 자체에 대해 범죄나 다른 그 어떤 것도 끊임없는 비즈니스보다 더 적대적인 것은 없다고 생각한다." 오로지 자신의 이윤만 추구하는 비즈니스 체제가 사회 전역으로 번지게 되면 인문학만 붕괴하는 것이 아니라 결국은 우리의 삶도 무너지게 된다. 소로는 월든 호수를 위협하던 벌목의 굉음과 기차 소리, 남부의 흑인 노예와 그보다 더 불쌍한 북부의 공장 노예, 스페인에 이어 미국에도 땅을 빼앗긴 멕시코 사람들, 이 모든 것이 다 동일한 붕괴임을 잘 알고 있었다.

국민총생산(GNP) 개념을 만든 존 메이너드 케인스(John Maynard Keynes)는 말년에 이르러 '국가적 자급자족'에 대해 언급한 적이 있다. "나는 국가 간의 경제적인 얼크러짐을 최대화하려는 이들보다는 최소화하려는 이들에게 공감한다. 사상, 지식, 예술, 환대, 여행, 이러한 것은 그 본성상 국제적이어야 한다. 그러나 합리적으로, 편의적으로 가능한 경우에는 재화는 모두 국내에서 자급하도록 해야 한다. 그리고 무엇보다도, 금융은 기본적으로 국가적이어야 한다." 세상에는 국민총생산과 같은 화폐 가치로 전환될 수 없는 소중한 것들이 무수히 많다. 우리가 수익성, 이윤, 재무 회계, 통계 수치에 매달리는 삶을 선택한다면 해와 별들이 배당을 가져다주지 않는다는 이유로 해와 별도 차단시키게 될 것이다. 이런 연유로 죽기 직전 케인스는 단지 지구를 구하는 정도가 아니라 지구가 다시 경이로운 삶터가 될 수 있도록 경제 시스템을 완전히 변화시킬 방법을 찾아야 한다고 말했다.

부도덕한 정부에, 기업에, 사회체제에 "아니오"라고 말할 수 있는 힘은 바로 한 사람으로서의 다수인 우리 모두의 양심이 살아 있을 때 나온다. 그리고 그 양심은 저마다의 마음속에 야생지가 남아 있을 때, 우리의 삶이 야생의 대자연에 둘러싸여 있을 때 굳건히 뿌리내리게 된다. '복종'(obedience)이란 말은 라틴어의 '귀를 기울인다'(ob-audio)에서 유래되었다. 소로를 읽다 보면 너무도 명징하게 깨닫게 된다. 귀를 기울여야 할 존재는 시민이 아니라 바로 정부이고, 복종이란 바로 정부가 시민에게 가져야 할 덕목임을.

초원을 만들기 위해서는

『월든』에는 역사상 가장 건강했을 때의 미국 정신이 담겨 있다. 생계를 구성하는 구체적인 삶의 기술을 배우고, 지속적인 삶의 터전인 자연을 돌보며, 근검과 절제를 바탕으로 개인의 자유를 추구하는 건강한 미국 정신의 한 측면은, 그러나 아쉽게도 대세는 아니었다. 대세는 대량 생산, 대량 소비 체제였고, 이런 낭비적인 삶의 방식을 전 세계에 강요하는 팽창주의였다. 검약과 청빈 대신에 오로지 물질적 성공만을 추구하고 경쟁을 통해 사적 이익을 독점하는 방식이었다. 그렇다면 왜 『월든』식의 건강한 자급 정신이 미국 정신의 맥으로 이어지지 못했을까?

소로는 월든 호수를 중심으로 대자연을 공들여 묘사했지만 거기에는 한 가지가 없었다. 바로 오랜 시간을 두고 자연 속에 새겨진 삶의 역사이다. 소로의 자연 묘사는 객관적이고 과학적이며 매우 시적이지만, 아메리카 대륙에서 수천 년을 살아온 인디언들의 자연을 이어받진 못했다. 인디언이라면 흐르는 강물은 조상의 피가 되고, 하늘을 나는 독수리는 형제의 영혼이 될 수 있지만, 구대륙에서 이민 온 백인들에게 자연은 원시적 처녀지로만 보였다. 개척자들은 자연 속에 담긴 인디언의 역사를 알려고 하지 않았고, 그로 인해 인디언 학살과 함께 자연과의 공생적 평화의 가능성도 사라져버렸다. 아마도 소로가 죽기 전에 인디언에 관한 책을 쓰고자 했던 것도 이런 연유에서일 것이다. 미국이 공생의 지혜를 배우지 못한 결과, 처음엔 인디언, 다음엔 흑인, 그다음엔 아시아인, 그리고 이제는 히스패닉의 순서로 차별과 배제의 대상을 만들게 되었다. 사람들의 삶의 자취가 자연 속에 깊이 새겨지고 그런 자연이 전승될 때 사람들끼리의 공생도 가능하다. 그런 이유에서 자연은 풀뿌리 민중이 기대고 살 공유재일 뿐 아니라 가난한 이웃을 더 가난한 이웃과 묶어줄 단단한 연대의 매듭이 된다. 그래서 가난한 사람에겐 부자보다 자연이 더 절실하다.

만약 미국이 건국 이후 아메리카 원주민과 공생적 평화를 이룩했더라면 지금처럼 전 세계를 호령하는 제국은 되지 않았을 것이다. 생계유지를 위해 버펄로를 사냥했던 인디언과 달리 인디언을 멸종시키기 위해 수천, 수만 마리의 먹지도 못할 소를 박멸한 결과, 미국은 인디언이 오랜 시간 공을 들인 자연의 길을 물려받지 못했다. 자연 속에 깊이 존재의 뿌리를 내렸던 인디언과 달리 미국은 자연을 그저 개발 가능한 원자재로 여기게 되었다. 환대와 선물로 이웃을 대하고 꼭 필요한 만큼의 물질만 소유한 인디언과 달리 미국은 삶을 낭비와 과시적 욕망으로 채우게 되었다.

소로의 정신조차 잃어버린 미국은 지금 열 명 가운데 단 한 명만

직장에서 종일제로 일하며 고용을 보장받는다. 또 미국인 열 명 중 여섯 명은 사반세기 전보다도 더 적은 임금으로 일한다. 유연한 구조조정 덕분에 실직의 공포는 미국인들이 겪는 가장 큰 고통이 되었다. 해고 통지는 편리하게도 전자 메일로 오거나 문자 메시지로 온다. 과도한 군사비로 미국의 교육 재정은 바닥난 지 오래고, 의료 재정은 마련되지도 못했다. 그런데도 미국적 삶이란 끊임없는 소비를 부추긴다. 도시 근교에는 도시보다 더 큰 쇼핑몰이 넘쳐나고, 음식점엔 사람 수보다 더 많은 일회용품 쓰레기로 넘쳐난다. 너무 비만해져 움직이기 어려운 소비자에겐 이동식 전기 트레일러를 배치해주는 친절을 베풀기도 한다. 텔레비전은 위성 방송, 케이블 방송 망라하여 수백 개의 채널 선택권을 주지만 내용은 모두 광고 방송이다. 아이들은 예약하지 않고는 친구 집을 방문할 수 없고, 어른들은 추수감사절 카드는 부지런히 주고받아도 추수를 나누지는 않는다. 사람들은 길을 가르쳐줄 때 가장 친절하고 예의 바르며, 돈을 나눌 때 가장 무례하게 본심을 드러낸다. 물론 이제 이것은 비단 미국뿐 아니라 우리에게도 익숙한 삶의 변화이다. 과연 이런 식으로 인류는 언제까지 지속할 수 있을까?

어느 해 겨울, 월든 호수에는 예전과 비교할 수 없을 정도로 강한 찬바람이 불어닥쳤다. 호수는 꽁꽁 얼어붙어 마실 물을 구할 수 없었고, 야생동물들은 먹이가 없어 굶거나 얼어 죽었다. 그런대로 아늑했던 소로의 작은 오두막에도 견딜 수 없는 냉기가 가득했고, 가난한 사람들은 여기저기서 얼어 죽었다. 소로는 이렇게 말한다. "결국 인류가 어떻게 파멸할지는 불을 보듯 뻔한 일이다. 북쪽에서 조금만 더 혹독한 바람이 불어도 인간의 목숨은 순식간에 끊어질 수 있다." 현재 9960개의 핵탄두를 보유하고 있는 미국 때문에 인류가 핵전쟁으로 파멸할 것인가? 그런 장엄한 최후보다는 소로의 예언처럼 어쩌면 단지 바람이 좀더 세게 불거나 기온이 좀더 내려가는 것으로도 인류는 충분히 어이없는 종말을 맞이하게 될지도 모른다. 어느 해부터 갑자기 기온이 떨어지고, 혹독한 바람이 들이닥쳐 공들여 개발한 첨단 무기조차 한 번 써보지 못한 채 어이없이 파멸할 수도 있다. 만약 지금 가고 있는 길을 앞으로도 계속 간다면.

　　우리는 지금까지 더 빠르고 더 편리하고 더 풍요로운 길을 추구하며 달려왔다. 이 책의 첫 장에서 카슨이 한탄한 대로 봄이면 새소리도 들리지 않는 그런 길을 달려왔다. 인간의 위세 앞에 야생동물들은 씨가 마르고, 이익과 이윤을 앞세우는 자본의 욕망 앞에 자연은 길을 잃어버렸다. 우리는 지금 어디로 가고 있는가? 참된 문명이라면 양을 사납게 만드는 것이 목표가 아니듯 호랑이를 양처럼 길들이는 것도 아니어야 한다. 산책의 절반이란 결국 온 길을 되돌아가는 데 있듯, 지상에서의 산책도 이젠 길을 돌려야 할 때이다. 인류의 역사를 거슬러 올라가 아직 인간에게 정복되지 않은 길을 오래된 지혜 속에서 찾아야 할 때이다. 끊임없이 서두르고 나아가고 몰아내는 길에서 내려와 다른 희망의 길을 모색해야 할 때이다. 희망은 어떻게 오는가? 자연의 길로 돌아가는 단서는 생각보다 간단할 수 있다. 소로와 같은 시대를 살았던 시인 에밀리 디킨슨(Emily Dickinson)이 「초원을 만들기 위해서는」(To Make a Prairie)에서 읊었듯이 꿀벌 한 마리, 아니면 토끼풀 한 포기, 만약 그것마저 없으면 우리의 몽상만으로도 충분히 찾을 수 있다. 어쩔 수 없다는 체념에 맞설 몽상은 우리 마음 깊은 곳에서 꿈틀거리는 저항의 야생지에서 나오기 때문이다.

초원을 만들기 위해서는

한 포기 클로버와 한 마리의 꿀벌이 필요하다네.

한 포기 클로버와 한 마리 꿀벌.

그리고 몽상도.

꿀벌이 없다면

몽상만으로도 충분하다네.

헨리 데이비드 소로
Henry David Thoreau

헨리 데이비드 소로는 19세기 미국을 대표하는 초월주의 철학자이자 사회운동가로『월든』을 비롯하여 생태적으로 뛰어난 에세이늘을 많이 집필하였다. 소로는 매사추세츠 주의 콩코드에서 연필 제조업을 하던 아버지 존과 어머니 신시아 사이에서 태어났다. 그의 외할아버지는 1766년 하버드 대학에서 일어난 아메리카 식민지 최초의 학생 봉기를 주도한 인물로 알려져 있다. 소로의 부모도 당시 노예 폐지 운동에 적극 동참하여 자신의 집에서 노예 폐지론자들의 모임을 갖기도 하였다. 고향 콩코드의 호수와 들판과 숲에서 어린 시절을 보낸 소로는 외할아버지의 뒤를 이어 하버드 대학에 입학했지만 대학 생활에는 큰 흥미를 느끼지 못했다. 과학, 수학, 고전학, 철학, 문학 등의 과목을 공부하였고, 졸업 후에는 당시 하버드 졸업생들이 주로 택하던 직업인 성직자, 법률가, 의사 대신 교사가 되기로 결심하고 고향 콩코드로 돌아왔다.

소로는 공립학교에서 교사 생활을 시작했지만 학생들에게 체벌을 요구하는 교장의 방침에 반대하여 2주 만에 사직하고, 그 대신 1838년에 형인 존과 함께 진보적인 새 학교를 열었다. 소로는 이 사설학교에서 〈자연 산책〉이나 〈지역 상점 방문〉 등과 같은 매우 실험적인 교과목들을 시도하였지만 존이 갑작스럽게 사망하자 학교는 1842년에 문을 닫았다. 소로와 존의 관계는 매우 돈독하였는데, 소로가 죽음을 앞두고 마지막으로 읽어달라고 요청한 「콩코드 강과 메리맥 강에서의 일주일」(A Week on the Concord and Merrimack Rivers)도 1839년에 형과 함께 콩코드 강과 메리맥 강을 거쳐 뉴햄프셔 주의 산을 탐사했던 경험을 그린 에세이였다. 이 무렵 또 하나의 추억이라면 두 사람이 공교롭게도 앨런이라는 여성에게 반하여 차례로 청혼을 했다가 종교적인 이유로 앨런의 아버지가 반대하는 바람에 모두 거절당하고 만 일이었다.

형과의 관계 외에도 초월주의 철학자인 랠프 왈도 에머슨(Ralph Waldo Emerson)과의 만남도 이때의 중요한 경험이었다. 에머슨의 초월주의(transcendentalism)는 일종의 미국식 낭만주의로, 플라톤적 입장에서 이 세상을 물질세계와 정신세계로 양분하여, 물질세계를 초월한 정신세계에서 영원한 아름다움과 진리를 찾으려는 사상이다. 직관을 통한 자연과의 교감이나 정신세계에 대한 강조는 소로의 사상에 큰 영향을 끼쳤지만, 다른 한편 자연을 초월적 정신의 외적 상징으로 이해한 에머슨의 관념주의와 달리, 자연에 대한 소로의 생각은 보다 과학적이고 실증적이었다. 소로는 1841년 에머슨의 집으로 거처를 옮겨 초월주의 사상지인『다이얼』(Dial)을 만들며 비로소 작가의 길을 걷게 되었다. 3년 뒤 다시 콩코드의 집으로 돌아온 소로는 아버지의 연필 공장 일에다 잦은 방문객으로 인해 온전히 집필에 몰두하기 어려웠는데, 다행히 에머슨의 배려로 월든 호숫가의 작은 땅을 빌려 그곳에 자신만의 거처를 마련할 수 있었다. 이것이 바로 유명한『월든』의 탄생 배경이다.

책상 하나, 침대 하나, 의자 세 개뿐인 호숫가의 작은 오두막에서 소로는 물질세계를 떠나 자연 속에서 독서와 집필과 명상을 하며 실험적인 생활을 시작하는데,『월든』은 이때의 경험을 기록한 책이다. 물론 소로의 오두막은 단순히 집필을 위한 은둔처는 아니었다. 소로는 콩코드의 주민들이 자신의 시간을 모두 돈을 버는 데 쏟는데도 평생 빚에 시달리는 것을 보고 자기 힘만으로 최소한의 필요만 충족시키는 그런 검소한 삶을 살아보고자 이 실험에 착수했다. 소박하고 검소한 생활방식으로 자연 속에서 자급자족의 노동을 통해 필요한 일용의 양식을 해결하고 나머지 시간은 모두 삶의 가장 본질적인 가치에 쏟고자 했던 이 실험은 2년 2개월 동안 진행되었다. 소로는 1847년 9월 6일 실험을 끝내고 다시 에머슨의 집으로 돌아갔지만 월든 생활은 그의 사상에 중요한 전기(轉機)가 되었다.

『월든』은 현실을 등지고 자연으로 돌아간 귀거래사(歸去來辭) 식의 보고서가 아니다. 이 책에는 월든 호수와 주위 자연에 대한 면밀한 실증적 관찰과 여러 가지 실험뿐 아니라, 인근에 사는 마을 주민들의 삶에 대한 묘사부터 철도 건설로 인한 자연 파괴에 이르기까지 당대 미국 문명의 총체적인 문제점을 바라보는 소로의 생각이 담겨 있다. 가령 월든 시절인 1846년 7월에 소로는 마을로 내려갔다가 미국 정부의 노예 정책과 멕시코와의 전쟁에 반대하여 6년간 인두세를 내지 않았다는 이유로 감옥에 갇히게 되었다. 물론 이 사건은 숙모가 세금을 대납해주는 바람에 하루 만에 끝나버렸지만, 소로는 이 경험을 토대로 저 유명한 정치 에세이인 「시민 불복종」을 썼다. 이 에세이에는 가히 혁명적인 정치사상이 담겨 있는데, 그것은 올바른 통치에 있어 법에 대한 복종보다 양심에 대한 복종을 더 앞세웠다는 점에서 그렇다. 나중에 간디와 톨스토이, 마틴 루서 킹에게도 큰 영향을 끼친 이 글은 원제가 「시민 정부에 대한 저항」(Resistance to Civil Government)이었는데, 이 제목에서도 알 수 있듯이 비록 시민이 선거로 뽑은 합법적인 정부라 할지라도 시민의 양심에 반하는 통치를 하는 경우 시민들에게는 정부에 불복종하고 저항할 정당한 권리가 있다는 것이다. 그가 법에 앞서 양심의 법칙을 사회 운영의 근간으로 생각했다는 것은 좋은 사회란 개개인의 도덕적 성찰로 가능하다는 낙관주의를 보여준다.

월든 생활 이후 소로는 연필 공장 일과 측량사, 목수, 페인트공, 농부, 석수, 일용직 노동자, 유리 사포 제작자와 같은 정직한 육체노동과 간헐적인 집필로 생계를 유지했고, 월든에서와 다름없이 소박하고 검소한 삶을 살았다. 자연에 대한 관심은 더욱 깊어져 뉴잉글랜드 지방과 나아가 캐나다 퀘벡까지 여행을 하였으며, 그가 관찰하고 목격한 자연에 관한 모든 일들을 24년간 노트 서른아홉 권에 달하는 방대한 양의 일기 속에 기록하였다. 그의 일기 쓰기는 오직 물질적 욕구만 추구하는 삶이 아니라 보다 더 높은 단계의 소박한 삶을 향한 기록으로 마치 고결한 순례자의 구도 행위처럼 20여 년이 넘도록 한결같이 이어졌다. 일기에 따르면 자연은 그의 마음에 대고 이렇게 속삭였다고 한다. "아이야, 마음에 깊이 새겨 절대로 잊지 말아야 한다. 지금 네가 걷고 있는 삶보다 더 높은 단계의 삶, 무한히 더 높은 단계의 삶이 있다. 그 길은 멀고 험하지만 네 인생을 모두 바쳐서라도 꼭 도달해야 할 소중한 길임을 결코 잊지 말아라."

정직하고 소박한 생계를 유지함으로써 자연과 교감하는 자유를 누리고, 그런 교감을 통해 드높은 정신세계를 추구했던 소로의 일생은 마흔네 살의 젊은 나이에 폐결핵으로 끝나게 된다. 소로의 사상은 노예제 폐지론부터 조세 저항, 양심적 병역 거부, 직접 행동, 비폭력 저항, 육체노동의 중시, 환경 보호, 경제개발과 기술·산업 문명 비판, 그리고 단순하고 소박하며 자발적인 청빈에 이르기까지 실로 엄청난 영향을 후대에 끼쳤다. 일평생을 자신의 신념에 기대어 그야말로 순결하게 살았던 소로는 1862년 죽음의 침상에 이르러 "이제부터 멋진 항해가 시작되는구나"라는 마지막 유언을 남기고 드높은 저 세계를 향해 영원한 항해를 떠났다.